1. Auflage

Die Deutsche Bibliothek – CIP Einheitsaufnahme
Ein Titeldatensatz für diese Publikation
ist bei Der Deutschen Bibliothek erhältlich

Einbandgestaltung: Volker Stegmaier
Layout und Satz: Andreas Neckermann

ISBN-10: 3-936054-05-3
ISBN-13: 978-3-936054-05-7

www.kartaus.de

Selim Özdogan

Tourtagebuch

Alle Lesungen 2005

kartaus

Man wird ja lediglich von einem Ort zum anderen befördert und unterscheidet sich damit nur sehr wenig von einem Paket.

John Ruskin 1863 über das Reisen mit der Eisenbahn

Samstag, 22. Januar, Bad Karlshafen, Weinhandlung Römer

Gestern abend habe ich mir im Kino *9 Songs* angesehen und heute morgen habe ich gleich beide CDs von Black Rebel Motorcycle Club gekauft, weil ich das Stück *Whatever happened to my Rock 'n' Roll* so grandios fand. Seit Jahren höre ich kaum mehr Gitarrenmusik, aber dieses Stück taugt für ein Ritual. Ich möchte es vor jeder Lesung hören. Ich überspiele es auf eine MD, packe auch noch die *A Grand don't come for free* von The Streets ein, weil ich sie bisher noch nicht richtig gehört habe und glaube, daß sie gut zum Zugfahren ist, weil sie angeblich eine Geschichte erzählt. Ich stelle es mir ähnlich vor wie Hörspiele hören und dabei aus dem Fenster sehen. Doch im Zug lese ich dann doch in meinem Buch weiter, *Das Jahr der leeren Träume* von Richard Yates. Ich mag diese glaubwürdig-schwachen Charaktere, ich kann nicht anders, als mit ihnen zu sympathisieren.

Über einen Monat ist es jetzt her, daß ich das letzte Mal gelesen habe und ich freue mich. Umsteigen in Hamm, in Altenbeken, das habe ich immerhin schon mal gehört, dann Ottbergen, ein völlig fremder Name, dann kommt Bad Karlshafen, in der Nähe von Kassel und direkt an der Weser gelegen. Manchmal bin ich erstaunt, wie wenig ich von Deutschland kenne.

Ich habe keinen Stadtplan wie sonst, gehe vom Bahnhof aus einfach Richtung Stadtmitte und laufe auch sehr bald auf das Weinhaus Römer zu, wo die Lesung stattfinden soll. Die Veranstalterin zeigt mir den Lesungsraum, wo etwa 20, 25 Korbstühle stehen und möchte wissen, wann ich Pause mache, da es in der Pause Pizza für alle gibt.

Schließlich bringt sie mich die vierzig Schritte zum Hotel. Ich erfahre, daß ich der einzige Gast im Hotel bin, weil gerade keine Saison ist. Die Hotels haben eigentlich geschlossen. Der Mann an der Rezeption, der dort nur auf mich gewartet hat, möchte wissen, wann ich denn morgen frühstücken möchte. Neun, zehn? fragt er. Ich möchte früh raus, sage ich, ich hätte gerne schon um acht Frühstück. Er stutzt einen Moment, nickt dann aber und sagt okay.

Der einzige Gast im Hotel, seltsames Gefühl.

Ich gehe in den einzigen Imbiss, den ich finden kann. Zu trinken gibt es an nichtalkoholischen Getränken nur Cola, Fanta, Sprite, kein Wasser, kein Saft. Ich nehme kein Getränk zum Essen.

Im Hotel lege ich mich kurz hin. Schließlich setze ich die Kopfhörer auf, höre mir das BRMC-Stück zweimal an und gehe rüber in die Weinhandlung.

Die Zuhörer sind im Schnitt 20 Jahre älter als ich, die Korbstühle sind fast alle belegt. Was mache ich heute abend? Was kann ich lesen, das diese Menschen, die wahrscheinlich noch nie etwas von mir gelesen haben, berührt?

Was interessiert sie, wie bekomme ich Kontakt?

Ich fange mit *Opferfest* an, aber es gibt kaum Lacher. Nur nicht nervös werden, schön weitermachen. Ich erzähle ein wenig zum Opferfest und darüber, daß viele Menschen in letzter Zeit unter die Verallgemeinerung Muslime fallen. Wehre mich gegen diese Zuschreibung, auch gegen die als Türke. Und denke gleichzeitig: Oh, man, was mache ich hier? Das wird ne richtige Kanakenveranstaltung.

In der Pause sprechen mich dann auch einige Leute darauf an. Sie sind nicht scheu, ich bin einfach nur ein junger Autor für sie. Einer der deutsch kann, im Gegensatz zu vielen seiner Landsleute.

Ich sage, was ich immer sage: Wir sprechen alle gut deutsch. Aber es fallen immer nur die auf, die es nicht können, die stechen ins Auge, die anderen nimmt man kaum wahr, wie denn auch?

Na ja, zweite Hälfte, keine Migrantengeschichten mehr und spätestens ab *Marita* weiß ich, daß ich sie habe, daß die Worte nicht nur ins Ohr dringen. Wird noch rund und angenehm die Lesung, ich verkaufe alle fünf Bücher, die ich dieses Mal selber mitgebracht hatte, weil es vor Ort keine Buchhandlung gab, die einen Büchertisch machen wollte.

Hinterher stehe ich mit der Veranstalterin und zwei anderen noch ein wenig herum und plaudere.

Es ist elf, als ich im Hotel bin. Ich schaue noch fern. Es gibt genau drei Kanäle. Schlafe ein. Whatever happened to my Rock 'n' Roll.

Morgens ist der Mann, der versprochen hat, mir Frühstück zu machen, nicht da. Ich laufe durch die Gänge und rufe, probiere Türen aus und stehe verloren im leeren Frühstücksraum. Niemand ist da, ich bin allein in diesem großen Gebäude. Später wird der Mann von der Rezeption den Veranstaltern versichern, es habe sich um ein Mißverständnis gehandelt. Ich schließe die Tür nach draußen auf und hinter mir wieder zu. Da das Hotel außen keinen Briefkasten hat, schmeiße ich den Schlüssel beim Weinhaus Römer ein und gehe zum eingleisigen Bahnhof. Keine Aussicht auf Frühstück. Nachdem ich in Ottbergen umgestiegen bin, sitze ich in einem Zug, wo es einen Heißgetränke-Automaten gibt. Ich nehme zwei Suppen und einen Kaffee. Mike Skinner auf dem Kopfhörer. Ich freue mich auf zu Hause.

Freitag, 4. März, Bad Münder, Tagungszentrum der IG Bergbau, Chemie und Energie

Schon wieder lange nicht mehr gelesen, aber das ist heute eine Art Auftakt, ab jetzt gibt es jede Menge Termine. Ich soll bei einer Tagung der Jugendorganisation der IG Bergbau, Chemie und Energie das Abendkulturprogramm bestreiten. Ungefähr 80 Menschen, die meisten unter 26, die meisten männlich, gewerkschaftlich organisiert, politisch interessiert, ich möchte denen nicht sofort mit der *Tochter des Schmieds* kommen, auch wenn das hier die erste Lesung nach Erscheinen des Buches ist.

Wo mich diese Leserei immer wieder hinbringt, ich werde in Hannover am Bahnhof mit dem Auto abgeholt und zu dem Tagungszentrum gefahren, das der Gewerkschaft gehört. Als wir ankommen, haben wir noch eine Stunde bis zur Lesung und ich werde mit in die Kantine genommen. Ein Buffet, üppiger als ich es je in Hotels gesehen habe, Garnelen, Calamares, geräuchter Lachs, Forelle, Makrele, Tzatziki, Pommes, Hähnchenschnitzel, Hähnchenschlegel, Surimi, mindestens acht verschiedene Salate, Brot und Aufschnitt, zuviel um von allem zu probieren.

Ich esse nur wenig, ich will gleich nicht träge sein. Dann hänge ich noch einen Moment rum, überlege mir, wie ich anfangen möchte, während sich die Tagungsteilnehmer den letzten offiziellen Vortrag des Tages anhören.

Als ich dann in den Raum komme, in dem ich lesen soll, stellt sich heraus, daß die Veranstalterin gedacht hat, Büchertisch bedeute, einen Tisch bereitzustellen, auf dem ich dann meine mitgebrachten Bücher zum Verkauf anbieten kann. Ich kann ihr nicht mal böse sein, es ist irgendwie süß und außerdem wirklich die erste Lesung, die sie organisiert.

Es ist ein nüchterner Seminarraum, die Leute sitzen an weißen Resopaltischen, viele mit einem Bier vor sich. Cool, sollen sie sich wohl fühlen.

Ich fange an, und solange ich lustige Sachen erzähle, ist auch alles gut, es wird gelacht und ich glaube schon, es läuft rund. Dann fange ich an, aus der *Tochter* vorzulesen und zunächst lachen sie auch da noch, an den unpassendsten Stellen. Irgendwann merken sie dann, daß es nicht lustig ist und es ist vorbei mit der Aufmerksamkeit. Nach 35 Minuten beende ich die erste Hälfte. In der Pause erzählt mir einer, daß man ihnen einen Komödianten angekündigt hatte. Okay, denke ich, aber jetzt wissen sie, daß ich keiner bin.

Die zweite Hälfte beginne ich wieder eher lustig, aber sobald ich zu ernsteren Sachen komme, fangen die die Leute an zu reden, hier ein Getuschel, da ein Gespräch, richtige Unterhaltungen scheinen da aufzukommen. Einige grinsen bierselig, denen ist scheißegal, was ich mache, gleich haben sie frei und trinken die nächsten fünf Flaschen.

Ich könnte ja jetzt hier darüber abgehen, wie Gewerkschaftsgelder in Buffet und Autoren investiert werden und wie ausschließlich diese Nachwuchsgenossen an Alkohol und Spaß interessiert sind, aber mein Gott, es ist Freitag abend, sie sind hier, um sich ein Wochenende lang zu vergnügen und meine Texte gehören zu ihrem Vergnügen halt nicht dazu. Was solls.

Ein Publikum, das sich mich nicht ausgesucht hat, aber im Gegensatz zu Schullesungen muß ich hier nicht mit Unterricht, sondern mit einem Besäufnis konkurrieren. Ich bin die letzte Hürde, die genommen werden muß, bevor die wirkliche Party losgehen kann.

Als ich abschließe, sage ich, daß ich noch einige Minuten da bin, falls jemand Fragen hat. Ich möchte den paar Interessierten noch eine Gelegenheit geben. Für was auch immer.

Eine Frau kommt auf mich zu und fragt: Woran glaubst du? Mir fällt keine Antwort ein, weil so viele Dinge gleichzeitig in meinem Kopf sind. Was ist das Wichtigste, was du im Leben gelernt hast, hat mich mal ein Schüler nach einer Schullesung gefragt. Fragen, die so tun, als gäbe es Antworten im Leben, es gäbe es etwas zu wissen. Aber es gibt nichts zu wissen, keiner von uns hat raus, wie es funktioniert.

Das versuche ich der Frau zu erklären. Wir verwickeln uns in ein kleines Gespräch, in dem sie bedauert, daß man das Privileg der Unerfahrenheit verliert, wenn man älter wird. Ich glaube nicht mal, daß das stimmt. Weil wir ja alle immer unerfahren sind, nur in verschiedenem Ausmaß. Naja, ich wieder, der alles relativiert.

Es ist seltsam, diese jungen Menschen zu sehen und eine Vorstellung davon zu haben, wie sich ihr Leben anfühlt, was für eine Suche und Orientierungslosigkeit es sein kann und wie wenig Halt man manchmal findet. Woran kann ich glauben? Daran, daß wir alle miteinander verbunden sind, auch wenn es oft genug nach dem Gegenteil aussieht. Oder auch: An die Beschränktheit unserer Wahrnehmung.

Ich werde zurück nach Hannover gefahren und schlafe bei Svenja. Meinen MD-Player habe ich zu Hause vergessen. Whatever happened to my Rock 'n' Roll. Ich habe Geld verdient.

Sonntag, 6. März, Stuttgart, Theaterhaus

Eine Matineeveranstaltung, im Rahmen eines Festivals, das *Bist du deutsch?* heißt. Ich lese gemeinsam mit Marica Bodrozic, Juan Moreno und Dilek Güngör. Als die Anfrage über die Agentur Pulsmacher reinkam, dachte ich noch, es ginge um eine Einzelveranstaltung. In der Regel mag ich nicht mit so vielen anderen Autoren zusammen lesen, besonders, wenn ich sie nicht kenne. Oder nur flüchtig kenne, wie Marica, die ich dann auch prompt am Bahnhof treffe. Jens von Pulsmacher wollte mich eigentlich abholen, aber er ist nicht da. Marica und ich nehmen uns gemeinsam ein Taxi zum Theaterhaus. Hinterher stellt sich heraus, daß Jens und ich uns verpasst haben.

Die Lesung, was soll ich sagen, diese Veranstaltungen sind oft die volle Kohle, aber nicht mal das halbe Vergnügen. Juan ist außerordentlich charmant auf der Bühne und ich mag auch seine Texte sehr gerne. Marica fragt mich nach der Lesung, ob dies mein erster Roman sei. Ich sage einfach nein. Ich hätte ja sagen sollen. Aber für diese Art von Spaß bin ich zu langsam im Kopf.

Jens sagt hinterher, er habe ihren Text schrecklich gefunden. Ich mit meinem äußert eingeschränkten Geschmack mag ihre Sachen auch nicht besonders.

Nach der Lesung ist es erst halb zwei, ich hänge noch mit Jens herum und schau mir das Hallenfußballturnier an, das im Rahmen des Festivals stattfindet.

Eine Mannschaft besteht aus Breakdancern, die zwar nicht sonderlich gut spielen, aber fröhlich sind und viel Spaß haben. Fünf Minuten bevor das Turnier anfängt, sind sie nur zu dritt oder zu viert, auf jeden Fall fehlen ihnen Mitspieler und sie fragen nahezu jeden, ob er nicht einfach bei ihnen mitkicken möchte. Schließlich kommen die Fehlenden doch noch auf die letzte Minute.

Wenn einer der Breakdancer beim Spielen hinfällt, baut er beim Aufstehen schon mal eine Tanzbewegung mit ein. Es macht Freude ihnen zuzusehen, weil sie wirklich nur um des Vergnügens willen spielen. Spruch des Tages: Ein Breakdancer wird von seinem Gegner umgesäbelt, steht auf und sagt völlig unschuldig: Ich dachte, wir sind Freunde.

Aber wo Fußball anfängt, hört die Verständigung manchmal auf. Die Breakdancer werden Vierter, Pulsmacher Zweiter, bald darauf sitze ich wieder im Zug. Schon wieder Geld verdient. Schön, daß ich Jens und das Turnier gesehen habe, dafür hat es sich gelohnt.

Mittwoch, 16. März, Wiesbaden, Buchhandlung Pristaff

Heute zwei Lesungen, die erste um zwölf Uhr in einer Schulbibliothek, die zweite abends in einer Buchhandlung. Ich nehme ganz entspannt den Zug kurz nach zehn, das hier kommt mir vor wie der richtige Start, ab jetzt werden es immer mehr und mehr Lesungen werden. Ich freue mich drauf.

Ich fahre mit dem Taxi zur Schule, finde die Bibliothek, wo die Bibliothekarin mich sofort erkennt. Ich bin nicht wesentlich älter als sie und biete ihr direkt das Du an, doch es will ihr in den nächsten zwei Stunden nicht so richtig über die Lippen. Ich wollte Sie noch fragen, äh, dich ...

Die Schüler sind ganz locker, es wird eine angenehme Lesung. Gegen Ende schicke ich die, die keine Lust mehr haben, einfach raus. Der Tag draußen erinnert eher an Sommer als an Frühling. Etwa zwanzig Schüler bleiben, und denen lese ich noch ein Kapitel aus *Traumtropfen* vor, dem Roman, an dem ich gerade arbeite. Es ist eine Premiere und ich bin erstaunt, wieviele kleinere Fehler noch in dem Text sind. Ich sollte irgendwann mal sorgfältiger werden. Morgen werde ich das Kapitel zu Hause noch mal überarbeiten.

Nach der Lesung treffe ich mich mit Cem und Katja, wir sitzen in der Sonne, reden, essen getrocknete Feigen, genießen den Tag. Später gehen wir zu den beiden nach Hause, Katja muß zur Arbeit. Wenn ihre Band *200 Sachen* groß rauskommen sollte, wird es das wohl gewesen sein mit dem Kellnern.

Gegen Abend holt uns einer der Buchhändler bei Cem ab, wir fahren in den Laden. Er ist der zweite an diesem Tag, der mich beharrlich siezt, obwohl wir uns sofort auf ein Du einigen können.

Eine Buchhandlung, Plastikstühle für die Zuhörer, ein Holzstuhl und ein rundes Tischchen für mich, ungefähr siebzehn Zuhörer.

Ich lese aus der *Tochter*, klassisch, wenig Firlefanz, wenig Zwischentexte. Am Anfang verhaspel ich mich einige Male, aber irgendwann geht es. Am Ende schwenke ich doch noch mal um zu erzählten statt gelesenen Sachen, doch nach etwas über einer Stunde ist schon Schluß. Nicht übel, aber auch nicht hervorragend.

Eine Dame kommt und möchte wissen, ob ich denn auch etwas zu Mentalitätsunterschieden zwischen Türken und Deutschen und so Migrationsthemen geschrieben habe.

Als ich das später Cem erzähle, sagt er: Die wollen es schön bequem in einem Buch lesen, die wollen sich ihre Nachbarn nicht angucken.

Auf der Rückfahrt erzählt mir der Buchhändler, daß sie bereits 30 Bücher verkauft haben. Ich bin schwer beeindruckt und leicht beflügelt. Das Buch ist noch keine drei Wochen auf dem Markt und so ne Vorstadtbuchhandlung setzt 30 Einheiten ab.

Auf Arte läuft *Bird*, ein Film, den Cem toll findet und den ich nicht kenne. Wir fangen an, ihn zu schauen, aber ich bin zu müde, gehe nach einer Stunde ins Bett. Den Film möchte ich mir aber mal in Ruhe ansehen.

Donnerstag, 17. März,
Köln, Subway

Lesen in der eigenen Stadt, zusammen mit Imran Ayata, dessen Buch *Hürriyet Love Express* mich völlig kalt gelassen hat. Das Ganze findet statt im Rahmen der Lit.cologne, die ich ja sowieso für eine fragwürdige Veranstaltung halte. Literatur als Spektakel. Das gesprochene Wort wird geschätzt, weil die Medien hier mal ausführlich suggerieren dürfen, wie wichtig es ist. Denn Rest des Jahres interessiert es dann wieder keine Sau, und die Lit.cologne-Macher können sich einen auf ihre Besucherzahlen runterholen.

Es zählt das Event und weil das wichtig ist, um bekannt zu werden, wollten sie mir zunächst auch kein Honorar zahlen. Ist ja schließlich eine gute Werbung für mich, wenn ich dort meinen neuen Roman präsentieren darf, war die Argumentation. Jedesmal, wenn man sich einen Markenartikel kauft, ist das auch eine gute Werbung für die Marke, aber wir müssen trotzdem alle unsere Hosen selber bezahlen. Wenn ich dem Verkäufer erzähle, ich würde ja Werbung für Carhartt laufen, dann bekomme ich auch nichts für lau.

So läuft das Spiel nicht, und ich habe ein Minimalhonorar von 200 Euro herausgeschlagen. Wahrscheinlich war es schon ein Fehler, überhaupt zuzusagen.

Mir leuchtet auch nicht ein, daß bekannte, große Autoren Honorare bekommen sollen, die weniger bekannten aber nicht. Und daß mit den Eintrittsgeldern, die man bei den unbekannteren einnimmt, die prominenteren bezahlt werden sollen, ist doch völlig grotesk.

Ich höre zu Hause noch einige Mal *Whatever happened to my Rock 'n' Roll,* steige aufs Fahrrad und fahre ins Subway. Ich freue mich, es wird schnell voll und ich bin angenehm angespannt, auch wenn ich es sehr verwegen finde, 22 Stühle in den Laden zu stellen, während der Rest der schätzungsweise 100 Leute stehen muß.

Mike Litt von Einslive moderiert, es wird wieder nicht viel Platz sein, um die Lesung selber zu gestalten. Edmund Labonté, einer der Geschäftsführer der Lit.cologne, liest zu Beginn der Lesung eine Lobrede vor, die Andreas Thiel und Fatih Akın auf mich geschrieben haben und Imran tut mir leid. Es ist ungerecht und es hat so etwas von: Achja, der sitzt halt auch auf der Bühne. Ich finde es auch ungeschickt von Edmund, aber ich kann nichts dagegen tun.

Ich lese als erstes und als Imran drankommt, lachen die Leute bei den Pointen, auch ich. Ich freue mich für ihn, auch wenn ich die Geschichten nicht so prickelnd finde. Das ist das Schwere an diesen Veranstaltungen, bei denen man zu mehreren Autoren vorne sitzt. Du mußt den Mund halten und das Publikum kann deine Reaktionen auf den Text des anderen beobachten. Ich glaube, ich versuche vergeblich mein Gesicht zu halten. Obwohl ich den Eindruck habe, daß ich besser geworden bin, im Laufe der letzten Jahre.

Meine Eltern sind da, sie sehen glücklich und stolz aus. Ich verhaspel mich nicht, bin auf den Punkt konzentriert und angenehm nervös. Schöne Veranstaltung, obwohl ich diese Doppellesungen eigentlich nicht mag.

Hinterher lässt sich niemand ein Buch signieren, was mir ja egal ist, aber ich habe den Eindruck, es kauft auch niemand welche. Ich sags ja, die Leute kommen wegen des Spektakels.

Ich trinke noch ein Bier und gehe dann mit Claudia, einer Bekannten, die auch in Ehrenfeld wohnt, zu Fuß nach Hause. Die Luft ist weich, es ist warm, eher wie eine erste Sommernacht als wie Frühling und ich mag Claudias ausufernds Lachen.

Es ist zwölf, als ich zu Hause bin, morgen um sechs aufstehen, um in einem überfüllten Zug nach Leipzig zu fahren. Es geht mir gut. Es geht mir sehr gut.

Freitag, 18. März,
Leipzig, Café Neubau

Als ich im Café ankomme, treffe ich Matthias. Es ist vier oder gar fünf Jahre her, daß wir uns auf einer meiner Lesungen kennengelernt haben. Seitdem haben wir uns nicht mehr gesehen, aber damals haben wir zwei Tage hintereinander einige Stunden miteinander verbracht und ich freue mich, ihn wiederzusehen.

Der Laden ist gerappelt voll, ich bin schlecht im Schätzen, aber ich würde sagen, über achtzig Leute. Vorgestern noch siebzehn.

Die Veranstalterin ist sehr nett und unkompliziert, allerdings sagt sie, daß Freigetränke für mich nicht abgesprochen seien. Ich kaufe mir eine Bionade für die Lesung.

Es ist gerade Buchmesse in Leipzig, meine Lektorin Angela Drescher ist da und gibt eine kurze Einführung, bevor ich dran bin. Das Publikum ist wohlwollend und sehr bald läuft es einfach wie von selbst, es ist grandios. Das sind die Abende, wegen denen ich immer wieder lese.

Wenn da nicht diese Person wäre, die die ganze Zeit flüstert, redet, wispert, tuschelt, stört. Es hört sich nach einer Frau an und es kommt auch immer aus der gleichen Richtung, aber ich kann nicht ausmachen, wer es ist. Irgendwann habe ich die Schnauze voll und sage, daß es mich wahnsinnig macht, wenn jemand die ganze Zeit über redet. Danach ist Ruhe.

In der Pause kommt die Frau dann auf mich zu und rechtfertigt sich. Literatur müsse ja auch Spaß machen, da könne man nicht einfach nur da sitzen und zuhören und alle seine Emotionen für sich behalten.

Ja, aber da sind auch noch andere Menschen, sage ich, und die fühlen sich gestört. Sie sei halt nun mal nicht der Typ, der einfach so still zuhören kann.

Es ist der Hammer, da ist nicht das geringste bißchen Schuldbewußtsein. Sie hält zwar in der zweiten Hälfte den Mund, aber wahrscheinlich nur mir zuliebe und nicht, weil sie es richtig findet.

Nichtsdestotrotz ist es eine tolle Lesung, auch wenn sie hinterher nochmals kommt und mich zutextet, mit allem möglichen, wobei sie irgendwann zumindest bemerkt, daß ich fast nichts sage. Man kann es feige nennen, doch ich halte mich einfach zurück, da alles, was ich jetzt sagen könnte, extrem unhöflich wäre.

Ein wenig tut es mir auch leid, es ist schon die dritte Lesung von mir, die sie besucht, sie ist eine begeisterte Leserin meiner Bücher. Komisch, daß sie mir voher noch nie aufgefallen ist mit ihrer Penetranz. Vielleicht hat sie heute auch einfach nur zuviel getrunken. Tucholsky sagt: Der Leser hats gut, er kann sich seine Schriftsteller aussuchen.

Hinterher gege ich mit Matthias noch in ein Café. Ein schöner Ausklang. Und dann Taxi, Hotel, Schicht.

Samstag, 19. März, Leipzig, Messe

Heute gibt es keine Lesung, sondern eine Podiumsdiskussion, veranstaltet von der Zeitschrift Literaturen zum Thema *Multikulti oder Leitkultur?* Moderiert wird die Veranstaltung von Sigrid Löffler und Frauke Meyer-Gosau, Teilnehmer sind ein Herr Professor Paul Nolte, ein Historiker, ein Herr Friedrich Schorlemmer, ein Theologe und ich.

Ich weiß nicht mal, warum ich zugesagt habe. Wahrscheinlich weil ich auf Podiumsdiskussionen immer so nervös bin und es lernen möchte, da auch mal locker zu sein. Ist wahrscheinlich nur eine Frage der Häufigkeit. Nach vierzig Podiumsdiskussionen kann man die Sache entspannt angehen.

Und so sitze ich mit diesen Intellektuellen zusammen, die so wortgewandt reden können, daß ich mir vorkomme wie der letzte Stammler, nur weil ich keine Schachtelsätze aus dem Handgelenk schütteln kann. Als Paul Nolte fordert, daß die Türken Interessengemeinschaften bilden sollten, damit ihre Wünsche und Forderungen in der Öffentlichkeit viel deutlicher sichtbar werden, muß ich etwas sagen, obwohl ich so nervös bin, daß mir fast die Stimme wegbleibt.

Die Türken sind keine homogene Masse, sage ich, schon lange nicht mehr, was Sie fordern kommt einer Ausgrenzung gleich. In der zweiten und dritten Generation haben wir türkischstämmige Menschen in den unterschiedlichsten Berufen, in den unterschiedlichsten sozialen Schichten – es gibt keine gemeinsamen Interessen, die es zu vertreten gilt.

Das Publikum applaudiert. Und Herr Nolte sagt, sie mögen ruhig applaudieren, davon würde meine Aussage auch nicht richtiger werden. Er formuliert es ein kleines bißchen freundlicher, aber es läuft genau darauf hinaus.

Ich kann mich nicht anlegen mit Menschen, die so abgewichst sind, ich habe einfach keine Chance gegen so jemanden, rein rhetorisch gesehen, und es stört mich nicht mal wirklich. Herr Nolte und ich habe noch weiter Meinungsverschiedenheiten, doch das finde ich nicht so schlimm.

Schlimm finde ich Herrn Schorlemmer, der etwas später sagt, er würde sich freuen, daß es solche Menschen gibt wie mich, die voll integriert sind und fast ohne Akzent deutsch sprechen. Ich bin so platt, daß mir nichts einfällt. Fast ohne Akzent. Das habe ich noch nie gehört. Frau Löffler springt für mich ein und sagt: Ich darf Sie darauf hinweisen, daß das ein deutscher Autor ist.

Ich bin überzeugt davon, daß Herr Schorlemmer es ist nicht böse gemeint hat, doch das spielt keine Rolle, er hat es gesagt und ich finde es eine Unverschämtheit. Wäre ich schlagfertig, hätte ich geantwortet: Und ich stinke auch fast gar nicht.

Zum Abschluß kommt die Frage, die ich dieses Jahr noch sehr, sehr oft hören werde: EU-Beitritt der Türkei, ja oder nein. Ich sage, daß es unerheblich ist, ob ich dafür oder dagegen bin, da es in den nächsten 15 Jahren sowieso nicht geschehen wird, da gehe ich jede Wette ein. Ich sage nicht: Schaut doch mal hin, hört doch mal zu, ich spreche akzentfrei deutsch und ihr habt Angst vor Türken, sie sind euch zu fremd und ihr tut alles, damit das auch so bleibt. Was auch zu verkürzt und damit nicht richtig wäre.

Hinterher sagt Herr Nolte zu mir: Nix für ungut, wir müssen uns ja auch streiten. Nix für ungut, aber diese Menschen halten sich nicht für überheblich und faschistoid, wieso auch?

Da ist niemand im Publikum, den ich kenne, da ist niemand, mit dem ich reden könnte. Fast ohne Akzent und weil ich immer so langsam im Kopf bin, stehe ich ohne Antwort da und das Publikum zeigt auch keine Reaktion. Ich fühle mich allein und irgendwie beschmutzt. Am Aufbau-Stand finde ich zwei Vertreter, die gerade nichts zu tun haben und erzähle ihnen, was passiert ist. Ich fühle mich so allein, daß mir ihr Zuspruch viel zu wenig ist. Ich muß es morgen Svenja erzählen, damit es mir besser geht.

Ich gehe noch auf die Lesung von Zoran Drvenkar. Er liest aus *Yugoslavian Gigolo.* Hinterher ins Hotel, ich schlafe ein, während im Fernsehen *Species* läuft. Als ich morgens aufwache, geht es mir schon besser.

Mittwoch, 23. März,
Herbrechtingen, Stadtbücherei

Der letzte Bahnhof, den ich noch kenne, ist Ulm. Dann nur noch Dörfer.

In Herbrechtingen fällt mir als erstes ein Schild an einem Gartenzaun auf: Möchten Sie 10 Kilogramm Gewicht abnehmen? Und darunter eine Telefonnummer. Klingt komisch, Gewicht abnehmen.

Das Hotel heißt Grüner Baum, das Chinarestaurant Kaiser Garden, doch das hat zu. Der Imbiss, in dem ich esse, heißt City Imbiss, schmeckt aber besser.

Der Leiter der Bibliothek, Tom, ist etwa in meinem Alter und wir verstehen uns auf Anhieb ganz gut. Zur Lesung kommen etwa 25 Leute und ich fange an, indem ich von der Podiumsdiskussion mit Schorlemmer erzähle. Ich genieße die Reaktion des Publikums. Der Moment, da zu sitzen und nichts erwidern zu können, war beschissen, aber nun kann die Geschichte der allgemeinen Belustigung dienen.

Genau wie die Rechtschreib- und Grammtikfehler in diesem Tourtagebuch.

Danach lese ich fast 90 Minuten, lasse die Pause einfach weg und gegen Ende weiß ich nicht, ob ich es übertrieben habe, ob so lange zuzuhören nicht etwas viel verlangt ist. Auf Dauer werde ich mir etwas einfallen lassen müssen, immer nur eine Stunde aus der *Tochter* vorzulesen und den Rest der Zeit ein, zwei Anekdoten loszulassen, ist mir zu langweilig. Wir werden sehen.

Nach der Lesung rede ich noch einige Takte mit Tom, dann in den Grünen Baum, schalte die Kanäle rauf und runter. Ich kann das nicht gucken, da ist nur Müll. Und dann packt mich die Müdigkeit. Die letzten Tage schlafe ich sehr viel, ich weiß nicht mal, woran das liegt. Frühjahrsmüdigkeit, könnte man sich rausreden, aber woher kommt so etwas?

Donnerstag, 24. März, Freising

Keine Lesung heute, aber ich möchte dabei sein, wenn der erste Teil des Sattelbuches eingesprochen wird. Peter Schönweitz, der mich irgendwann mal angemailt hat, hat das Projekt gestartet, weil er meine Bücher so mag. Peter möchte dazu beitragen, meinen Bekanntheitsgrad zu steigern, und da er selber Hörbücher sehr mag, dachte er, das könnte ein guter Weg sein. Von Anfang an hat er mich in das Projekt miteinbezogen.

Wir haben einen Schauspielschüler engagiert, Uwe Thomson. Ich möchte das Buch nicht selber einsprechen, mich nicht so intensiv mit einer Sache auseinandersetzen, die schon so weit zurückliegt. Außerdem finde ich es interessant, wie eine andere Interpretation klingt.

Uwe wohnt in München und da wir wußten, daß wir mit demselben Zug nach Freising fahren, treffen wir uns schon am Bahnsteig in München. Es ist nicht schwierig, ein Gespräch anzufangen. Uwe hat noch nie auf einer staatlichen Schauspielschule vorgesprochen, er war zu feige, dort eine Abfuhr zu kassieren, erzählt er. Ich weiß nicht, was ich davon halten soll.

Wir wollen das Projekt so billig wie möglich halten und es war meine Idee, daß wir keinen professionellen Sprecher nehmen, sondern einen Schauspielschüler. Peter hat an Münchener Schauspielschulen Aushänge gemacht, wir haben einige Bewerbungen bekommen und ich fand Uwes Sprechprobe am besten.

Peter, den ich vor einigen Monaten auf einer Lesung kennengelernt habe, holt uns am Bahnhof ab. Er ist ein sehr herzlicher, geselliger, offener Mensch. Zu dritt fahren wir zu einem italienischen Restaurant, wo wir die Leute vom Tonstudio treffen, das Peter aufgetan hat. Warm werden, essen, reden, es ist eine lustige Runde.

Irgendwann gegen drei, das Tonstudio ist direkt neben dem Italiener, fangen wir mit der Arbeit an. Ich führe Regie, oder wie man es halt nennen möchte. Ich versuche Uwe eine grobe Richtung vorzugeben, versuche ihm meine Interpretation des Charakters zu vermitteln und nach einigen Versuchen nähern wir uns an etwas an, mit dem man gut arbeiten kann. Zumindest glaube ich das. So beginnen wir tatsächlich mit den Aufnahmen.

Uwe ist am Anfang nervös, doch er macht einen guten Job. Mir bereitet die Arbeit viel Freude und ich bin schon gespannt auf das Endergebnis. Während Uwe den Text einspricht, hat Peter Tränen in den Augen, so toll findet er das. Ich dagegen nörgele bei jeder Kleinigkeit, so bin ich oft, aber ich versuche auch konstruktiv zu sein. Freudentränen sind halt kein Ansporn, um besser zu werden.

Gegen Abend fährt Uwe nach München und Peter nimmt mich mit auf eine Party, sein ehemaliger Nachbar feiert Geburtstag. Da sind so zwölf, fünfzehn Leute, die alle einen bayrischen, schwäbischen oder österreichischen Akzent haben, hochdeutsch spricht niemand. Wie lange war ich schon nicht mehr auf so einer kleinen privaten Party. Es ist angenehm, es herrscht eine familiäre Atmosphäre, es gibt viel Gelächter und da ist niemand, den ich auf Anhieb nicht leiden kann. Schön, aber schon aufgrund der Sprache eine fremde Welt für mich.

Später fahre ich Peters Bus, weil er ein, zwei Weißwein getrunken hat, und wir sitzen noch bei ihm zusammen. Mein Gott, dieser Mensch ist mehr Herz als sonstwas, er hat so etwas Weiches, Kindliches und auch sehr Wohlwollendes. Und gleichzeitig hat er eine Firma, in der sechzehn Menschen arbeiten. Der müsste doch auch mal hart durchgreifen können, aber so wirkt er überhaupt nicht.

Morgens beim Frühstück lerne ich seine Kinder kennen, seine Frau Claudia kannte ich schon vorher. Es ist so ein Privileg, einfach an dem Leben dieser Menschen für die Dauer eines Frühstücks teilhaben zu dürfen und einfach mit einbezogen zu werden. Es herrscht ein sehr liebevoller Ton und ich fühle mich nicht fremd oder gar als Eindringling, einige Momente gehöre ich dazu, ganz entspannt.

Als er mich am Bahnhof verabschiedet, hat Peter Tränen in den Augen. Ich stehe in seiner Schuld, soviel Herzlichkeit und Arbeit kann ich ihm nie zurückgeben. Ich wünsche uns, ihm mehr als mir, daß das Projekt ein Erfolg wird.

Montag, 4. April,
Wien, Antiquariat Buch & Wein

Svenja und ich sind schon am Vortag angereist, um uns ein wenig die Stadt anzugucken. Es stimmt, was alle gesagt haben, Wien ist wunderschön. Wir schlafen in der Wohnung des Veranstalters Richard Jurst, etwa in meinem Alter, und meine Lesung ist die 408te, die er organisiert. Während wir sein Appartement mit riesiger Dachterrasse bekommen, schläft Richard in einem Zimmer in seinem Antiquariat.

Er ist ein sehr angenehmer Mensch mit einem Enthusiasmus, den man nicht sofort sieht, der mich aber tief beeindruckt. In seiner Wohnung ist ein Regal mit Büchern von Autoren, die schon mal bei ihm gelesen haben. Immer wieder ziehe ich den einen oder anderen mir bekannten Namen heraus und lese die Widmung. Veranstalter zu sein, zumindest so wie Richard diese Aufgabe auffasst, muß auch eine schöne Beschäftigung sein. Er hat so vielen Menschen seine Wohnung angeboten, sie auf eine andere Art kennengelernt, als wenn er nur für den Ablauf des Abends gesorgt hätte. Und er kennt soviel mehr Autoren als ich. Mit Freude lasse ich mir die eine oder andere Klatschgeschichte erzählen.

Bei der Lesung entschließe ich mich aus irgendeinem Grund, wieder keine Pause zu machen und höre nach etwa 75 Minuten schon auf. Aber es ist schön, 25 Zuhörer, eine angenehme Atmosphäre und ich verhaspel mich auch kaum mehr bei der *Tochter des Schmieds*, kenne die Textstellen, die ich lese mittlerweile ganz gut.

Es ist unprofessionell und unfair, aber ich kann mich nicht gut dazu zwingen, daheim viel zu üben und es hat jetzt einige Lesungen gedauert, bis ich mich sicher in dem Roman bewegen kann.

Nach der Lesung gehen wir noch einen Happen essen, Richard, zwei Frauen, die er kennt und von denen die eine wohl in einem Haribospot mit Gottschalk zu sehen ist, eine Beate, die zur Lesung gekommen war, Radek Knapp, der Autor von *Herrn Kukas Empfehlungen*, Svenja und ich. Radek erzählt die Geschichte, wie er einer polnischen Verlegerin sein Buch angeboten hat. Bei einem Essen, irgendwo in Polen, hat sie Radek gesagt, daß die Polen zu schlecht dargestellt würden in dem Buch, es sei voller Klischees, immer würden sie klauen. Als würden die Italiener nicht auch stehlen. Sie möchte deswegen das Buch nicht auf polnisch herausbringen. Gemeinsam verlassen sie das Lokal und draußen stellt Radek fest, daß sein Auto geklaut ist. Es war schon so lange gestohlen, daß auch der Parkplatz weg war, sagt er.

Es gibt bis zum heutigen Tag keine polnische Ausgabe des Buches.

Sehr früh am nächsten Morgen fährt uns Richard zum Flughafen. Auf dem Heimweg sagt Svenja, daß ich beim Lesen mehr den Text sprechen lassen könnte, anstatt zu versuchen, den einzelnen Personen gespielte Stimmen zu verleihen. Keine Ahnung, ob sie Recht hat.

Mittwoch, 6. April, Osnabrück, Haus der Jugend

Bastian, Nils, Nadja, Sina, Juliane, Annika, Franziska, Martine, acht zahlende Gäste, plus der Buchhändler Roland, der mich vor etwa zwei Jahren im Kamp in Bielefeld gesehen hat, bei einer legendären Lesung vor über 50 Zuhörern.

Ich fange den Abend an, indem ich die Leute nach ihren Namen frage, damit von Anfang an klar ist: Das hier ist klein und persönlich. Hier kann sich niemand verstecken.

Ich finde diese Lesungen anstrengend, aber was können die acht dafür, daß soundsoviel andere nicht gekommen sind. Sie haben das Recht, die gleiche Intensität zu bekommen wie ein zahlreicheres Publikum. Gleichzeitig heißt das für mich, mit weniger Feedback und weniger Atmosphäre zu arbeiten. Das ist ja kein Publikum, das sind einzelne Menschen. Deswegen lerne ich ja auch ihre Namen.

Das Lesen läuft nicht ganz so gut wie vorgestern, aber es ist okay. Ein bißchen dies und das und gegen Ende noch das Kapitel aus *Traumtropfen*.

Hinterher sind alle schnell weg, ich habe keine Möglichkeit zur geselligen Abendgestaltung, und als ich ins Hotel gehe, regnet es. Whatever happened to my Rock 'n' Roll.

Wahrscheinlich wird mir so etwas in fünf Jahren auch noch passieren. Und ich bin nicht geknickt, ehrlich nicht. Aber beflügelt bin ich auch nicht.

Ich brauche nur eine Viertelstunde, um mich am Fernseher müde zu gukken, ich fühle mich auf eine diffuse Weise unwohl. Etwa eine Stunde, nachdem ich eingeschlafen bin, wache ich auf, mir ist schlecht. Weiterschlafen, denke ich, dann geht es weg. Ich schlafe ein, wache nochmals auf, schaffe es gerade bis zum Klo und kotze meinen gesamten Mageninhalt aus.

Morgens habe ich auch noch Durchfall, fühle mich so schlapp, daß ich nicht mal meine allmorgendlichen Atemübungen mache.

Gestern morgen habe ich in Hannover mit Svenja gefrühstückt, wir haben bei ihr zu Mittag gegessen, Fischcurry, nachmittags habe ich in Osnabrück bei Nordsee gegessen, abends backstage die Käsebrötchen,die sie mir geschmiert hatten. Hat eigentlich alles geschmeckt, aber irgendwas scheint schlecht gewesen zu sein. Ich tippe auf Nordsee.

Ich weiß noch nicht, daß ich den Rest des Jahres kein einziges Mal mehr bei Nordsee essen werde.

Dienstag, 12. April,
Köln, Gesamtschule Rodenkirchen

Die Gesamtschule Rodenkirchen liegt im Kölner Süden, ich wohne etwas nördlich vom Zentrum, ich entschließe mich mit dem Rad zu fahren, was nahezu eine Stunde dauert. Es ist eine schöne Strecke am Rhein entlang, doch ich bin belustigt über die ganzen Jogger. Joggen hat etwas sehr Verzweifeltes, finde ich, zumindest optisch. Es gibt für einen Jogger in meinen Augen keine Möglichkeit, gut auszusehen.

An der Schule ist Lese-Dienst-Tag, 25 Autoren lesen zeitgleich in verschiedenen Klassen. Wir treffen uns alle in der Schulbibliothek und ich kenne fast niemanden. Frank Schätzing erkenne ich, weil ich ihn schon auf einigen Fotos gesehen habe. Er ist ein zerbrechlich wirkender Mann, der etwas Sanftes ausstrahlt und sich in jedem Fall für gutaussehend hält.

Ich lese vor zwei Deutschkursen der Jahrgangsstufe elf, das meiste aus *Trinkgeld vom Schicksal*, weil ich diese kurzen Geschichten für Schüler einfacher und zugänglicher finde.

Hinterher trifft man sich in der Schulcaféteria und es ist interessant, wie sehr einige Autoren die Nähe von Helge Malchow, Lektor bei Kiwi, suchen. Ein Autor erzählt, wie ihn ein Schüler gefragt habe, wie man Schriftsteller wird. Er habe geantwortet, man müsse vor allem die richtigen Leute kennen. Da ist sicher etwas dran, aber es ist nicht die Wahrheit. Das sage ich auch. Ich kannte nun wirklich niemanden und daran hat sich bis heute nicht sehr viel geändert. Ich will keine Kontakte zu Menschen, nur weil sie mich geschäftlich weiterbringen könnten. Ich mache diesen Job, weil ich so alte-Schule-mäßig daheim sitzen und in Ruhe schreiben möchte und mich nicht damit beschäftigen will, wer mir nützlich sein könnte. Entweder jemand interessiert mich persönlich oder er interessiert mich eben nicht. Ich habe viel Glück gehabt, daß meine Texte veröffentlicht werden. Aber was soll ich sagen, ich bin doch kein Sonderfall.

Lerne noch eine Jugendbuchautorin kennen, die mich im Subway gesehen hat und die Lesung schön fand. Wie gesagt, ich kenne mich nicht aus, ich erkenne nicht mal Autorinnen, die zu meinen Lesungen kommen.

Mittwoch, 13. April,
Düsseldorf, Zakk

Ich vertrödele den Tag, überarbeite einen Text, lese, höre Musik, bevor ich mit dem Rad zum Bahnhof fahre, 20 Minuten dauert es mit dem Zug nach Düsseldorf. Weniger als ich gestern zur Lesung gebraucht habe, aber vielleicht kommt es von Tür zu Tür ungefähr aufs Gleiche raus.

Die Veranstalterin ist total nett, sieht zu, daß es mir gut geht, ohne aufdringlich zu sein. Das Publikum ist toll, viele junge Leute, und gleich bei den ersten Pointen kriege ich die vollen Lacher. Es läuft grandios. Habe ich gar nicht erwartet, weil Düsseldorf letztes Mal nicht so berauschend war. Und mein Freund Andreas Thiel ist da, mit dem habe ich auch nicht gerechnet.

Nach der Lesung erzählt mir eine Frau, wie sie in der Pause einen Herren gehört hat, der es bemerkenswert fand, wie gut ich deutsch spreche. Was soll ich sagen? Das ist halt mein Leben. Ich spreche gut deutsch.

Ich trinke mit Andreas und einem Freund, den er mitgebracht hat, noch einen Absacker. Wir reden über die Lit.cologne-Lesung. Ich erzähle ihm, wie Edmund seine Eloge vorgelesen hat. Und er erzählt, daß es Edmund erst, als er schon angefangen hatte zu lesen, aufgefallen ist, daß es keine gute Idee war, nur mich so überschwenglich einzuführen. Na, wenn er es wenigstens selber gemerkt hat, dann ist ja okay.

Und bald darauf sitze ich im Zug und fahre gut gelaunt nach Hause. Yessir. Wie wenig es manchmal zu sagen gibt, wenn alles gut läuft. Für diese Abende liebe ich den Job.

Donnerstag, 14. April,
Stuttgart, Merlin

Ich gehe morgens zum Yoga und fahre mittags los. Lese im Zug die ersten 50 Seiten von Siri Huvstedts *Was ich liebte*. Es klingt sehr konstruiert und außerdem spielt es in so einem Intellektuellenmilieu, aber ich mag es trotzdem.

Am Bahnhof holt mich Christoph Just ab, ein Mensch, der mich vorher angemailt hatte, ob er ein paar Fotos von mir machen kann. Die Fotos auf seiner Heimatseite sahen ganz schön aus, also habe ich zugesagt.

Mit dem Auto bringt er mich ins Merlin, wo sie eine Künstlerwohnung haben. Ich stelle meine Tasche ab und wir gehen raus. Es ist herrliches Frühlingswetter und Christoph hat eine sehr beiläufige Art zu fotografieren, die mir sehr entgegenkommt, weil ich nicht gut für Fotos posieren kann. Er betätigt den Auslöser, so wie andere Leute sich im Gespräch eine Zigarette anzünden.

Danach zurück ins Merlin, wo ich etwas zu essen bestelle, ich habe Riesenhunger. Die asiatische Suppe ist gut, die Glasnudeln mit Ingwer und Koriander nicht ganz so und als ich fertig bin, ist es schon halb acht und ich bin vollgefressen. Fehler. Die erste halbe Stunde auf der Bühne muß ich kämpfen, mein Magen rumpelt und beschwert sich.

Das Publikum ist grandios, wie eigentlich immer in Stuttgart. Es gibt eine Menge Leute, die jedes Mal wiederkommen, auch wenn die letzte Lesung erst ein halbes Jahr her ist. Wieso war von denen eigentlich keiner im Theaterhaus? Es sind ungefähr 80 Gäste da, sehr wohlwollend, sehr angenehme Atmosphäre.

Während der Lesung erzähle ich, daß ich morgen in Nürnberg lese, ich weiß auch nicht genau warum. In der Pause kommt Jochen von Pulsmacher und erzählt, daß er morgen nach Regensburg fahren muß, Nürnberg liegt auf dem Weg. Wir beschließen, zusammen zu fahren, schöne Fügung.

Nach der Lesung sitze ich noch mit Marc, Sina, Alice und noch einer Frau zusammen, deren Name mir nun nicht mehr einfällt. Menschen, die ich von vorherigen Lesungen oder Besuchen in Stuttgart und Ludwigsburg kenne und die alle irgendeine Verbindung zu der Agentur Pulsmacher haben. Pulsmachers haben so einige Lesungen mit mir veranstaltet und mir immer noch manchmal den einen oder anderen Job vermittelt. Wie die Lesung im Theaterhaus.

Es geht mir gut. Diese Menschen haben eine Herzlichkeit, die mich jedes Mal aufs neue begeistert und dazu führt, daß ich mich in dieser Ecke des Landes immer wohlfühle. Vielleicht rede ich an diesem Abend zuviel, kann gut sein, aber es ist schön. Als ich die Stufen zum Zimmer hochsteige, grinse ich. Sina hat gesagt, meine Lesung habe ihr den Tag gerettet. Aber umgekehrt ist es manchmal auch so: das Publikum rettet mir Tage.

In letzter Zeit sitze ich oft zu Hause und ärgere mich, daß sich *Die Tochter des Schmieds* nicht viel besser verkauft. Und an solchen Abenden wie heute merke ich, wie egal das ist. Naja, wie gleichgültig es sein kann.

Freitag, 15. April,
Nürnberg, Lounge des Hotels Drei Raben

Stehe spät auf, trödele bis mittags im Merlin herum und fahre dann nach Ludwigsburg zu den Pulsmachern. Ich gehe mit Jens und Jochen essen. Wie oft war ich in den letzten Jahren in Ludwigsburg und wie wohl fühle ich mich hier jedes Mal.

Nach dem Essen hänge ich noch eine Weile bei Pulsmachers im Büro rum, während Jochen ein wenig arbeitet. Schließlich setzen wir uns ins Auto.

Auf der Fahrt erzählt mir Jochen, wie er seine Freundin aus Aachen kennengelernt hat. Fernbeziehungen interessieren mich ja immer, weil ich auch eine führe. Jochen hat die Frau als Promoterin eingeteilt und sie hat Jochen irgendwie am Telefon so belabert, daß er ihr mehr als den bei Pulsmacher üblichen Satz gezahlt hat, was er sonst nie tut. Als die Telefonate zum Einteilen immer länger und privater wurden, haben sie sie von den Bürozeiten in die Nacht verlegt und schließlich haben sich die beiden zu einem Treffen verabredet. Nach einigen Anlaufschwierigkeiten, die sich wohl zwangsläufig ergeben, wenn man auf diese Weise angebandelt hat ...

Schöne Geschichte. Ich habe meine Frau kennengelernt, weil sie mir auf wundersame Weise Geld rausgeleiert hat.

Als Jochen mich in Nürnberg am Bahnhof absetzt, singt Nena gerade im Radio *Wir sind da*. Erzähl mir keiner was von Zufällen.

Es ist schon gegen sechs, ich laufe durch die Stadt, es ist Frühling, es ist warm, ich sehe überall Bäuche, Ärsche, Titten. Es sind diese Tage, in denen die Frauen alle sehr sexy aussehen in ihren Klamotten, bevor das Wetter ein Normalzustand wird und man sich auch an diese Anblicke gewöhnt hat.

Nachdem ich bei einem Asiaten gegessen habe, gehe ich ins Hotel, wo die Lesung ist, und wo ich auch untergebracht bin. Die Lounge, in der ich lesen soll, ist gleichzeitig die Lobby oder das Foyer, wieauchimmer man es bezeichnen möchte. Der Raum ist ein langer Schlauch und ich bin für die Lesung so an einer Längsseite plaziert, daß ich nicht das ganze Publikum sehen kann und immer das Gefühl habe, daß mir jemand im Rücken sitzt.

Als Sitzgelegenheit habe ich einen Barhocker, nichts davor als einen Mikroständer. Mein Buch, mein Glas, meine Blätter liegen hinter mir auf einer Theke. Was an anderen Tagen möglicherweise okay wäre, aber zusammen mit den Blicken im Rücken ist mir das eigentlich zuviel.

Das Publikum ist seltsam gemischt, junge Leute, aber auch Rentner oder Menschen, die kurz davor sind. Dazwischen ist eigentlich nicht viel. Und die Leute reagieren auch verhalten bis gar nicht. Ich lese nicht besonders gut, bin verunsichert. Lacher gibt es kaum. Zur Pause gehen so einige, warum auch immer. Bei den Blicken der Älteren habe ich manchmal das Gefühl, daß ich ihnen nicht seriös genug bin. Das soll Literatur sein? Der hat ja nicht mal vernünftige Schuhe an.

Ein Paar geht nach zehn Minuten in der zweiten Hälfte. Zudem ist es die ganze Zeit unruhig, Hotelgäste kommen und gehen, es gibt Gespräche an der Rezeption, einige Schritte links von mir, und ständig wird irgendwo geflüstert.

Ich bin unkonzentriert, verhaspel mich, versuche das Beste daraus zu machen, aber das ist nicht sonderlich viel.

Nach der Lesung spricht mich ein angetrunkener Mann namens Heinrich an, der mir von seinem Sohn namens Berk Ziya erzählt, den er zusammen mit einer Türkin hat. Er ist etwas unsicher und kommentiert immer schon vorher, was er gleich erst sagen wird. Mir ist das nach so einer Lesung zu anstregend.

Während wir reden, kommt Wladimir Kaminer herein. Ich erkenne ihn sofort von den Fotos, die ich gesehen habe. Ich überlege, wie ich den Mann ansprechen kann, doch Heinrich kommt mir zuvor und stellt mich auch gleich vor. Wladimir weiß, wer ich bin, Imran hat ihm von mir erzählt. Wir reden ein paar Takte, Wladimir hat in Erlangen gelesen und ist auch hier im Drei Raben untergebracht. Ich verabrede mich mit ihm zum Frühstück und lasse mich von zwei Leuten, die ich kenne, auf eine Geburtstagsparty mitschleppen. Ich habe gedacht, es wäre eine Privatparty, deshalb bin ich mitgegangen, aber wir landen in einer Karaoke-Bar. Es ist mein erstes Mal, ich finde es langweilig. Mut antrinken, noch mehr Mut antrinken, noch ein bißchen, dann auf die Bühne. Einige können singen, andere nicht, aber das hier entspricht definitiv nicht meiner Vorstellung von einem gelungenen Abend. Es hat etwas sehr Spießiges und Verzweifeltes, wie diese Menschen sich amüsieren. Es scheint mir nicht ausgelassen, es ist erdenschwer, da ist keine Fröhlichkeit, keine Lebensfreude, nur ein Alkoholspaß, den man herausbrüllen muß, um zu zeigen, wie ungehemmt man den schlechten Gefühlen ein Schnippchen schlägt. Oder aber man zeigt zu wieviel Eitelkeit und Selbstverliebtheit ein Mensch fähig sein kann. Ich gehe bald wieder.

Am nächsten Morgen ist Wladimir ein wenig grummelig. Ich sage, daß ich Heinrich gestern abend etwas anstrengend fand. Ach, sagt er, ich finde Menschen grundsätzlich anstrengend.

Dann sollte ich mich wohl besser woanders hinsetzen, sage ich, kann aber noch darüber lachen.

Wir haben Anlaufschwierigkeiten, doch bald sind wir in einem Gespräch und Wladimir erzählt mir die Geschichte, die Heinrich gestern abend noch erzählt hat, und ich verspreche sie in mein Tourtagebuch zu schreiben.

Heinrich ist in einer Kneipe, wo jemand eine Schlägerei mit ihm anzetteln möchte. Wenn du mich schlägst, sagt Heinrich, kriegst du es mit meiner Mutter zu tun. Mit deiner Mutter? Heinrich zeigt auf eine betrunkene ältere Frau, die am Tresen schläft. Du gehst mit deiner Mutter aus? Heinrich nickt. Ja, klar. Der Typ so verstört, daß es nicht zu einer Schlägerei kommt. Natürlich ist die Frau nicht Heinrichs Mutter.

Ich habe noch nie jemanden gesehen, der Salz auf seine Wurst streut, und Wladimir benutzt große Mengen davon. Nach dem Frühstück löffelt er sich zu seinem Tee noch Marmelade pur in den Mund und sagt, das mache man in Russland so.

Er hat einen etwas irren Blick und kann sicherlich sehr ruppig sein, doch er ist lustig, hat eine sehr eigene, intelligente Perspektive und scheint gebildet zu sein, zumindest gebildeter als ich. Ich habe bisher nur die eine oder andere Geschichte von ihm gelesen und die haben mich nicht überzeugt. Es ist sehr einfach und eigentlich immer dasselbe. Vielleicht bin ich auch zu voreilig und sollte es mal mit einem ganzen Buch versuchen. Im Gespräch ergibt sich das Bild eines unabhängigen, humorvollen Mannes, der sich um sehr viele Sachen einfach einen Dreck schert. Ich mag diese Haltung ja, dieses Ist-mir-doch-scheißegal, man muß all die Wichtigtuer auf der Welt nicht auch noch ernst nehmen.

Bevor er in seiner Jugend zu den Punks ging, war er Krishnait, sagt er irgendwann im Gespräch. Das sagt man im Deutschen nicht, sage ich.

Was sagt man denn?

Man sagt, Hare Krishnas, vermute ich.

Wieso, will er wissen, Buddha – Buddhist, Krishna – Krishnait.

Nein, beharre ich, das Wort gibt es im Deutschen nicht.

Monate später werde ich mir *Militärmusik* kaufen, es ganz lesen, meine Meinung über Kaminers Literatur kaum ändern und im Buch über das Wort Krishnait stolpern und dann anfangen zu recherchieren. Es gibt das Wort nicht.

Heinrich habe erzählt, meine Bücher hätten auch eine spirituelle Qualität, sagt er. Ja, sage ich, ich bin ja auch Krishnait. Wir geben uns die Hand.

Er erzählt noch, daß seine Frau ein Buch schreibt, er weiß aber nicht genau, in welchem Verlag es erscheint, egal wie lange er nachdenkt. Du bist dir aber sicher, daß es deine Frau ist? Ja, antwortet er in vollem Ernst. Oder mit einem Humor, den ich nicht verstehe. Zumindest an diesem Morgen neigt er dazu, selbst grobe Übertreibungen in einem Ton zu erzählen, als vermittle er einem eine plötzliche Erkenntnis, die gerade über ihn gekommen ist. Da waren hunderte, ach Quatsch, tausend Fotos und ich sitze dann da und soll eins davon aussuchen und die sehen alle gleich aus.

Ein interessanter Mensch. Ich finde Menschen ja häufiger interessant, komme mir selbst aber immer langweilig vor. Da ist nur die Hoffnung, daß ich mich zu sehr an mich selbst gewöhnt habe.

Montag, 18. April, Marburg, Café Trauma

Von Köln nach Marburg ist eine beschissene Zugstrecke, bei der man mit der Regionalbahn schön langsam über die Dörfer zockelt. Ich lese weiter in *Was ich liebte* und die Figuren nehmen langsam Gestalt an, vermögen mich zu berühren.

Das Hotelzimmer ist winzig, dunkel, alles sieht nach siebziger Jahre aus, gedeckte Farben, dunkelbraune Möbel, schmutziggrüner Teppich. Die Frau an der Rezeption kennt Freundlichkeit nur vom Hörensagen. Was solls.

Ich gehe kurz essen und als ich wieder ins Zimmer komme, liegt dort eine Nachricht von Monika Rettig, die sich beim Verlag um die Lesungen kümmert, weitergeleitet an Marcel, der fast alle meine Lesungen bucht und der die Nachricht ins Hotel gefaxt hat. Eine Einladung, im Goethe-Institut in Tel Aviv zu lesen. Yes. Ich freue mich. Komisch, daß die mich da für jemanden zu halten scheinen, obwohl ich hier immer das Gefühl habe, eine kleine Nummer zu sein. Aber toll ist es so oder so.

Vor der Lesung kommt jemand auf mich zu und sagt: Sie habe ich mir jünger vorgestellt. Ich: Ich wirke auch gleich viel älter, wenn ich gesiezt werde. Er sagt seinen Vornamen, wir geben uns die Hand und ich frage, wie alt er denn geglaubt hätte, daß ich sei. Etwa in meinem Alter, ist die Antwort. Wie alt er denn ist, möchte ich wissen. 35, ist die Antwort. Ich sage, daß ich 34 bin und muß lachen. Es ist ihm peinlich, aber ich finde es echt witzig.

Ich fange die Lesung damit an, daß ich von der Einladung des Goethe-Instituts erzähle. Ich muß es erzählen, sonst platze ich. Ich bin allein unterwegs, wen habe ich denn sonst?

Auch von der Yogalehrerausbildung, die ich in einem Seminarhaus im Westerwald angefangen habe, erzähle ich. Hinterher wird eine Frau auf mich zukommen, die aus der Ecke stammt und das Seminarhaus kennt und eine weitere, die schon mal dort war.

Es ist eine gut besuchte Lesung, es läuft rund, kommt mir gar nicht vor wie 90 Minuten. In der Pause fragt jemand, ob ich hinterher noch mit ihm und seinen Freunden trinken gehen möchte. Ich sage, ich weiß noch nicht. Am Ende kommt er und sagt, nun sei es schon so spät, sie würden nicht mehr gehen. Es ist gegen elf. Ich verstehe diese Leute nicht.

Ich hänge noch ein wenig mit einigen Leuten vom Trauma ab, ein nettes Gespräch, zu fünft in einem leeren Laden. Dann ins Hotel, drei Minuten zu Fuß, noch mit Svenja telefonieren, von Tel Aviv erzählen, ins Bett.

Dienstag, 19. April, Kassel, Schlachthof

Es regnet. Ich telefoniere mit Monika wegen Tel Aviv. Aus dem Fax ist nicht wirklich ersichtlich, warum sie ausgerechnet mich haben wollen und was ich da noch tun soll außer lesen. Sie versteht es auch nicht, will sich aber darum kümmern.

Beim Auschecken möchte die freundliche Dame an der Rezeption 2 Euro 80 für vier Seiten Fax, die ich erhalten habe.

Der Schaffner im Zug ist auch unfreundlich, genau wie der Mann bei der Postbank, wo ich meine kleinen Scheine von gestern abend in große umtauschen möchte. Hessen sind manchmal ein schwieriger Umgang.

In Kassel spaziere ich durch die Stadt, finde einen Sushi-Laden, wo die Teller sich im Kreis drehen. Es schmeckt toll und siebzehn Euro später bin ich satt. Auf Tour gönne ich mir gerne jeden Luxus. Man darf mir nicht soviel Bargeld geben, ich haue es direkt raus.

Wochenlang habe ich nach einer Jacke für den Frühling gesucht und schließlich habe ich in einem Laden zwei gesehen, die mir gefallen haben und einfach beide gekauft. Und hier sehe ich nun eine dritte, kann mich aber nicht entscheiden.

Früher hatte ich nur zwei Hosen, aus Überzeugung. Eine in der Wäsche, eine am Bein. Und nun bin ich versucht, mir eine dritte Frühlingsjacke zu kaufen. Und ich weiß, es macht keinen Unterschied. Ich werde nicht glücklicher durch Klamotten, es geht mir nicht besser, es ist nur ein Luxus, den ich aber auch gut abfeiern kann. So ähnlich wie sieben CDs auf einmal zu kaufen. Früher bin ich vor Neid erblasst, wenn im Laden jemand vor mir an der Kasse stand mit sieben oder acht CDs. Heute mache ich das selber, es ist toll, keine Frage, aber nun weiß ich auch, daß es nicht glücklich macht.

Zurück ins Hotel, ich habe Durst, mache die Minibar auf. Da sind genau drei Flaschen drin, Wasser, Cola 0,2l und Bier 0,33l. Ich trinke Leitungswasser. Im Fernsehen läuft die Europameisterschaft der Frauen im Gewichtheben. Ich schaue fasziniert zu. Eine sehr entlegene weibliche Möglichkeit, die da verwirklicht wird. Ich würde gerne mal so eine Frau kennenlernen. Und ich würde auch gerne wissen, wie sie sich anfühlt.

Ich telefoniere mit Monika, Tel Aviv ist geklärt, ich flieg im Juni hin.

Bevor ich in den Schlachthof gehe, esse ich noch etwas. Letztes Mal, als ich hier war, war die Lesung schlecht besucht. Dieses Mal rechnet Pink, der Veranstalter, mit 50 Leuten. Ich freue mich.

Er hat gerade ein Problem mit einem angeblich nicht bezahlten Jungle-World-Abo, das er zu lösen versucht, wobei er im Nebensatz erwähnt, daß er sich ja mit sieben anderen Menschen ein Konto teilt. Bitte was? Ich fange an, ihn auszufragen.

Es sind alles Menschen, die sich schon lange kennen und irgendwann entschieden haben, ihr Geld zusammenzuwerfen. Sie haben alle in Marburg studiert, wohnen mittlerweile in verschiedenen Städten und treffen sich alle sechs Wochen, auch um größere Anschaffungen zu besprechen, die ein Einzelner plant. Ich war zum Beispiel fünf Wochen in Mexiko, erzählt Pink, normalerweise würdest du für so etwas ja sparen, ich habe es einfach ein halbes Jahr vorher angemeldet, wir haben gesehen, es passt, dann bin ich gefahren. Es ist ja Zufall, was man so verdient, da kann man ja oft nichts für und daran misst sich ja auch nicht der Wert eines Menschen.

Von den Leuten sind zwei Ärzte, einer wohnt im Bauwagen und ist arbeitslos und hat ein schlechtes Gewissen, weil er nicht viel zum Pott beiträgt, während die anderen ihm erzählen, er könne sich doch entspannen.

Ich weiß nicht, ob ich soviel einzahle, wie ich ausgebe, ich weiß es wirklich nicht, sagt Pink, doch sicherlich hat er einen verantwortungsvollen Umgang mit Geld, nicht so wie ich. Aber in seiner Situation trägt man auch Verantwortung.

Es ist eine Sicherheit, erklärt er mir, wenn ich morgen keine Lust mehr habe auf diesen Job, dann kann ich einfach aufhören und es ist immer noch Geld da.

Sie sind eine Familie, sie schaffen sich ein Netz, das der Staat so nicht bieten kann. Ich bin begeistert, am liebsten würde ich das auch sofort machen, aber woher soll ich die Menschen für so etwas finden? Und ich weiß auch nicht, ob ich die nötige Reife habe, oder ob es mir nicht stinken würde, wenn jemand sich meiner kleinlichen Meinung nach zuviel herausnimmt.

Zur Lesung kommen etwa 20 Leute, es ist ein bißchen schwer am Anfang, aber es läuft. Hinterher unterhalte ich mich wieder mit Pink. Ein sehr eigener, angenehmer Mensch.

Hotel, ein paar Minuten nackte Frauen auf DSF, aber dann doch lieber das Buch, das mir immer besser gefällt. Auch weil ich einen Typen kenne, der ein ähnlicher Charakter ist wie der heranwachsende Mark in dem Roman, ein pathologischer Lügner. Ich hoffe auf eine Erklärung für sein und damit auch für Buraks Verhalten. Ich weiß noch nicht, daß es in diesem Buch keine Auflösung gibt. Als ich fast schon eingeschlafen bin, ruft Svenja an und wir telefonieren noch über eine halbe Stunde. Sie war auf einer Probe, morgen abend liest sie Texte ein. Sie hat die anderen Sprecher kennengelernt, allesamt älter als sie und sie ist begeistert, aber auch eingeschüchtert von ihrer Professionalität.

Mittwoch, 20. April,
Gera, Club Komma

Ich sehe La Vela Puerca, eine LatinSkaRock Combo aus Uruguay, die heute abend in Kassel spielen, beim Frühstück. Ihre Musik kenne ich nur vom Hörensagen und sie selber erkenne ich nur von dem Foto aus dem Programm des Schlachthofs wieder, welches ihnen schmeichelt. Das hier sind fertig aussehende, übernächtigte, schluffige, laute, unfunky Männer, die sich benehmen, als würde der Frühstücksraum ihnen allein gehören. Keiner lächelt, da ist nicht die geringste Freude zu erkennen, sie wirken wie eine total verlotterte Männerwohngruppe auf Tour. Keine Ahnung, wie sie auf der Bühne sind.

In Gera war ich schon zweimal und es ist schön hierherzukommen, zu wissen, wo das Hotel ist. Zudem ist es eins von diesen Luxusdingern, wo man sich im Zimmer auch tatsächlich bewegen kann. Ich gehe essen in einem China-Imbiss, dann hänge ich im Hotelzimmer ab. Wieder Frauengewichtheben im Fernsehen. Wie kommt man zu diesem Sport? Ich kann mir keine Frau vorstellen, die irgendwann mal sagt: Ich möchte Gewichtheberin werden. Was ist die Geschichte hinter diesen Menschen?

Ich vertrödele den Nachmittag, während draußen die Sonne scheint. Ich habe ein wenig ein schlechtes Gewissen deswegen, aber ich beschließe, das hier als eine Art Urlaub zu sehen – ich muß nichts tun. Es gibt keinen normalen Alltag, keine Anrufe, keine Mails, keine Einkäufe, kein Kochen, ich lasse mich gehen.

Stehe dann auf, mache Yoga, dann zur Lesung. Ich gehe sehr gerne mit dieser Entspanntheit in eine Lesung hinein. Doch heute nützt es nichts, ich rege mich unnötig auf. Ich habe ein Autogrammbuch, wo all die Menschen ein Autogramm reinschreiben, die mich um eine Signatur in einem Buch oder sonst irgendwo bitten. Und nun ist da eine Frau um die vierzig, die die *Tochter* in der Zeitung gewonnen hat, nicht zur Lesung bleiben kann und vorher schon eine Unterschrift haben möchte. Klar, sage ich, wenn Sie mir auch ein Autogramm geben. Ich schreibe in ihr Buch, aber sie weigert sich beharrlich, in meins zu schreiben.

- Ich habe es Ihnen doch vorher gesagt.
- Ich möchte aber nicht.
- Es ist nur eine Unterschrift.
- Ich mag nicht.
- Wieso? Es ist doch ein fairer Tausch. Ich frage Sie doch nur nach etwas, das Sie von mir auch haben wollten.
- Ich will nicht.

Sie schüttelt den Kopf.
- Ich finde das jetzt sehr unhöflich. Ich habe es Ihnen doch vorher gesagt. Ist das so ein großer Gefallen, um den ich Sie da bitte?
- Ich möchte dort nicht hineinschreiben.
- Sie verpflichten sich doch mit der Unterschrift zu nichts.
Ich werde sauer.
- Ich habe jetzt Ihr Buch und werde mich damit beschäftigen, sagt sie.
- Mir wäre lieber Sie würden sich nicht damit beschäftigen. Geh jetzt.
Ich schreie nicht, aber ich bin laut und nicht mehr höflich.
Sie sieht, was sie verursacht hat und sagt:
- Oh, das wollte ich ja auch nicht. Ich mag nur nicht unterschreiben. Ich kenne das Buch ja noch gar nicht.
Ich drehe mich um und gehe.
Ich habe es mal wieder falsch gemacht. Ich hätte ihr das Buch einfach aus der Hand nehmen sollen, vom Büchertisch ein unsigniertes besorgen und die Geschichte wäre erledigt gewesen. Ich bin viel zu oft langsam im Kopf.

Die Lesung ist okay, auch wenn ich mit dieser Vorgeschichte da reingehe. Ich kann besser lesen, aber nicht heute abend. Zudem finde ich das Publikum ein wenig verhalten, aber vielleicht reagieren die ja auch nur auf meine mangelnde Performance.

Noch während der Lesung fällt mir ein Mann auf, der letztes Mal gemeinsam mit seiner Frau da war. Die beiden, so um die fünfzig, saßen händchenhaltend an einem Tisch relativ weit vorne, und hinterher habe ich noch mit ihnen geplaudert und ihnen erzählt, wie schön das aussieht, so ein Paar, das Händchen hält, nicht frisch verliebt, sondern vertraut, verbunden.

Nach der Lesung kommt der Mann nach vorne, wir lächeln uns an, ich sage: Heute ohne Gemahlin?
- Meine Frau ist vor vierzehn Tagen gestorben.
- Oh ... oh ... Mein Beileid.
Was für beschissene Worte. Im Türkischen sagt man: Möge es eurem Kopf gut gehen. Oder: Der Herr schenke den Hinterbliebenen Kraft. Mein Beileid? Päh.

Er setzt sich neben mich auf den Bühnenrand, die Tränen stehen ihm in den Augen, aber er ist gefaßt. Einen Moment bin ich versucht zu fragen, wie das passiert ist. Ich würde ihn auch gerne in den Arm nehmen. Aber ich sitze nur da.
- Schön, daß Sie sich erinnern, sagt er. Wir hatten uns vorgenommen, zusammen hierherzukommen. Und ich habe lange mit mir gerungen, aber dann bin ich mit Freunden hierher.

Ich lege meine Hand auf seinen Oberarm und lasse sie dort liegen. Er erzählt, daß sie eine Bypass-Operation nicht überlebt hat. Ich frage, ob es eine Überraschung war, oder ob man damit rechnen mußte. Es sei keine richtige Überraschung gewesen.

Wir reden noch einige Sätze und trotz seiner Trauer und meiner Unsicherheit, es hat auch etwas Schönes, zumindest für mich. Es ist ein sehr intimer Moment, ohne Masken, ohne Theater. Wir haben keine vorgefertigten Strategien, um damit umzugehen. Ein Augenblick, in dem man nackt ist. Nackt und rein.

Als der Veranstalter Christian, den ich mindestens dreimal im Jahr mal hier und mal da sehe, mir den Umschlag mit dem Honorar gibt, zähle ich wie immer noch mal nach. Es sind 100 Euro zuviel. Das passiert ihm schon zum zweiten Mal. Willst du mich testen? frage ich ihn.

Später gehe ich mit ihm und noch einigen anderen in eine schöne Kellerkneipe, die eine gute Karte hat, schön schummrig, aber kein bißchen gammelig ist.

Christian fährt mich ins Hotel, ich bin müde, telefoniere kurz mit Svenja, bei der es sehr gut gelaufen ist und lasse heute abend das Hinsetzen weg. Normalerweise setze ich mich ja jeden Abend noch eine Viertelstunde hin und gehe im Kopf den Tag durch, lasse ihn sacken. Heute wird geschludert.

Donnerstag, 21. April,
Chemnitz, Stadtbibliothek, Tietz Café

Grandioses Frühstück in Gera, große Auswahl und ich esse zum Abschluß noch einen ganzen Teller frische Ananas. Ein schöner Start, dann Tagebuch schreiben, während im Fernsehen wieder Frauengewichtheben läuft. Diese Kraft und diese Anspannung faszinieren mich. Wann fängt man wohl damit an, was treibt eine Frau zu dieser Sportart, immer wieder diesselben Fragen. Ich würde gerne mal einen Artikel darüber schreiben.

Draußen wieder schönstes Frühlingswetter. Dann das Hotelzimmerritual, Sachen zusammenpacken, nichts vergessen, nochmal unter der Bettdecke, im Bad und in den Ecken schauen.

In Chemnitz bin ich mit einem Menschen namens Phillip verabredet, der mir gemailt hat und mich zusammen mit einigen anderen zum Essen einladen wollte. Habe einfach zugesagt, habe ja sonst nichts zu tun.

Zu Mittag esse ich wieder Sushi, checke meine Mails in einer Spielhalle, habe ein Angebot für eine Schreibwerkstatt, das ich wegen Tel Aviv nicht wahrnehmen kann.

Chemnitz hat sich verändert, stelle ich beim Spazieren fest, das letzte Mal war ich vor fünf Jahren hier, nun sieht es viel freundlicher aus.

Es gibt Dinge, die sieht man so nur im Osten, wie diese vier Gothicmädels, so um die sechzehn, zwei stark übergewichtig, alle mit gefärbten Haaren, jede Menge Schnickschnack, Modehandschuhe, schwarze Netzstrumpfhose über weinroten Leggins, alle Bandnamen der DarkWaveWelt mit weißen Edding auf die schwarzen Taschen mit den vielen Sicherheitsnadeln gemalt.

Ein Merkmal von Jugend ist, etwas sein zu wollen, das man nicht ist.

Nachdem ich durch bin mit meiner täglichen Yogastunde, holen Phillip und Annegret mich vom Hotel ab. Wir gehen essen. Die beiden sind achtzehn, neunzehn und wir führen kein sonderlich angeregtes Gespräch, obwohl ich beide angenehm finde.

Annegret ist etwas schüchtern, Phillip hingegen erstaunlich locker, aber sein Weltbild ist mehr Ausdruck einer Suche als einer Überzeugung. Wie sollte es auch anders sein.

Zwei Menschen, die fasziniert sind von meinen Büchern, mir aber freundlicherweise keine Fragen dazu stellen. Ich weiß nicht, was sie in mir sehen, wenn wir beisammen sitzen.

Der Lesung soll ein moderiertes Gespräch folgen, und obwohl ich das selten mache, sage ich okay. Ist halt ne Abwechslung. Die Akkustik ist schlecht, aber die Lesung ganz gut, es ist hell und ich kann in einigen Gesichtern lesen, daß ich sie wirklich packe, vor allem beim Abschlußtext, *Von Zeit zu Zeit*. Das lese ich auf jeder Lesung zum Schluß, ist ein schönes Ritual. Aber ich höre nicht vor jeder Lesung *Whatever happened to my Rock 'n' Roll*.

Was dann folgt ist der übliche Fragenkram, den ich ganz gut hinter mich bringe. Fragen aus dem Publikum, aber auch so seltsame Fragen des Moderators: Wo sind die Parellelen von *Gegen die Wand* und der *Tochter des Schmieds*? Zwangsheirat, Ehrenmorde …

Ich sage so freundlich wie möglich, daß das eine Frage ist, die nur Migranten zusammenführt, nicht Themen, also Unsinn ist.

Das Gespräch ist ein schlechter Abschluß für die Lesung, ich entlasse die Leute ungern so. Und dennoch habe ich gute Laune. Nachdem sich das Nachlesungsdurcheinander gelichtet hat, stehe ich mit Annegret und einigen Studenten im Aufzug und schlage vor, daß wir jetzt – der ganze Aufzug – noch ausgehen. Kurz darauf sitzen wir in einem Café, ich bin fröhlich und heiter und rede wieder zuviel. Dank sei dem Herrn.

Kurz vor zwölf wird die letze Runde ausgerufen, ich bin erstaunt.

Als wir auf dem Weg ins Hotel am McDonald's vorbeikommen, hat der auch schon zu. Sogar der McDonald's ist schon geschlossen, was ist denn das für eine Stadt, frage ich die anderen. Es ist unter der Woche, sagen sie. Meiner Laune tut das heute keinen Abbruch, ich wollte eh nicht mehr viel länger draußen bleiben.

Freitag, 22. April,
Dresden, Groove Station

Als ich morgens aufwache, weiß ich einige Momente lang nicht, wo ich bin. Draußen auf dem Gang höre ich einen Staubsauger. Um halb acht.

Später schlafe ich im Zug prompt wieder ein und wache total erschlagen auf. Kris, bei der ich heute schlafen soll, weil es nicht genug Geld für ein Hotel gibt, holt mich am Bahnhof Neustadt ab. Die Wohnung, in der sie mit ihrem Freund zusammenwohnt, sieht aus wie das Klischee einer Studentenbude, total unaufgeräumt, chaotisch und auch nicht wirklich sauber. Im Bad sind lauter Drogerieprodukte, Handcremes, Shampoos, Haarkuren, Peelings, Gesichtscremes, Duschgel, Deos, Lippenbalsam, Styling Gel, Haarspray, Massageöle, Zahnpasta, Mundwasser, Nagellackentferner, Vaseline, Lidschatten, alles doppelt und dreifach und alles angebrochen.

Überall liegen Bücher und Platten, Tassen und Stifte herum, Dinge, die nicht mehr in ein Regal gepasst haben, sind an die Wand gestapelt. Über dem Ministairstepper aus dem Discount-Markt, der sicherlich nicht mehr als viermal benutzt wurde, ist ein grünes Tuch geworfen, das auch schon ganz verstaubt aussieht.

Ich gehe mit einer alten Freundin, die ich schon sehr lange nicht mehr gesehen habe, im Raskolnikoff essen. Anne fliegt morgen in die Türkei, um dort bis zum Oktober in einem Ferienclub zu arbeiten. Ganz in der Nähe von dem Ort, wo meine Eltern ein Sommerhäuschen haben. Sie wundert sich gar nicht, daß sich *Die Tochter des Schmieds* nicht sonderlich gut verkauft. Das Thema interessiert doch niemanden, sagt sie. Und wahrscheinlich hat sie sogar Recht.

Später schlendere ich zurück zur Wohnung. Neustadt ist ein Viertel, das unglaublich lebendig wirkt, nirgends sonst in Deutschland habe ich das Gefühl, daß das Leben so pulsiert. Gleichzeitig denke ich, daß es ein Viertel voller vergnügungssüchtiger Arbeitloser ist.

In der Wohnung gehe ich an die Anlage und mache gleich zwei Entdeckungen, La Kinky Beat und Aggrolites, beide Alben gefallen mir, besonders die La Kinky Beat muß ich mir anschaffen.

An einer Wand sind haufenweise Bücher übereinander gestapelt, darunter fast alles von Helmut Krausser. Ich kenne nur die Gedichtbände nicht, lese in Strom:

Unter uns, ich bin ohne Sünde.
Darf ich den ersten Stein werfen?
Nein, du hast neulich schon.

Außerdem finde ich *Schönhauser Allee* von Kaminer. Ich lese es bis zur Hälfte, muß oft laut lachen, aber auf Dauer langweilt es mich. Habe heute im Zug *Die Putzfraueninsel* von Milena Moser angefangen, weil ich ihr *Schlampenyoga* so mochte. Aber *Die Putzfraueninsel* ist noch grauenhafter als der Titel.

Was ich liebte fand ich nicht übel, steckte gegen Ende voller Leben, aber richtig beeindruckt hat es mich nicht. Dieses Verkopfte geht ja oft einher mit einer Schwerfälligkeit und Farblosigkeit des Stils.

Kris' Freund Stephan kommt in die Wohnung, in der ich vorher allein war. Wir plaudern und er sagt, daß La Vela Puerca auf der Bühne sehr viel Spaß machen.

Am frühen Abend treffe ich mich mit Solvig, die ich auch schon sehr lange nicht mehr gesehen habe, und wir gehen indisch essen. Es ist schön, in einer Stadt zu sein, in der man Leute kennt.

Um halb neun ist noch fast niemand in der Groovestation. Ich werde schon nervös, die meisten Dresdner Lesungen habe ich in sehr guter Erinnerung. Doch die Leute gehen hier spät aus, es füllt sich sehr langsam, in einer Zeitung soll gestanden haben, die Lesung beginne um viertel vor zehn, also warte ich bis fast zehn Uhr, bevor ich anfange. Mittlerweile sind gut 120 Menschen da, der Laden ist gerappelt voll.

Die erste Hälfte der Lesung läuft gut, das Publikum ist toll, ich improvisiere beim Erzählen und kann mich selbst überraschen, es ist perfekt.

Unter dem Raum, in dem ich lese, ist eine Disco und man spürt die Beats mehr, als daß man sie hört. Aber dann in der zweiten Hälfte drehen sie die Musik auf, ich muß unter anderem gegen Madonna anlesen. Man versteht jedes Wort der Songtexte.

Es ist scheiße, doch ich will auch nicht abbrechen. Das Publikum kann nichts dafür, daß die Bedingungen hier so schlecht sind. Ich nehme nur Texte, die man gut laut lesen kann, keine Zwischentöne, nichts Sentimentales.

Der Applaus am Ende ist eine schöne Unterstützung, aber der Abend hätte mit diesem Publikum richtig gut werden können. Die Veranstalter sagen, sie hätten ihr möglichstes getan, aber ich bin sauer. Die laden mich zum Lesen ein und dann muß ich gegen Musik anbrüllen.

Ich bin froh, als ich aus der Groovestation raus bin, gehe noch mit Solvig und einigen anderen ins Blue Note. Bin um zwei in der Wohnung, morgen um zehn Uhr einundfünzig in den Zug, viermal umsteigen bis Bayreuth, fünf Stunden Fahrt, ich habe keine Lust, so ne Lesung wie heute zehrt an meinen Kräften.

Samstag, 23. April, Bayreuth, Glashaus

Morgens streite ich mich am Telefon mit Svenja. Na klar, es muß alles zusammenkommen. Schlechte Laune. *Die Putzfraueninsel* lasse ich einfach im Zug liegen. Milena Moser muß doch auch bessere Bücher geschrieben haben, wenn sie zu so etwas wie dem Schlampenyogabuch fähig ist.

In Bayreuth ist in dem kleinen Gasthof, wo für mich ein Zimmer gebucht sein soll, niemand da. Klasse. Ich rufe den Veranstalter Mutlu an, der kommt auch zehn Minuten später, kann aber auch nicht helfen. Schließlich quartiert er mich woanders ein. Ich bin matschig im Kopf, weil ich im Zug geschlafen habe, unentspannt, genervt. Mache erstmal Yoga, laufe dann durch die Stadt, die sehr schön ist, kaufe mir einen Döner auf die Hand, nachdem ich heute morgen nur ein Croissant und ein Baguette vom Bahnhof gehabt habe. Es ist nahezu unmöglich, in einem deutschen Bahnhof ein Baguette oder auch nur ein belegtes Brötchen zu bekommen, auf dem keine Remoulade ist. Ich kann das Zeug nicht mehr im Mund haben.

Mutlu holt mich am Hotel ab, wir fahren ins Glashaus, es kommen etwa dreißig Gäste, ich fange um neun an und während ich lese, schmerzen meine Augen. Ich bin müde. Hinterher gehe ich auch nicht mit auf die Party, wo Mutlu auflegt und wo fast alle hingehen, die auf der Lesung waren.

Hotelzimmer, versöhnlich mit Svenja telefonieren, schlafen. Heute war Welttag des Buches. Und Tag des Bieres. Aber letzteres vielleicht nur in Bayern, ich weiß es nicht.

Sonntag, 24. April,
Bayreuth, Off

Off-Day, nichts zu tun. Ich könnte heute bei Mutlu schlafen, aber ich will etwas mehr Privatsphäre, bleibe einfach eine Nacht länger in diesem Dachzimmer. Liege faul im Bett, lese passend dazu *Versacken* von Rich Schwab, was auf Dauer allerdings nicht viel Abwechslung bietet. Gehe spazieren, beschließe, in einem Thai-Imbiss zu Mittag zu essen. Der Laden hat eine Kneipentheke, hinter der ein Berliner steht. Er redet mit der Person in der Küche, die man nicht sehen kann, auf Thai. Vor der Theke sitzen zwei Franken, die nicht ihr erstes oder zweites Bier trinken. Frühschoppen.

Irgendwann wird einer der beiden Franken laut und brüllt: Sobald du den Fernseher anmachst, wirst du elektrisch verarscht.

Elektrisch verarscht.

Danke dafür. Ich bin Schriftsteller und er steht halbbetrunken am Tresen und kommt mit dieser schönen Wortkombination, die mir wahrscheinlich nie eingefallen wäre.

Abends gehe ich ins Kino, *Ring 2*, weil nichts Besseres läuft nicht und ich den ersten Teil ganz gut fand. Vor der richtigen Werbung gibt es erstmal eine Viertelstunde Diawerbung und dazu läuft schlechte Musik. Das Kino ist klein und eher leer, obwohl es ein Mulitplex ist und Sonntag abend. Der Film hat zwei, drei schöne Schreckmomente, aber die Figuren bleiben zu flach, um mich zu berühren.

Es war ein angenehm vertrödelter Tag, ein Luxus, den ich mir zu Hause so fast nie gönne. Und wenn, dann meist mit schlechtem Gewissen, weil da noch so viel zu tun wäre. Das hier ist Urlaub, zumindest so etwas Ähnliches, ein Sonntag in Bayreuth.

Montag, 25. April,
Coburg, Wartesaal am Bahnhof

Die Lesung heute ist die Auftaktveranstaltung zu einer Reihe, die *Coburg liest* heißt und die ganze Woche über andauert. Mich als Autor haben die Schüler eines Deutschkurses ausgesucht, die auch bei der Organisation des heutigen Abends mithelfen und angeboten haben, mich vom Bahnhof abzuholen. Dankend angenommen.

Annika und Elena, beide Jahrgangsstufe zwölf, bringen mich zum Hotel und begleiten mich auch noch zum Mittagessen in ein Bistro, das sie kennen.

Sie erzählen von ihrer dreitägigen Klassenfahrt nach München, wo ein offizieller Programmpunkt der Besuch der Aufzeichnung einer Arabella-Talkshow war. Ein sehr seltsames Kulturprogramm, aber wahrscheinlich nicht schlecht, wenn man mal sieht, wie die Gäste, die sich eben noch angeschrieen haben, in den Werbepausen ganz locker miteinander plaudern.

Nach dem Essen laufe ich etwas durch Coburg, dann mache ich ein Kurzprogramm Yoga, weil sie im Hotel eine Sauna haben, was ich ausnutzen möchte, und abends ist es meistens viel zu spät. Entspannung. Ich bin gerne allein in der Sauna.

Aber ich bin nicht gerne allein beim Essen im Restaurant. Ich gehe zu einem Inder und der Kellner fragt mich auch verwundert, als ich hereinkomme: Eine Person? Ja, sage ich, eine Person.

Und dann packe ich mein Tagebuch aus und schreibe, in einem Restaurant braucht man eine Beschäftigung, bis das Essen kommt, finde ich. In einem Imbiss ist das egal, deshalb esse ich unterwegs so viel in Imbissen.

In der neuen Galore, eine der wenigen Zeitschriften, die ich regelmäßig lese, sagt Farin Urlaub: Ich singe ja in den Wind. Das leuchtet mir ein. Ich schreibe ja in den Wind und spreche abends ins Dunkel. Was weiß ich von den Menschen, was bei ihnen ankommt und ob überhaupt. Sie glauben manchmal, mich zu kennen, aber ich weiß nichts von ihnen. In den Wind.

Helmut Krausser sagt über Judith Hermann, daß sie nichts dafür kann, daß sie eine halbe Millionen Bücher verkauft.

So kann man das auch sehen. Sie ist für den Erfolg ja nicht verantwortlich. Die Verkaufszahlen machen sie, oder das, was sie schreibt, ja nicht hassenswerter. Vielleicht hat Krausser Recht und Schuld ist unterm Strich das Publikum, das sich immer gerne was aufschwatzen lässt. Und dieses Publikum kennen wir nicht, was wissen wir schon von diesen Menschen. Was wissen wir, daß wir über sie urteilen könnten.

Und gleichzeitig frage ich mich: Kaufen die denn eigentlich alles, was ihnen von Leuten, denen sie aus zweifelhaften Gründen trauen, als heißer Scheiß verkauft wird? Ob ihre Vertrauensperson Reich-Ranicki oder Heidenreich oder Harry Rowohlt oder François Borell heißt, ist ja fast egal, die Frage ist, warum sich so wenige eine eigene Meinung zutrauen.

Wahrscheinlich ist es sehr schwierig, als Leser einen Überblick über den Wust von Neuerscheinungen zu bekommen, also verläßt man sich auf fleißigere Leser. Doch fleißigere Leser sind oft Kritiker, die ja auch nur ihren eigenen Geschmack promoten, aber gerne so tun, als sei der ein Qualitätskriterium.

Die Schüler haben mich für diese Lesung ausgesucht, vor Walter Moers und vor Wladimir Kaminer. Finde ich lustig, auch weil beide weit erfolgreicher sind als ich. Aber ich glaube nicht, daß das bedeutet, daß die Schüler eine besonders eigenständige Meinung haben, oder daß ich gar besser bin. Sie haben mich ausgesucht aufgrund des Sattelbuchs und *Nirgendwo & Hormone* und sie haben mich auch gebeten, daraus vorzulesen. Es ist einfach direkter mit ihrem Leben verbunden als die Werke der beiden anderen.

Der Wartesaal ist eine geräumige Kneipe, bestuhlt und pickepacke voll, weit über hundert Menschen, schätze ich. Als Eintrittskarte bekommt man Buttons, größer als Fünfmarkstücke, auf denen ich abgebildet bin. Einige Leute stecken sich diese Buttons auch wirklich an. Es sieht komisch aus, abgefahren, ich kann mich darüber freuen, weil es so schräg ist, aber es befremdet mich auch. Es gibt einige Eröffnungsreden, bevor ich dann schließlich dran bin.

Es ist seltsam, aus dem Sattelbuch vorzulesen. Ich kann besser lesen als damals, aber ich kann es nicht mehr so fühlen, es ist weit weg. Das ist über zehn Jahre her, daß ich das geschrieben habe. *Nirgendwo & Hormone* ist mir näher, obwohl das fast genau so lange her ist. Ich bin erstaunt, was in diesem Buch alles drin steht, was sich in anderer Form auch in den späteren wiederfindet. Danach erzähle ich noch ein wenig, gebe eine kurze Einführung in die *Tochter*. Das ist heute ein Abend, der eine große Bandbreite bietet. Das Publikum ist angenehm, mir ist warm, ich bin wohlig adrenalindurchflutet.

Als ich die Pause ankündige, glaube ich im Gesicht des Bürgermeisters, der ganz vorne sitzt, Erschrecken zu erkennen: Was, nochmal so lange?

In der zweiten Hälfte sehe ich ihn nicht, aber er verabschiedet sich ganz am Schluß nochmals per Handschlag. Auch der zweite Teil läuft sehr gut, mir rutschen auch keine *sch* mehr raus, wo *ch* hingehören, wie in der ersten Hälfte einige Male. Manchmal habe ich das, vornehmlich, aber nicht nur, wenn ich nervös bin. Ich bin halt in Köln aufgewachsen.

Den Schlußtext will ich im Stehen vortragen, doch als ich mich erhebe, kommt mir die Bühne zu hoch vor, als würde ich zu den Leuten herabsprechen. Also steige ich mit dem Mikro in der Hand runter und bekomme prompt Herzklopfen. Eine leicht veränderte Situation und schon bin ich aufgeregt, aber es läuft gut, um nicht zu sagen grandios. Da, wo die Aufregung ist, ist auch am meisten zu holen.

Ich signiere bestimmt fünfzig Bücher, und als ich durch bin, ist fast niemand mehr da. Eike, einer der Schüler, schlägt vor zu flippern und wir werfen Geld in den Jurassic-Park-Flipper, der in einer Art Hinterzimmer steht. Eike erzählt, daß er erst nach dem Sattelbuch angefangen hat zu flippern. Schon komisch, die einen animiert man zum Trinken und Flippern, die anderen zum Yoga. Ich gewinne haushoch, aber bin noch einiges von einem Freispiel entfernt. Mein Freund Christian hat irgendwann mal gesagt: Flippern ist so eine Sache, da hat man mit Anfang zwanzig mal sehr viel Geld investiert, dafür kann man aber auch heute noch mit einem Euro ganz schön lange spielen.

Es ist ein toller Abend und aus lauter Übermut trinke ich einen Jägermeister und einen Weißwein. Ich trinke ja sonst fast gar nicht mehr die letzten Jahre. Ich habe gute Laune, würde gerne noch ausgehen. Als der erste Laden, den wir ansteuern, schon zu hat, habe ich schnell keine Lust mehr und gehe doch ins Hotel und schlafe sehr bald ein.

Dienstag, 26. April, Hamburg, Nachtasyl im Thalia Theater, mit Zoran Drvenkar

Wache gut gelaunt auf, telefoniere noch vor dem Frühstück mit Svenja. Bald darauf sitze ich schon im Zug, es ist ein ganzes Stück bis Hamburg. Musik, Galore, Rich Schwab, *Philosophie und Religion Indiens* von Heinrich Zimmer, Tagebuch, draußen Regen. Zeit, die mir gehört, ganz allein mir.

Als ich in Nürnberg von der Regionalbahn in den Intercity umsteige, setze ich mich auf meinen reservierten Platz. In der Regel fahre ich ohne Reservierung, einen Platz findet man fast immer, aber diese Fahrkarte haben mir die Veranstalter in Hamburg zugeschickt, mitsamt Platzkarte.

Ein Mann, Mitte fünfzig, Brille, pausbäckig, grauer Anzug, schüttere Haare, bleibt vor mir stehen.

- Sie sitzen auf meinem Platz, bellt er mich an.

Er ist nicht laut, aber sein Tonfall ist extrem unfreundlich.

- Platz 51? sage ich.
- Platz 51, blafft er.
- Wagen 6?
- Wagen 5, und das ist hier Wagen 5, erwidert er ungehalten und unhöflich.

Gerade in dem Moment kommt die Schaffnerin vorbei und sagt: Das ist hier Wagen 6, Wagen 5 ist einer weiter vorne.

- Sehen Sie, sage ich nun zum Mann, wäre ja gar nicht schlimm, wenn Sie einfach freundlich gewesen wären.
- Entschuldigung, sagt er, aber es klingt eher wie: Fick dich.
- Sie sind ja immer noch nicht freundlich, sage ich.
- Jaja, Sie haben ja Recht, pisst er mich an und ich werde sauer.

Während er sich schon wegdreht, äffe ich seinen aggressiven Tonfall nach.

- Jaja, Sie haben ja Recht.

Als er nicht reagiert, sondern einfach geht, brülle ich ihm hinterher: Sackgesicht. Laut. Viel zu laut. Einige Köpfe drehen sich nach mir um. Ich bin hier der Arsch, ich habe die Stimme erhoben.

In Hamburg kaufe ich mir Sushi am Bahnhof, gehe ins Hotel, mache Yoga, esse und muß dann schon los zur Lesung.

Das Nachtasyl ist gut gefüllt, Marcel von Tomprodukt, der meine Lesungen bucht, ist da. Es gibt eine Moderatorin und wir besprechen kurz den Ablauf.

Seltsamerweise bin ich aufgeregt, aber als ich anfange zu lesen, läuft es ganz gut. Es gibt eine Pause und dann kommt Zoran dran. Ich habe großen Respekt vor dem, was Zoran macht und ich halte ihn für einen sehr guten Schriftsteller, zumindest ist er ernsthafter und in vielen Dingen bedingungsloser als ich. Aber was er heute abend aus *Yugoslavian Gigolo* liest, ist mir ein bißchen zu sehr auf Schockwirkung ausgelegt und wirkt auf den einen oder anderen wohl auch unfreiwillig komisch. Da fand ich die Lesung in Leipzig besser. Obwohl er da streckenweise gleichen Stellen gelesen hat, wirkte es anders, weil die gesamte Lesung länger war.

Das abschließende Gespräch mit der Moderatorin finde ich nicht so prikkelnd. Vielleicht sollte ich so etwas nach Möglichkeit gar nicht mehr machen. Ich weiß nicht, was ich mit solchen Fragen soll wie: Wo würden Sie sich in der deutschen Gegenwartsliteratur einordnen? Ich bin der beste deutsch schreibende Yogalehrer, sage ich. Und will das dann doch nicht so stehen lassen und erläutere, daß ich einfach schreibe. Ich bin nicht mit der Rezeption beschäftigt.

Die Lesung findet statt im Rahmen der *Hamburger Lesetage* und wir gehen hinterher noch ins Hotel, wo es ein Buffet für die Autoren und Veranstalter gibt. Ich habe großen Hunger, esse, trinke zwei Gläser Wein, rede mit Marcel, der auch noch mitgekommen ist. Ich habe mir das hier wie eine Stehparty vorgestellt, aber man sitzt gediegen an Tischen, es kommt zu keiner Durchmischung der Gäste.

Zu späterer Stunde kommt Barbara Heine, die das Programm für die *Lesetage* konzipiert, mit ihrem Mann an unseren Tisch. Ich finde sie cool. Eine lokkere Frau, leicht angeheitert, doch sehr geerdet, die ein wenig über ihre Veranstaltung und wirklich nur ein winziges bißchen indiskret über die Autoren plaudert. Sie kommt sehr gelassen rüber, hätte ich von jemandem in ihrer Position nicht gedacht.

Kathrin Weiland, die Moderatorin unseres Abends, die mit uns am Tisch sitzt und Juan Moreno nicht gut findet, zeigt sich irgendwann begeistert von Joachim Lottmann, weil es ja sonst keinen gäbe, bei dem sich Literatur und Privatleben so sehr durchmischen. Alban Nikolai Berg, werfe ich sofort ein. Ich mag beide Autoren nicht sonderlich, aber ich freue mich, wenn ich jemanden mit einer Zeile killen kann. Das ist der kleine klugscheißernde HipHopper in mir.

Um eins brauche ich bloß ein paar Stufen hoch zu meinem Zimmer zu gehen. Luxus. Ich setze mich auch heute abend nicht hin. Auch ein Luxus.

Mittwoch, 27. April,
Dortmund, Schauburg

Ich schlafe lange, trödele herum, bevor ich zum Bahnhof gehe. Kaufe Sushi für unterwegs. *Religion und Philosophie Indiens*, die *Anleitung zum Unglücklichsein* von Watzlawick als Hörbuch, Musik und dann schon Dortmund.

Ich laufe etwas ziellos durch die Stadt, habe den Drang, mir etwas zu kaufen, irgend etwas. Ich gehe zu Saturn. Die La Kinky Beat kostet neunzehn Euro und ich habe keinen tragbaren CD-Player, nur Minidisc, ich könnte sie erst zu Hause hören.

Nach wahllosem Stöbern in verschiedenen Geschäften kaufe ich mir einen Porno bei Beate Uhse. Den kann ich auch erst zu Hause sehen. Keine Ahnung, warum ich das mache. Ich kaufe eigentlich nie Pornos. Jetzt habe ich einen.

Das Hotelzimmer ist wieder so eins mit dunkelbraunen Möbeln, die wahrscheinlich schon in den Siebzigern dazu beigetragen haben, daß Menschen depressiv werden. Ich mache Yoga, esse bei einem Asiaten, doch es schmeckt mir nicht.

In der Schauburg, die eigentlich ein Kino ist, sind etwa 50 Zuhörer, aber wie eigentlich immer in Dortmund ist es ein grandioses Publikum. Da sind Menschen, die zum dritten, vierten, fünten, sechsten Mal kommen. Bevor ich überhaupt den Mund aufgemacht habe, gibt es schon Lacher und später kann ich bei den leisen Stellen spüren, wie sehr die Leute mitgehen. Es ist toll. Nach der Lesung verkaufe ich drei CDs, das ist nicht die Regel, meistens geht eine bis keine weg.

Hinterher gehe ich mit Maritini, der in Dortmund schon einige andere Lesungen mit mir veranstaltet hat, und einer Frau, die er kennt, aus. Ich will noch nicht ins Hotel, aber als wir dann in der Kneipe sitzen, fühle ich mich erschöpft, erledigt. Es entwickelt sich nicht gleich ein Gespräch und eigentlich will ich auch gar nicht reden. Was ich brauche, ist Unterhaltung, aber ich kann leider nichts dazu beitragen. Was ich von mir gebe, langweilt mich kolossal. Gehe ins Hotel, schlafen.

Langsam wird es mir zuviel. Jeden Tag neue Menschen, neue Gesichter, neue Namen. Wie sagt Funny van Dannen: In letzter Zeit geht alles so rasend, so unwahrscheinlich schnell, mein Kopf ist ein Flughafen und mein Herz ist ein Hotel.

Ich freue mich auf zu Hause. Noch zwei Lesungen.

Donnerstag, 28. April, Göttingen, Rodeo Bar

Am Bahnhof stelle ich fest, daß ich, um nach Göttingen zu kommen, in Hannover umsteigen muß. Ich rufe Svenja an, sie hat erst um 16 Uhr Probe. Sie holt mich ab, wir gehen mittagessen und danach zu ihr.

Es ist schön, in so einer vertrauten Umgebung zu sein, ein Moment des Nachhausekommens, des Loslassens. Nach drei Stunden in Hannover sitze ich wieder im Zug, und als ich etwas mehr als eine Stunde später in Göttingen ins Hotel einchecke, fragt die Frau an der Rezeption, wahrscheinlich einfach konversationshalber, wo ich gerade herkomme.

- Ich war in Hannover, sage ich, da habe ich mich mit jemandem getroffen, aber eigentlich komme ich aus …

Ich brauche lange, bestimmt zwölf, fünfzehn Sekunden, bis mir einfällt, wo ich herkomme. Wo war ich gestern? Wo war ich gestern noch mal? Es fällt mir nicht ein. Mir fällt nur ein, daß ich vorgestern in Hamburg war. Okay, denke ich, wohin bist du von Hamburg aus gefahren? Nach Dortmund. Richtig, ich komme gerade aus Dortmund.

Langsam bin ich überfordert.

In Göttingen treffe ich mich mit Jule, mit der ich zusammen die erste Hälfte der Yogalehrerausbildung gemacht habe. Wir reden darüber, wie es war, wieder in der Alltagsrealität anzukommen nach zwei Wochen Yoga nonstop, abgeschnitten vom Rest der Welt. Beide waren wir wohl erstmal ziemlich gut drauf, offen, aufgeschlossen, herzlich. Bei mir ist das Stück für Stück verloren gegangen, auch die tägliche Disziplin. Und bei Jule hat wohl irgendwann so ein Überdruß eingesetzt und sie hat einfach getrunken und geraucht und gefeiert, weil sie das als Ausgleich brauchte.

Es ist schwierig. Man muß bei diesen Dingen aufpassen, daß man nicht innerlich verkrampft und noch viel unentspannter wird, als man es mit Alkohol, Drogen, Stress und Wut wäre. Verzicht ist eine schöne Sache, aber wenn er zu einem Opfer wird, das täglich schmerzt, läuft irgend etwas schief. Man kann keinen Frieden in sein Herz zwingen. Der kommt von allein, wenn man die Bedingungen dafür herstellt.

Die Lesung ist in so einem verwinkelten Kellerclub, die Werbung ist tierisch gut gelaufen, Tagestipp in fast allen Stadtmagazinen, es wird rappelvoll. Tunc, der an der Kasse steht, erklärt den Leuten, die später kommen, daß sie wahrscheinlich keinen Sitzplatz kriegen, daß sie möglicherweise nichts sehen können, aber immerhin hören und darum ginge es ja. Kaum jemand, der sich davon abschrecken läßt. Eine Frau feilscht um den Preis, wenn schon kein Sitzplatz, dann doch bitte billiger. Tunc ist hartnäckig un d ich sage ihr, als sie auch nicht nachgeben möchte, sie bekäme ihr Geld wieder, wenn es ihr nicht gefällt. Sie weiß noch nicht, daß ich derjenige bin, der lesen wird.

Es ist voll, die Luft ist nicht besonders gut, die Lesung ist grandios. Leute sitzen auf dem Boden oder sonst irgendwie unbequem, es herrscht eine Konzertatmosphäre. Der Abend wird mir zu einem Fest.

Ich liebe diese Momente, in denen ich den Abschlußtext rezitiere und so offen bin, wie sich mich da vorne nur haben können.

Ich gehe noch mit Ertuğrul, dem Veranstalter, und Jule in einen Laden, ausklingen lassen. Schön. Doch ich bin oft verwundert, wie schnell die Leute nach einer Lesung weg sind.

Ertuğrul erzählt noch eine Geschichte, die mir gefällt. Er hat einen Job in Ankara, hilft dort beim Aufbau eines Multiplex-Kinos und ist in einem noblen Viertel in einem noch nobleren Hotel untergebracht. Eines Tages, als er mit dem Auto unterwegs ist, halten ihn die Bullen an. Den Führerschein und die Fahrzeugpapiere hat er im Hotel vergessen und sagt das auch. Ja, was machen wir denn da? fragen die Polizisten. Sie können mich ja zum Hotel begleiten, schlägt Ertuğrul vor. Nein, sagen die Polizisten, wir können hier nicht weg. Da müssen wir uns eine andere Lösung einfallen lassen.

Es ist offensichtlich, daß sie geschmiert werden wollen. Es geht eine Weile hin und her, Ertuğrul tut so, als wisse er nicht, worum es geht. Er ist der blöde Deutschländer. Schließlich fragen die Bullen ihn entnervt, wo denn sein Hotel ist. Als sie den Namen des Hotels hören, bekommen sie Angst. Wer weiß, wer dieser Typ ist, der in einem solchen Hotel absteigt, womöglich kennt er noch so Großkopferte und bringt sie in Schwierigkeiten. Sie lassen ihn fahren.

Freitag, 29. April,
Bielefeld, Kamp

Traum: Ich muß auftreten, singen, die Band ist schon da, aber ich habe nicht geprobt, ich kann nicht nur meine Einsätze nicht, ich kann nicht mal die Texte auswendig. Ich will mich einsingen, so für mich, aber es klingt alles schief. Ich werde auffliegen, es wird offenbar werden, daß ich nichts kann. Ich laufe unruhig herum, aber es gibt keine Lösung, ich werde als Blender entlarvt werden.

Die letzte Lesung im Kamp war ein legendärer Abend. Direkt vor mir saßen zwei Frauen, die so gerührt waren, daß sie Tränen in den Augen hatten. Ich konnte die Herzen der Menschen berühren und dieses Mal ist Bielefeld der Abschluß, ich freue mich auf den Abend.
Ich laufe ein wenig durch die Fußgängerzone, der Saturn ist schlecht bestückt, ich werde mir morgen in Köln neue CDs kaufen, La Kinky Beat, Kettcar, die angeblich auf dem neuen Album Textzeilen von mir zitieren, Leonard Cohen. Es ist immer schön, mit einigen Alben den Laden zu verlassen.
Ich kaufe mir doch noch eine dritte Frühlingsjacke bei H&M, irgendwo muß das verdiente Geld ja hin.
Im Kamp gibt es eine Künstlerwohnung und Cayhan, der Veranstalter, hat vorgeschlagen, daß sie dort kochen und ich gemeinsam mit dem Kampleuten esse. Also hänge ich den Nachmittag mit den Leuten vom Kamp herum, genieße es, unter Menschen zu sein, reden, zuhören, schweigen, lachen, witzeln, kichern, lästern.
Abends wird es nicht so voll wie letztes Mal, so 30, 35 Gäste, und ich muß gestehen, ich bin nicht sonderlich gut. In der zweiten Hälfte läuft es wenigstens etwas besser.
Dann hänge ich mit dem Team vom Kamp noch am Thresen ab, kiffen, trinken, reden. Es ist schön, da sind Menschen, aber gleichzeitig fühle ich mich leer.

Donnerstag, 5. Mai, Jona, Zak

Es ist eine lange Zugfahrt in die Schweiz, fast sechs Stunden. Ich lese *Eine Frau, eine Wohnung, ein Roman* von Genazino. Ist schnell gelesen, berührt mich aber kaum. Ich mag diese Distanz zwischen Autor und Erzähler meistens nicht besonders. Wenn es nicht warm ist, ist es nichts für mich. Ich will nicht analysieren, ich möchte fühlen und bestenfalls geht beides Hand in Hand.
Danach weiter in *Religion und Philosophie Indiens*, das ist ja als Analyse angelegt, aber es berührt mich auch. Es gibt dort Geschichten aus dem Bereich der Mythen, die mich faszinieren, mir einen neuen Blickwinkel eröffnen, einen weiteren, als man ihn durch die ausschließliche Lektüre von Yogaliteratur bekommen kann.
Die letzte Stunde sitze ich mit dem Kopfhörer auf den Ohren da und schaue aus dem Fenster. Die Schweiz ist schön.
Mein Hotel ist in Rapperswil, direkt neben Jona, beides eher kleine Orte, die ineinander übergehen. Ich gehe spazieren.

Zur Lesung kommen sechs Leute, um mich hier heute abend zu sehen. Eine Andrea aus Basel, das sind immerhin zwei Stunden Zugfahrt, Andrea, Michael und Monika kommen aus Zürich, das ist immer noch eine halbe Stunde Fahrt, und ein Ehepaar, Christine und Peter, kommen aus Jona.
Es ist schon seltsam, manche Menschen fahren so weit und andere interessiert es gar nicht. Ich werde wohl nie dahintersteigen.
Ich setze mich nicht auf die Bühne, sondern an das Kopfende eines Tisches, an dem auch die anderen sitzen und mach mal ne ganz andere Lesung. Fange vorne an bei der *Tochter des Schmieds* und lese einen guten Schwung, etwa eine halbe Stunde, das mache ich sonst nie. Dann lese ich noch einige Stellen, die ich sonst auch lese und schließlich noch ein wenig Kleinkram, den einen oder anderen kurzen Text. Ich sehe viel ins Buch, mehr, als ich müsste. Bei so wenigen Leuten fällt es mir schwer, mich zu öffnen. Ich komme aber dennoch irgendwann ins Plaudern und da ist ein direkter Kontakt, kein Buch mehr zwischen uns. Es ist eine der besseren Lesungen mit so wenig Leuten, vielleicht sogar die beste, am Ende fühle ich mich ganz wohl. Wir sitzen noch ein wenig herum. Am Schluß bleiben noch Michael und Monika.

Michael hatte mir im Netz einen Eintrag ins Gästebuch geschrieben, der mich echt berührt hat. So etwas passiert nicht so oft. Ich freue mich über Einträge, ja, aber meistens mehr so beiläufig. Michi und ich verstehen uns an diesem Abend sehr gut und das hat sicherlich nicht nur mit meiner Eitelkeit zu tun. Er lässt sich ein Plakat signieren und schreibt mir dafür in mein Autogrammbuch.

Später im Hotel lese ich: Weißt du, Selim … irgendwann hoffe ich ein Mädchen zu treffen, das mir genausoviel wie Musik bedeutet, weil ich sie dann für immer lieben kann.

Das ist es. Mit Worten etwas sagen, das ohne Worte ist.

Freitag, 6. Mai, Basel, Baselbuch

Ich bin im Swiss Hotel untergebracht und das ist das nobelste, was ich in den letzten Jahren gesehen habe. Ein Page, der den Aufzugknopf für einen drückt, sobald man das Foyer betritt, im Zimmer Pralinen als Willkommensgruß und nicht nur ein oder zwei, sondern sieben, acht und die sehen auch noch aus, als seien sie mundgeblasen. Im Schrank ist eine Espressomaschine, komplett mit Kaffee und Zucker und Kaffeweißer, im Bad steht eine Waage.

Ich hole mir bei einem indischen Takeaway etwas zu essen und esse dann im Hotelzimmer mit Plastikbesteck. Es ist sehr scharf, was ich gerne mag, aber nicht sonderlich lecker.

Die Baselbuch ist eine kleine Buchmesse und ich soll um 17 Uhr dort lesen. Ich gehe schon nach dem Essen hin, um mich ein wenig umzuschauen. Es ist kein Vergleich zu Leipzig oder gar Frankfurt, es ist schön klein und übersichtlich, nur eine Halle. Irgend jemanden müßte ich doch hier treffen, denke ich und laufe schon Franz Dobler in die Arme. Kurz vor seiner Lesung, die ich mir dann anhöre.

Dann gehe ich die fünfzig Meter zum Hotel, mache Yoga, bevor es Zeit für den Auftritt ist. Sie haben einen richtigen Raum mit Tür, wo gelesen wird. Man muß sich nicht die Leute anschauen, die einfach nur an dem Stand vorbeilaufen, an dem man liest. Es ist ne okaye Lesung, auf eine Stunde runtergekürzt, weil dann schon der nächste dran kommt. Ich halte mich an die *Tochter* und erzähle auch ein wenig nebenher, lese aber keine anderen Texte, wie sonst so oft.

Nach der Lesung ist da ein Mädchen, das abwartet, bis ich Bücher signiert und einige kurze Worte mit Zuhörern gewechselt habe. Sie kommt mir bekannt, doch erst nach längerer Zeit fällt es mir ein: Das ist eine aus der allerersten Schreibwerktstatt, die ich geleitet habe, hier in Basel. Es freut mich, daß sie gekommen ist. Sie ist sehr hübsch und hat etwas hitzig aufgelöstes, als würde ihr Blut zu heftig pulsieren. Nicht wie nach dem Sport, eher wie bei einer Aufregung, die keine Nervosität ist. Fast sehe ich einen leichten Schweißfilm auf ihrer Haut und spüre ihre weichen Glieder. Sie strahlt eine Bereitschaft aus. Vielleicht ist das auch nur Wunschdenken. Sie ist mit ihren siebzehn oder achtzehn Jahren auf eine unschuldige Art verdammt sexy.

Nach der Lesung wird das Geld im Festivalbüro ausgezahlt. Das Festivalbüro ist ein kleines Kabuff mit einer Schiebefalttür. Darin sitzen zwei Damen vor einer Schachtel, in der mal Basler Leckerli waren. Die Schachtel hat etwa die doppelte Fläche einer Tafel Schokolade, ist gut zwei Metzgerfinger hoch und voll mit Schweizer Franken. Man wird gefragt, welches Honorar vereinbart war, obwohl sie die Summe in ihren Unterlagen vorliegen haben. Dann bekommt man nach der Quittungsunterschrift die Kohle ausgezahlt und kann nach draußen, wo schon der nächste wartet. Die Situation erinnert mich an Mafiafilme.

Ich höre kurz bei einer Podiumsdiskussion rein, bei der es um Gegenwartsliteratur geht. Die Menschen auf dem Podium verstehen unter Literatur ja was ganz anderes als ich. Für sie ist sie greifbarer Kosmos, den man analysieren und systematisch erfassen kann, und ich habe immer noch meinen Kinderglauben an die Macht der Worte, die unerklärlich ist. Irgendwann während der Diskussion fällt die Wortkombination *ästethische Vorpositionierung*. Ich glaube, ich mag keine Schriftsteller, die über so etwas nachdenken. Oder sich solche Phrasen einfallen lassen. Es ist eine Literaturwelt, die so gar nichts mit mir zu tun hat und in der ich folgerichtig fast überhaupt nicht existiere, obwohl ich viele der Forderungen, die auf dem Podium an die Literatur gestellt werden, zu erfüllen glaube. Ich schreibe nicht verkopft, humorlos, verschwurbelt, experimentell, ohne Rücksicht auf den Unterhaltungswert. Aber die beschäftigen sich mit Leuten, die in ihr Bild passen und ich gehöre nicht dazu, ich bin kein ernstzunehmender Schriftsteller. Wie sagt Eminem: How the fuck can I be white, I don't even exist.

Mein Name fällt nicht, wenn es um Gegenwartsliteratur geht. Wahrscheinlich weil ihn niemand kennt. Ich bleibe nicht bis zum Schluß der Diskussion.

Ich hänge mit Hartmut El-Kurdi, Franz Dobler, Wiglaf Droste und Christian Kortmann ab, die alle heute abend noch im Parterre lesen. Wiglaf und Christian kannte ich vorher nicht, Wiglaf nicht persönlich und Christian gar nicht. Wiglaf wirkt wärmer, menschenfreundlicher, als ich es mir vorgestellt habe.

Hartmut liest als Erster, es ist lustig, auch wenn bei mir am Ende nicht viel hängenbleibt. Danach kommt Wiglaf, auch er ist unterhaltsam und kurzweilig, zugegeben, aber ich stehe nicht auf dieses Menschenbild, wo Unzulänglichkeiten unentschuldbar werden und Feindbilder zur Abgrenzung herhalten müssen. Da ist Hartmut leichter, lockerer in seiner Haltung.

Doch ich hege auch einen Neid, wenn ich Menschen wie Wiglaf sehe, die fest von der Richtigkeit ihrer Aussagen überzeugt zu sein scheinen. Ich bin mir ja bei fast nichts sicher. Es gibt ja immer drei Seiten der Medaille, die eine, die andere und die, die nur Gott kennt.

Christian liest Texte über populäre Themen, das Wetter oder das Bier und es kommt mir vor wie Luftballonprosa. Aufgeblasen, ohne Inhalt. Zum Schluß, als schon sehr viele gegangen sind, liest Franz Gedichte von Fauser. Und auch da bin ich neidisch, das hätte ich auch gerne gemacht. Doch Franz macht es gut, trozt der mangelnden Abwechslung in seinem Vortrag. Den Applaus gönne ich ihm aus vollem Herzen.

Die anderen wollen nicht mit, also gehe ich noch nach nebenan in die Kaserne, wo Wladimir Kaminer heute auflegt. Ich war noch nie bei einer Russendisko und bin erstaunt, wie gut es mir gefällt. Punkige Musik mit vielen Ska- und Reggaeelementen, eingängig, sehr gut tanzbar. Und Wladimir geht ab beim Auflegen, sieht aus wie einer, der gerne Rockstar wäre, aber nicht auf so eine Möchtegern-Art, sondern einfach cool. Er lebt halt dort oben seinen Spaß aus, spielt Luftgitarre und singt mit. Ich trinke Bier und schaue ein wenig den Mädels beim Tanzen zu.

Gegen zwei gehe ich ins Hotel. Die Tagesdecke ist abgezogen, auf dem Kissen liegt ein kleines Toblerone, vor dem Bett liegen Wegwerffrottee-pantoffeln. Ich setze mich nicht mehr hin und gehe sofort ins Bett. Habe Sehnsucht nach Nähe. Wahrscheinlich, weil ich die ganze Zeit allein rumstand auf dieser Russendisko.

Montag, 9. Mai,
Heppenheim, Bücherstube May

Auf dem Weg zum Bahnhof treffe ich in der Straßenbahn Murat Güngör, der gerade zum Lesen nach Stuttgart fährt. Wir hoffen, im gleichen Zug zu fahren, doch er muß einen anderen nehmen. Er liest beim SWR zusammen mit seinem Co-Autor Hannes Loh aus ihrem Buch *Fear of a Kanak Planet.* Das sei sehr gut, sagt er, da säßen die ganzen Multiplikatoren. Vielleicht ist es das, was mir fehlt, dieses Multiplikatorendenken. Das Wort kommt in meinen aktiven Wortschatz überhaupt nicht vor.

Im Zug lese ich die zweite Johnny-Cash-Autobiografie. Ich mag ihn ja und wenn er schreibt, daß er glaubt, daß Gott will, daß er glücklich ist, dann leuchtet mir das auch ein. Aber gleichzeitig ist er einer der Menschen, die jeden Scheiß gemacht haben, alle Drogen genommen, die Kinder im Stich gelassen, die Umwelt terrorisiert, sich in seinen Worten von Gott und sich selbst entfernt haben, und dann bekommen sie gegen Ende ihres Lebens etwas sehr Wohlwollendes, Sanftmütiges und strahlen tatsächlich Liebe aus. Aber ist das nicht auch eine Nummer billiger zu haben, geht der Weg zur Größe immer nur über die eigenen Abgründe, in die man dann auch noch hineinfällt? Ich glaube ja nicht.

Heppenheim ist ein schnuckliges, kleines Städtchen, ich gehe etwas spazieren, bestelle in einem Bistro einen Salat, weil mir nach leichter Kost zumute ist und habe dann mehr Mozarella auf dem Teller, als ich schaffen kann. Ich lasse bestimmt die Hälfte davon liegen, wer braucht schon 750 Gramm Käse im Bauch.

Über der Buchhandlung gibt es einen schönen kleinen Saal mit Holzboden. Ich bin ja kein Freund von diesen Lesungen in Buchhandlungen, wo man zwischen den Büchern von lauter fremden Leuten sitzt. Das kann man mal machen, und ich tue es auch gerne, aber wenn das mein tägliches Brot wäre, hätte ich bald keine Freude mehr daran. Und auch heute finde ich es angenehm, daß es einen eigenen Raum für die Lesung gibt.

Es kommen etwa 45 Zuhörer, die meisten über 50. Zunächst bin ich skeptisch, aber es läuft gut, ich spüre das Wohlwollen der Menschen. Es ist eine schöne Lesung.

Hinterher meint eine Frau, sie wundere sich, daß ich so locker sein kann und zugleich diszipliniert genug, um Bücher zu schreiben. Ich bin wahrscheinlich nicht halb so locker, wie sie glaubt, aber viel disziplinierter.

Eine etwas jüngere Frau kommt mir bekannt vor und ich frage sie, ob sie denn schon mal auf einer Lesung von mir war. Ich frage, aber es ist mir auch unangenehm, weil es so nach einer Anmache aussieht: Kennen wir uns irgendwoher? Sie sagt, das sei jetzt schon ihre dritte Lesung. Ich freue mich und sage, daß ich sie nächstes Mal gerne auf die Gästeliste setze.

Ich bin schon um elf im Hotel, aber es ist okay so, ich fühle mich heute nicht nach Gesellschaft. Ich kiffe und sehe fern, einen Film über einen Kroaten in Deutschland, der während des Kriegs in Ex-Jugoslavien eine Bosnierin vergewaltigt hat.

Dienstag, 10. Mai, Backnang

Ein freier Tag, aber da ich morgen früh eine Schullesung habe, muß ich heute schon nach Backnang. Der Veranstalter Gregor Oehmann holt mich vom Bahnhof ab und bringt mich ins Hotel, zeigt mir das Städtchen. Wir essen bei einem Chinesen, die Art von Laden, in die ich auch alleine gehen würde. Hinterher beim Kaffee erzählt er mir einen Witz, über den ich mich weglache. Ein guter Anfang. Er ist ein angenehmer Mensch, Anfang vierzig, eine tiefe, kräftige, wohltönende Stimme, die mich am Telefon dazu gebracht hat, ihn wesentlich älter zu schätzen.

Den Rest des Tages vergammle ich vor dem Fernseher, totale Lethargie, wie ich sie mir sonst selten gönne. Rauf- und runterschalten, immer wieder. Bei Arte bleibe ich abends hängen. Es scheint ein Themenabend zu sein, es geht in mehreren Beiträgen um Islam, Islamisten, Terror.

Ich finde das seltsam. Da bringt ein Idiot einen anderen um und alle reden von VanGogh und dem Scheitern der multikulturellen Gesellschaft. Das sind sogenannte Intellektuelle, also Menschen, die geistig geschult und gebildet sind und sich auf ihren scharfen Verstand verlassen. Und diese Leute nehmen dann stumpf einen Einzelfall und betrachten ihn als symptomatisch. Wenn jemand seine Frau und seine Kinder tötet, kommt doch auch niemand und sagt, das Konzept der Familie sei gescheitert.

Und selbst wenn der Vergleich humpelt, hier werden bereits integrierte Menschen wieder ausgeschlossen. Jahrelang war ich Türke in diesem Land und nun bin ich über Nacht auch noch Moslem geworden, Gerhard Schröder fordert von dem Muslimen in diesem Land mehr Integrationsbereitschaft und gleichzeitig darf man sich an Houllebecques Aussage erfreuen, der Islam sei die dümmste aller Religionen. Auf diesem Niveau wird das diskutiert.

Da will ich mir fast schon einen Bart wachsen lassen und mir ein Käppchen auf den Kopf setzen, an einer Massenvergewaltigung von Ziegen und Kamelen teilnehmen und mich dann lustvoll in Erwartung des Paradieses auf einer Intellektuellenparty in die Luft sprengen.

Es leben fast vier Millionen nominelle Muslime in diesem Land, wenn die alle integrationsunwillig wären, dann hätten wir sehr viel mehr Probleme, als es der Fall ist.

Und es ist nicht einzusehen, daß ich ein Buch schreibe wie *Die Tochter des Schmieds* und acht von zehn Journalisten fragen mich in Interviews zum Thema Zwangsheirat, obwohl es in dem Buch überhaupt nicht darum geht und auch keine einzige erzwungene Heirat vorkommt. Sie fragen, weil das in ihr Bild und in ihr Konzept passt, dieses Modethema, das nicht die Realität widerspiegelt. So viele Bücher sind zum Thema erschienen, viel ist gesagt worden über die Frau, die gegen ihren Willen in der Türkei verheiratet wird, ohne Sprachkenntnisse nach Deutschland kommt und im Haus eines prügelnden Tyrannen leben muß, der nicht nur die Rechte seiner Frau, sondern die der gesamten westlichen Zivilisation mißachtet. Abgesehen davon, daß das Einzelfälle sind und ich die sowieso nur geschätzten Zahlen für grob übertrieben halte – warum ist eigentlich nie die Rede von den Importbräutigamen? Was ist mit deren Sprach- und Integrationsproblemen? Wo werden die Nöte von Männern artikuliert, die aufgrund ihrer mangelnden Sprachkenntnis und Sachkenntnis von ihren Frauen ausgenutzt werden oder deren Selbstwertgefühl in dem neuen Umfeld, in dem sie sich schlecht behaupten können, erheblicher Schaden zugefügt wird? Gibt es die nicht? Doch. Aber sie taugen nicht dazu, zu demonstrieren, wie sehr die Türken bzw. die Muslime die westlichen Werte ablehnen.

Mittwoch, 11. Mai,
Backnang

Gregor holt mich vom Hotel ab, Lesung an einer Hauptschule vor drei achten Klassen, ohne Mikro. Gegen Ende finde ich es anstrengend für die Stimme, aber auch, weil die Aufmerksamtkeitsspanne der Schüler nicht besonders lang ist.

Hinterher gehe ich mit Gregor zum Portugiesen, wo ich eine gemischte Fischplatte bestelle, es kommt eine Portion, die ich unmöglich schaffen kann, und das für einen Zehner. Und lecker ist es sowieso.

Danach gehe ich spazieren, mache Yoga, gehe zum Friseur. Das erste Mal seit Oktober 2003. Seitdem habe ich mir die Haare immer von irgendjemandem schneiden lassen beziehungsweise sie gleich ganz rasiert. Die Friseurin ist cool, nicht viel Gerede und ich bin ratzfatz wieder draußen. Das Abendessen lasse ich ausfallen, ich habe noch gar keinen Hunger und gehe ins Kino. Die Auswahlmöglichkeiten sind gering, ich schaue *Königreich der Himmel*. Nicht wirklich der Rede wert.

Donnerstag, 12. Mai,
Backnang/Aspach

Ich gebe eine Schreibwerkstatt in der Hauptschule Aspach, was gleich neben Backnang liegt. Gregor bringt mich wieder hin. Ich mache meinen üblichen Schreibwerkstättenkram, einige Spiele zum Auflockern, ein wenig Musik hören und dazu ein Bild malen, doch die Schüler sind etwas träge oder zurückhaltend, ich weiß es nicht. Erst gegen Ende wirken sie etwas lebendiger.

Auf dem Pausenhof hängt ein Sandsack zum Austoben, ich mag die Idee, aber ich sehe während der Pause niemanden, der ihn benutzt.

Gregor holt mich an der Schule ab, wir essen zu Mittag, hängen herum, bis es Zeit ist für die Nachmittagsschullesung. Auch hier sind die Schüler zu kaum etwas zu bewegen, ich finde es anstrengend, zwei Klassen ohne Mikro, die Mädchen in der letzten Reihe reden permanent. Ich höre zehn Minuten früher auf.

Abends ins Kino, *Unleashed*, auch nicht wirklich der Rede wert, aber sonst läuft halt nichts. Gehe früh ins Bett. Freue mich auf zu Hause.

Freitag, 13. Mai, Backnang / Aspach

Zweiter und letzter Tag der Schreibwerkstatt, die Schüler sind lockerer, arbeiten besser, es macht Spaß, wie meistens am zweiten Tag. Es kommt eine Journalistin, die über die Schreibwerkstatt berichten möchte. Sie riecht nach Schnaps, es ist elf Uhr morgens. Sie erzählt mir, daß wir zusammen in Köln Völkerkunde studiert haben, sie habe mich damals oft im Institut gesehen. So klein ist die Welt. Aber ich kann mich überhaupt nicht an sie erinnern. Und versuche auch nicht, ein Gespräch an diese Gemeinsamkeit anzuknüpfen.

Wieder gehe ich mit Gregor essen, ich bin gerne in seiner Nähe und es ist schön, einfach nur irgendwo zusammenzusitzen und zu reden. Nachdem ich nun die letzten Tage immer wieder Bruchstücke aus seinem Leben gehört habe, die ich mir nicht ganz zusammenreimen kann, bitte ich Gregor, mir doch etwas ausführlicher seine Geschichte zu erzählen, und als er fertig ist, bin ich reichlich beeindruckt.

Seine Mutter stammt aus einem kleinen Ort in Bayern, studiert Kunst, lernt während eines Auslandsemesters in Dublin einen verheirateten irischen Maler kennen, beschließt, er solle der Vater ihrer Kinder werden und kehrt schwanger nach Deutschland zurück. Im ländlichen Bayern der sechziger Jahre bekommt sie dann Gregor und erzieht ihn alleine. Drei Jahre später lässt sie sich von demselben Mann nochmals schwängern, Gregor bekommt einen Bruder. Der Maler hat sieben Kinder von drei verschiedenen Frauen, lebt aber nun seit 30 Jahren mit derselben Frau zusammen.

Gregors Heirat, seine Tochter, seine Adoptivtochter sind Geschichten für sich, bei denen mir der Mund offen steht. Was es nicht alles gibt, aber wenn du so etwas aufschreibst, glaubt dir das eh kein Mensch. Abgesehen davon, daß es noch die Grenzen der Diskretion gibt.

Gregor spielt auch Kasperletheater und hat an diesem Nachmittag Vorstellung. Ich habe seit über 25 Jahren kein Kaspertheater mehr gesehen und freue mich darauf.

Bei dem schönen Wetter kommen allerdings nur insgesamt vier Kinder und zwei Erwachsene. Gregor spielt trotzdem, was ihn mir noch sympathischer macht. Er ist gut und ich bin bestens unterhalten. Es ist mir ein Fest, dem kleinen Jungen neben mir Seitenblicke zuzuwerfen. Er ist in einer ganz eigenen Welt, die Fragen, die Gregor stellt – Ist der Seppl schon weg? Habt ihr das Krokodil gesehen? – beantwortet er mit Nicken oder Kopfschütteln. Er ahnt nicht mal, wie das Ganze funktioniert.

So wie ich ihm, so sehen uns vielleicht Heilige und Erleuchtete zu, wenn wir versuchen zu leben.

Danach nochmal ins Hotel, Yoga, entspannen, essen und schließlich zur Abendlesung in Gregors Kasperltheater. Ich stelle mir einfach einen Hocker vor das Kasperlehäuschen, es sind knapp vierzig Leute da und es läuft ganz gut. Ich erzähle auch ein wenig über die Yogalehrerausbildung, die auch groteske Seiten hatte.

In der Pause kommt jemand zu mir, der berichtet, er hätte schon vor 25 Jahren seine Yogalehrerausbildung gemacht, in Indien. Ich bin beeindruckt, aber er sagt, er praktiziere nicht mehr.

Als die Lesung beendet und die Bücher signiert sind, bleibt noch ein kleines, lustiges Grüppchen übrig und es wäre noch lustiger, wenn unser indischer Yogalehrer nicht so viel reden würde. Er benutzt auch Sanskritbegriffe, um uns seine ohnehin sehr esoterische Weltsicht zu vermitteln. Wahrscheinlich sieht er in mir einen Geistesverwandten, aber ich bin lange nicht so auf diese Themen fixiert wie er.

Es ist ihm auch kaum ein Lacher zu entlocken, obwohl die Runde sonst sehr fröhlich ist. Irgendwann monologisiert er, die Menschen würden heutzutage zu jung sterben, weil sie nicht mehr gesund leben. In biblischen Zeiten seien die Leute ja bis zu 300 Jahre alt geworden. Da hätte man viel mehr Erfahrung und somit auch mehr Überblick und könne zum Beispiel besser regieren. Während wir ja immer nur die Fehler unserer Eltern wiederholten, es hätte sich ja nichts geändert, seit Jahrhunderten, immer nur Kriege, immer nur Elend. Wir müssten lernen, in größeren zeitlichen Dimensionen zu denken. Die Menschen würden ja mit dem Alter die Gier verlieren und seien somit viel besser geeignet für Machtpositionen. Deshalb möchte Schwarzenegger am liebsten Präsident der Vereinigten Staaten werden, werfe ich ein. Alle lachen. Der HipHopper in mir. Eine Zeile.

Im Hotel schalte ich den Fernseher ein und auf Kabel läuft einer dieser Pornos, wo sie wirklich ficken, aber die Kamera immer so draufhält, daß man nichts Verbotenes sehen kann. Ich finde das anregend, da bleibt noch Platz für Fantasie und gleichzeitig wartet man auf diesen winzigen Moment, wo Winkel, Licht und Schatten so zusammenspielen, daß man etwas sehen kann, das man nicht sehen soll.

Freue mich auf zu Hause.

Dienstag, 17. Mai, Würzburg, Café Cairo

Ich fahre spät zu Hause los, lese im Zug Heiner Links *Frl. Ursula* zu Ende. Ein kurzweiliges, komisches Buch, das mir erst auf den letzten zehn, zwanzig Seiten nicht mehr gefällt. Doch es geht, ein Buch, das distanziert und scheinbar emotionslos erzählt, mir die Figuren aber trotzdem total plastisch, nachvollziehbar, lebendig macht.

Danach lese ich weiter in der Cash-Autobiographie. Mir gefällt dieser versöhnliche, friedvolle Rückblick auf die Fehler und die Schmerzen, die man sich selber und anderen zugefügt hat. Aber ich weiß halt nicht, wieviele von diesen Fehlern nötig waren, um so zu werden.

Ich erwische in Würzburg einem schlechten Imbiss, das Essen schmeckt mir gar nicht, aber ich muß meinen Hunger stillen. Mit der Straßenbahn fahre ich ins Cairo, wo ich mich irgendwann mit den Veranstaltern an den Eingang setze und den Leuten beim Bezahlen zuschaue. Ich bin erstaunt, als der Raum irgendwann voll ist, draußen habe ich gar nicht so richtig wahrgenommen, wieviele Menschen das sind, einfach weil sie kleckerweise kamen. Die Veranstalter gehen dazu über, für drei Euro Stehplätze anzubieten, weil es keine Sitzplätze mehr gibt für die regulären fünf Euro.

Meine letzte Lesung in Würzburg war schon sehr gut, aber ich habe das für einen Einzelfall gehalten. Schön ist es, fast neunzig Menschen im Raum, die meisten jung, alle wohlwollend, sie nehmen jede Pointe mit. Ich mache eine verhältnismäßig kurze erste Hälfte und überziehe die zweite dann gnadenlos. Den Text würde ich heute abend gerne noch lesen und den und den. Es ist einfach zu gut, um schon aufzuhören.

Das schwierigste sei es, den Applaus auszuhalten, habe ich mal gehört. Am Ende stehe ich auf der Bühne und die Leute hören gar nicht mehr auf zu klatschen. Ich will mir diese Verlegenheitsgeste abgewöhnen, doch ich tue es wieder, ich greife zu meinem Wasserglas, trinke einen Schluck. Es fällt mir sehr schwer, einfach nur da zu stehen und mich beklatschen lassen, ich fühle mich dann schnell unwohl.

Ich bekomme viel Lob hinterher und später denke ich darüber nach, wann ich das letzte Mal einen Abend erlebt habe, wo jemand anderes mein Herz gewärmt hat und ich satt und glücklich heimgegangen bin. Lange her.

Es ist ein bißchen so wie in diesem Gedicht von Bukowski, wo ein Mann auf ihn zukommt und ihm erzählt, daß seine Gedichte ihn vor dem Selbstmord gerettet haben. Ja, und ich, sagt Bukowski, was ist mit mir? Ich schreibe das Zeug, ich kann es doch nicht auch noch selber lesen.

Aber der Abend klingt angenehm aus. Überhaupt sind die Leute sehr aufgeschlossen hier. In der Pause rede ich mit einigen, hinterher ergeben sich zwanglos zwei, drei kleine Gespräche ganz ohne Startschwierigkeiten.

Ich gehe mit Andi, einem der Veranstalter, bei dem ich übernachten soll, zu Fuß zu seiner Wohnung. Er schläft bei einem Freund, zwei Etagen darüber. Wir trinken gemeinsam noch einen kleinen Wodka. Er ist nervös, kann mit den Gesprächspausen nicht umgehen, fängt sofort an, vor sich hinzupfeifen. Doch es ist nicht schlimm. Er ist 24, sieht aber aus wie achtzehn, neunzehn. Ich bin immer wieder erstaunt, was zehn Jahre alles ausmachen. In seinem Alter war ich davon überzeugt, daß man mit 34 schon alles hinter sich hat. Und immer noch habe ich das Gefühl, ich fange gerade erst an.

Mittwoch, 18. Mai, Weimar, Studentenclub Schützengasse

Zugfahren, lesen, im Hotel einchecken, essen gehen, wie gehabt, Routinen dieses Lebens.
Ich mag Weimar nicht besonders, alles auf Kultur gemacht, all diese Touristen in den Straßen mit ihren Fotoapparaten, im Bewußtsein, einen intellektuell anspruchsvollen Stadtrundgang zu machen, all diese Museen, all die alten Einheimischen, diese Cafés, in die man sich eigentlich erst setzen möchte, wenn man schon scheintot ist. Irgend jemand hat mir mal erzählt, daß Weimar die Stadt mit dem höchsten Durchschnittsalter in Deutschland ist. Keine Ahnung, ob das stimmt, aber es klingt glaubwürdig für mich.
Den Inder, bei dem ich letztes Mal in Weimar gegessen habe, gibt es nicht mehr. Dabei war es dort sehr lecker. In einem Buchladen mit Internetterminal checke ich meine Mails, es gibt noch Kleinigkeiten wegen Tel Aviv zu klären. Auf dem Weg nach draußen komme ich an einem Regal vorbei, auf dem Zeitgenössische Literatur steht. Meine Eitelkeit siegt. Ich schaue nach. How the fuck can I be white, I don't even exist.
Gegen Abend treffe ich mich mit Kerstin, mit der ich bisher nur gemailt habe. Sie ist um die dreißig, Grundschullehrerin, hat einen wachen, offenen Blick und ist nicht nervös, zumindest nicht sichtbar für mich. Wir gehen zusammen essen, plaudern sehr angenehm, bis wir zum Veranstaltungort gehen, wo bald auch Christian, der Veranstalter aus Gera, und Anke aus Erfurt kommen, eine kleine gesellige Runde, in die Kerstin sich gut und schnell einfindet.
Kurz vor der Lesung komme ich auf die seltsame Idee, mir noch ein Eis holen zu müssen, ich nehme auch gleich drei Kugeln, Mango, Kokosnuss, Karamel, und kaum habe ich das Eis fertig, ist es auch schon Zeit, auf die Bühne zu gehen.
Es sind dreißig, vierzig Leute da und ich fange an, aber es läuft nicht. Ich verhaspele mich, sage dauernd äh und verliere beim Erzählen den Faden. Die Leute zeigen kaum Reaktionen und ich bin beim Lesen einfach nicht im Text, ich lese mechanisch runter, ahme die Melodien nach, die ich nach so häufigem Lesen im Kopf habe, bin aber mit einem Wort einfach nur schlecht. Ich war kurz vorher auch mehr mit dem Eis beschäftigt als mit der Lesung.
In der zweiten Hälfte reiße ich mich zusammen, so gut es geht, aber viel ist nicht mehr zu retten, finde ich. Bei so etwas fühle ich mich schuldig. Es ist meine Aufgabe, den Menschen, die gekommen sind, das Beste zu bieten, was ich kann, aber ich bin weit unter meinem Niveau. Schlechteste Lesung des Jahres bisher. Den Leuten, die keinen Vergleich haben, mag es gefallen haben. Hinterher gibt es Ärger wegen des Geldes. Der Typ will mir zunächst keine

Fahrtkosten zahlen, dann nicht die vertraglich vereinbarte Essenspauschale. Ich muß mich mit ihm streiten, auf meinem Recht beharren, was ich gar nicht mag. Ich weiß nicht, ob es eine gute Entschuldigung ist, daß er betrunken ist. Am Ende bittet er um Verzeihung, ich kriege mein Geld, wir lassen es gut sein, aber erst nachdem ich betont habe, daß es ja nicht so schwer sein kann, die drei Zahlen im Vertrag zu addieren.

Anke, Christian, Kerstin und ich sitzen noch zusammen und der Abend klingt schön aus. Wir unterhalten uns über das Fernsehen, uns ist nicht klar, wo der Müll noch hinführen soll. Irgendwann müsste ja ein Punkt erreicht sein, wo das alles kippt, aber es geschieht einfach nicht. Und wird wohl auch nie geschehen. Elektrische Verarschung.

Habe Hunger, als ich im Bett liege, schlafe aber trotzdem bald ein.

Donnerstag, 19. Mai, Freiberg, Kunsthandwerkerhof

Als ich gegen 14 Uhr in Freiberg vor meinem Hotel stehe, ist es geschlossen. Die Rezeption sei erst ab 16 Uhr besetzt, steht an der Tür. Ich gehe zu dem Buchladen, der die Lesung organisiert. Die Buchhändlerin Heike hat den Hotelschlüssel, und nun kann ich wieder zurück mit meinem Rucksack auf dem Rücken. Die Sonne scheint, mir ist heiß, vom Bahnhof zum Hotel war es über eine Viertelstunde, dann noch mal fast zehn Minuten zur Buchhandlung und dann wieder zurück. Ich bin müde, grummelig, hungrig. Es verdirbt mir für mehrere Momente die Laune, daß ich nicht ganz normal ins Hotel einchekken kann. Das sind die einfachen Dinge, die problemlos funktionieren müssen. Ich werde öfter so empfindlich, wenn ich einige Tage unterwegs bin.

Freiberg ist ein niedliches Städtchen. Ich gehe ins Internetcafé, Anke von gestern abend hat mir eine sehr nette und lustige Mail geschrieben. Eine Buchhändlerin, die mein Buch vorstellen möchte, will mehr zu meiner Biographie wissen. Ob es jemanden wie Gül wirklich in meiner Familie gibt? Ich antworte nicht. Das sind immerhin Buchhändler und die langweiligste und am häufigsten gestellte Frage lautet: Ist das auch ein bißchen autobiographisch?

Ich kann die Neugier ja verstehen, aber nicht, was die Antwort einem bringen soll.

Nicht mal dieses Tagebuch ist autobiographisch, ich lasse viel weg, es ergibt sich ein verzerrtes Bild, zwangsweise. Das ist nicht biographisch, aber persönlich. Wenn ich wüßte, wie man ein Leben in Worte fasst, daß die Buchstaben pulsieren, wenn ich wüßte, wie man die Wahrheit schreibt, ich würde es tun, sofort. Aber niemand weiß es, und wahrscheinlich gibt es keine Wahrheit.

Hm, das hätte ich ihr schreiben können. Wäre zwar eine unbefriedigende Antwort, aber immerhin.

Vor der Lesung setze ich mich an den Schloßteich. Es gibt eine schöne Stelle dort, wo man etwas versteckt ist, und könnte man die Autos nicht hören, wäre es perfekt. Ich bin nun ruhig und heiter, versuche mich zu sammeln, damit ich es nicht wie gestern abend verkacke. Ich denke über neue Möglichkeiten nach, neue Stellen, die ich vorlesen kann, neue Zwischentexte, so langsam nutzt sich der Kram ab. Ich hätte gerne etwas Frisches. Vorerst fällt mir aber nichts ein.

Zur Lesung kommen etwa 25 Leute, es ist eine fast familiäre Atmosphäre, viele kennen sich untereinander. Es läuft gut.

Hinterher sitzen wir zu mehreren in der Kneipe und unterhalten uns über Literatur. Manchmal mag ich das sehr gerne, trotz meines eingeschränkten Geschmacks.

Ich erkläre, warum ich ein Buch wie *Herr Lehmann* nicht mag. Weil es so distanziert ist, sagt ja schon der Titel. Ich will ja gar nicht, daß es echt ist, ich will aber spüren, daß der Autor seine Figuren mag, daß er sie liebt und schätzt und respektiert und nicht bloß vorführt oder benutzt.

Heike meint, daß Regener seine Figuren durchaus mag, daß man das aber durch dieses Norddeutsch-Distanzierte nicht auf den ersten Blick erkennen kann. Mag sein, daß sie Recht hat, aber was soll ich machen, wenn ich es nicht sehe? Jeder liest anders und es gibt keine Qualitätskriterien, die wir anlegen könnten. Was ein schlechtes Buch ist und aus welchen Gründen, darüber könnte man sich noch einig werden, über Qualität aber eher nicht. Es gibt keine verbindlichen Merkmale. Und wahrscheinlich ist das auch gut so. Wenn nur diese ganzen Geschmacksdiktatoren nicht wären, die immer wissen, was gut ist und den Rest für schlecht erklären.

Freitag, 20. Mai,
Dresden, Off

Morgens beim Aufwachen weiß ich zunächst wieder nicht, wo ich bin. Gestern habe ich mit Marcel telefoniert, er wollte wissen, wie es vorgestern abend gelaufen ist und ich konnte mich einige Momente nicht daran erinnern, wo ich ich denn vorgestern überhaupt gelesen habe. Diese Situation ist beides: Anstrengend und schön.

Heute morgen finde ich es eher anstrengend.

Ich habe frei und fahre nach Dresden, um mich dort mit Jens-Uwe Sommerschuh und Solvig zu treffen.

Jens und ich haben uns seit Jahren nicht mehr gesehen. Gegen Ende der Neunziger hatten wir mal engeren Kontakt, aber das hat sich irgendwie verlaufen. Wir plaudern sofort drauflos, haben uns viel zu erzählen und schon bald ziehen wir über den Aufbau-Verlag her. Beide bringen wir dort Bücher heraus, beide verkaufen wir nicht gut, irgend jemand muß ja schuld sein. Und da man die Schuld nie zuerst bei sich sucht ...

Wir holen Jens' Tochter Antonia vom Kindergarten ab, eine aufgeweckte Sechsjährige, deren Umgang mit Sprache mit beeindruckt. Was heißt rasant? fragt sie. Was heißt Inspiration? Jedes Wort, das sie nicht kennt, möchte sie lernen. Werde ich so etwas meinen Kindern auch mal vermitteln können?

Bei Jens machen Vater und Tochter dann Pfannkuchen, es ist eine Freude ihnen zuzusehen, sie haben einen sehr warmen Umgang miteinander.

Ich fahre raus nach Klotzsche, zu Solvig und Thorsten. Lerne Solvigs Töchter kennen, Anne und Lea, dreizehn und sieben. Abends gehen Solvig und ich ins Kino, in *Jena Paradies*. Der Saal ist voll, so ein Film zieht im Westen deutlich weniger Zuschauer. Nach fünf Minuten versteht man, was der Regisseur einem erzählen möchte, aber er kanns einfach nicht.

Im Anschluß habe ich keine Lust auf eine Kneipe, also fahren wir zurück, setzen uns ins Wohnzimmer und reden noch. Es ist angenehm und entspannt. Solvig ist wahrscheinlich nicht glücklich, aber sie hat eine Art gefunden, das Beste aus ihrem Leben zu machen. Und sie macht viel. Eigentlich weiß ich gar nicht, wie sie das alles hinkriegt, ich bewundere ihre Energie, Arbeit, Haushalt, Kinder, Kino, Konzerte, Bücher, Sport, Yoga, Laientheater, Freunde. Das ist mehr, als ich in mein Leben hineinquetschen könnte, und ich habe nun wirklich viel Zeit.

Ich schlafe in einem Kellerraum des Hauses, der als Proberaum für Annes Band dient. Direkt vor meiner Nase ist ein Schlagzeug. Da weiß ich dann morgens auch gleich, wo ich bin.

Samstag, 21. Mai,
Berlin, Off

Die Sonne scheint, wir frühstücken im Garten. Gestern abend schon war es mild und nicht so kühl wie in den letzten Tagen, so langsam könnte der Sommer kommen. Wir trödeln herum, bevor Solvig mich zum Zug bringt, zweieinhalb Stunden bis Berlin. Lese *Am Hang* von Markus Werner, das eher ein Thesenpapier zur Natur des Mannes ist, als ein Roman. Es ist ein Kammerspiel, ein Zwiegespräch und es fesselt mich nicht, aber ich finde viele interessante Gedanken darin, die mich weiterlesen lassen.

Ich checke im Savoy ein, wo ich morgen auch lesen soll. Es ist ein teures Hotel, aber nicht eins von diesen modernen Dingern, sondern so ein mondän anmutendes Grand Hotel, wo man Wert legt auf Stil, Tradition und Niveau. Und da komme ich mit meinem Rucksack an.

Aufmerksamkeit, Unaufdringlichkeit und diskreter Stolz sind die Werte, für die das Savoy geschätzt wird und denen es sich stets im Dienste des Gastes verpflichtet sieht, lese ich im Zimmer, das gut 25 Quadratmeter groß ist.

Ich verabrede mich mit Filiz bei ihr in Neukölln zum Essen, ihr Freund Constantin kommt auch. Wir gehen noch etwas trinken, die beiden wollen auf eine Party, aber ich will kein Gebrassel und Leute um mich herum, ich will meine Ruhe. Liege um zwölf im Bett.

Sonntag, 22. Mai, Berlin, Hotel Savoy

Ich bin ja schon ein wenig beeindruckt von diesem exlusiven Ambiente. Allein die Getränkeauswahl beim Frühstück übertrifft vieles, was ich bisher gesehen habe, nicht nur alle möglichen Säfte und vierzehn Sorten Tee, sondern auch Kombucha und dieses gesunde Zeug mit Gingko drin. Die Lesung soll im Restaurant stattfinden, und zunächst kann ich mir gar nicht richtig vorstellen, wie das dann ausssehen soll.

Gegen Mittag kommt Svenja vorbei. Die nächsten Tage wollen wir zusammen herumfahren.

Eine Stunde vor der Lesung treffe ich mich mit Barbara, der Pressefrau bei mir im Verlag. Es gibt einen Fototermin und ein Interview, das gefilmt werden soll, für allinone-press, was auch immer das ist. Fotografiert werden mag ich ja nicht sonderlich, aber es geht schnell über die Bühne.

Dann setze ich mich an einen Tisch, Mikro und Kamera sind schon aufgebaut. Eine Frau in meinem Alter beginnt das Interview mit den Worten:

- Ich habe nicht mal im Internet recherchiert, ist das Ihr erster Roman?

Das eine Mal, daß ich dieses Jahr schlagfertig bin.

- Was sind Sie denn von Beruf?

- Was ist das denn jetzt für eine Frage?

- Was sind Sie von Beruf?

- Das sieht man doch.

- Können Sie mir bitte sagen, was Sie von Beruf sind.

- Das ist doch offensichtlich.

- Können Sie mir jetzt bitte sagen, was Sie von Beruf sind.

- Journalistin.

- Aha. Und gibt es irgendeine Form von Journalismus, wo man komplett unvorbereitet zum Interview kommt?

- Manchmal schon, sagt sie gleichmütig.

- Dann wünsche ich noch einen schönen Tag, sage ich, stehe auf und gehe.

Und rege mich total auf. Wofür halten sich diese Schwachmaten, denen nichts, aber auch gar nichts peinlich ist? Die schämen sich nicht, nie. Und wofür halten sie mich? Ich bin doch keine billige Nutte, die bereitwillig die Beine öffnet, sobald eine Kamera in der Nähe ist. Was für einen Job machen die und wie kann man sich in dieser Position so wenig für das interessieren, was man da tut?

Ich hasse es, so unentspannt zu sein vor einer Lesung. Zudem werde ich mir mit den Verantwortlichen nicht über die Länge der Lesung einig. Sechzig Minuten stellen sie sich vor, viel länger hielte das Publikum das nicht aus. Es ist gut gefüllt, bestimmt 70 Leute, meist ältere Herrschaften, Stammpublikum des Savoy, Menschen, die gut in dieses Ambiente passen. Sechzig Minuten sind Betrug am Zuschauer, finde ich. Und eine Pause ist auf dieser Länge auch nicht vorgesehen. Wir beschließen, daß ich es auch von der Aufmerksamkeit der Zuhörer abhängig mache.

Die Tische sind aus dem Restaurant geräumt, die rot gepolsterten Stühle in akkuraten Reihen aufgestellt. Ich sitze mit dem Rücken zur Fensterfront, was mir nicht ganz angenehm ist, aber ich muß mich auch nicht anstellen deswegen.

Es gibt kein Mikrofon, ich habe einen großen Raum zu füllen mit meiner Stimme, aber es geht ziemlich gut, ich bin konzentriert, laut genug, auf den Punkt. Ich lese fünfundsiebzig Minuten, ohne Pause. Nur eine Frau geht früher.

Hinterher ergeben sich ein, zwei kleine Gespräche. Ein älterer Herr, der mich fragt, ob ich demnächst wieder in Berlin lese. Ja, am Mittwoch, sage ich. Da würde er seinen Sohn hinschicken, das würde ihm bestimmt gefallen.

Es gibt noch ein Interview, und als dieser ganze Nachlesungskram rum ist, ist es fast schon acht Uhr, die Lesung fing um kurz nach fünf an.

Filiz, Svenja, Ronny, ein Buchhändler, den ich noch aus der Zeit kenne, als er in Gera gearbeitet hat, und Constanze, eine Frau, die ich gar nicht kenne, gehen essen und trinken und plaudern. Es ist warm, man kann draußen sitzen, alles ist entspannt und heiter.

Später machen Svenja und ich noch einen Abendspaziergang und schauen dann fern. Beim Finale von *Scream 2* überkommt mich die Müdigkeit und ich schlafe ein.

Montag, 23. Mai,
Lüneburg, Universität, Wohnzimmer

Beim Auschecken sagt die Dame an der Rezeption, daß der Empfangschef mich noch sehen möchte. Ich bin etwas erstaunt. Der Empfangschef ist ein professionell freundlicher Herr, der ein wenig Small Talk mit mir macht und mir erzählt, daß ich mich in diesem Hotel in bester Gesellschaft befände, Nadime Gordimer, Paul Auster, Umberto Eco würden hier übernachten, wenn sie in Berlin seien. Er nennt noch einige weitere Namen vom gleichen Kaliber. Ich frage nach Henry Miller, nach dem eine Suite benannt ist, schräg gegenüber von dem Zimmer, das ich hatte.

Miller sei 1963 da gewesen, da habe er selber gerade angefangen in dem Hotel. Er stamme ja aus Karlshafen und dort sei er streng erzogen worden, eine Kleinstadt. Ja, werfe ich ein, ich war schon mal in Karlshafen, ich habe im Januar dort gelesen. Das beeindruckt ihn überhaupt nicht.

Er erzählt, in Karlshafen habe man ihm beigebracht, daß Henry Miller ein Schwein sei. Und als Henry Miller dann vor ihm stand und fragte, ob er ihm das Nachtleben in Berlin zeigen könne, habe er geantwortet: Ihnen ganz bestimmt nicht. Sein Kollege habe ihm zugeflüstert, daß das Henry Miller sei und er habe gesagt: Ja, eben deswegen.

Wenn du es nicht tust, dann tue ich es, habe der Kollege gedroht. Und sei schließlich mit Henry Miller ausgegangen.

Als der heutige Empfangschef am nächsten Morgen zur Arbeit kam, hätten sich Henry Miller und sein Kollege gerade in der Hotellobby nach einer durchfeierten Nacht voneinander verabschiedet.

Henry Miller. Auf einmal ist er zum Greifen nahe. Er hat hier vor diesem Empfangschef gestanden. Ein Mensch, der an der Hotelrezeption fragt, ob man ihm nicht das Nachtleben zeigen könne. Ich würde so etwas ja nie tun. Und nicht nur, weil ich mich nicht trauen würde.

Ich habe nahezu alles von Henry Miller gelesen.

Als Svenja und ich in Hamburg umsteigen, kaufen wir die neue Galore und Sushi. Ich mag Bahnhöfe, an denen es Sushi gibt, Hamburg, Leipzig, Frankfurt, soweit ich weiß. So viel Sushi wie in den letzten zwei Monaten habe ich noch nie gegessen.

Lüneburg ist ein süßes Städtchen, lauter alte, schiefe, kleine Häuser, häufig mit Fenstern, die unbedeutend größer sind als Schießscharten. Die Lesung ist an der Uni in einem Raum, der Wohnzimmer genannt wird und nicht viel größer ist als mein Zimmer im Savoy. Als ich im Gästebuch blättere, sehe ich, daß Kettcar schon hier gespielt haben.

Das Wohnzimmer wird rappelvoll, vierzig, fünfzig Leute. Es ist eine angenehme Lesung, die ich auf der zweiten Hälfte etwas verlabere. Zuviel Gerede, zuwenig Lesung.

Die Zwillingstöchter von Anne aus Dresden sind da. Die eine studiert hier, die andere in Bremen. In der Pause rede ich mit Marie und bin erstaunt, wie einfach und angenehm sich ein Gespräch ergibt. Ich bitte sie, nicht gleich zu verschwinden nach der Lesung, und so gehen Marie, Lydia, Svenja und ich noch essen.

In der Regel kann ich ja nicht so viel anfangen mit Mädels Ende zehn, Anfang zwanzig, aber die beiden sind sehr gute Gesellschaft. Unbefangen, redselig, wortgewandt. Außerdem macht es Spaß zu sehen, wie sie sich gegenseitig die Bälle zuspielen, wie die eine einfach eine Geschichte anfängt und die andere sie nahtlos weitererzählt. Und sie können uns auch erklären, warum so viele Häuser in der Stadt so bedrohlich schief aussehen. In Lüneburg wurde früher Salz abbgebaut und die alten Stollen unter der Stadt führen zu Verschiebungen.

Svenja und ich sind gegen zwölf im Hotel, ich lese den Schluß von *Am Hang*. Auf dem letzten Viertel gewinnt es an Spannung, tut so, als wäre es ein Roman, kann mich aber letztlich nicht überzeugen. Immerhin habe ich das Buch zu Ende gelesen.

Dienstag, 24. Mai,
Kiel, Luna Club

Wir lassen uns vom Veranstalter am Bahnhof abholen. Direkt neben dem Club ist eine Künstlerwohnung, groß, der Kühlschrank voll, ein CD-Spieler, eine Spielkonsole, Super NES. Man kann sich wohlfühlen.

Svenja und ich gehen in ein Steakhouse und essen dann beide Fisch. Danach spazieren wir durch Kiel, ich bin jetzt das dritte Mal hier, aber ich mag die Stadt nicht besonders. Svenja würde gerne noch an den Strand fahren, aber dafür reicht die Zeit nicht ganz.

Wieder so ein Tag, der vergeht, ohne daß ich so richtig begreife, wie. Auf einmal ist früher Abend, Svenja legt sich nochmal kurz hin und ich spiele seit Jahren zum ersten Mal wieder SuperMarioCart, das Spiel, das in der Konsole steckt. Ein anderes kann ich nirgends entdecken. Danach mache ich Yoga.

Das Publikum im Luna finde ich schwierig, sie zeigen kaum Reaktionen. Mein Mund ist seltsam trocken, mir ist heiß, ich schwitze und auch in der zweiten Hälfte habe ich nicht das Gefühl, daß ich die Leute berühren kann. Es ist anstrengend. Hinterher trinke ich zwei Wodka. Die Bedienung empfiehlt einen Vanillewodka von Smirnoff, doch dann hat sie ihn leider doch nicht da. Vanillewodka, hört sich gut an. Muß ich mal kaufen.

Als wir im Bett liegen, stellt sich heraus, daß die Wohnung ziemlich laut ist. Ich schlafe unruhig und morgens fühlt sich mein Schädel wie verkatert an.

Mittwoch, 25. Mai,
Berlin, Lichtburg Forum

Der vorerst letzte Tag. Mann, ich freue mich schon wieder auf zu Hause. Aber auch auf eine weitere Lesung in Berlin. Wird bestimmt ein Kontrastprogramm zum Savoy.

Wir bleiben auf dem Weg einige Stunden in Hamburg, Svenja hat dort etwas zu erledigen. Ich spaziere derweil durch Altona, das ich sehr gerne mag, die Sonne scheint. Wird auch Zeit, daß man langsam eine Ahnung von Sommer bekommt.

Im Hotel in Berlin begrüßt mich der Hotelmanager persönlich. Wenn mein Status in der Literatur so wäre wie der in den Hotels in den letzten Tagen …

Svenja und ich spazieren durch Wedding, setzen uns mit einem Eis in den Park. Später üben wir gemeinsam Yoga.

Zur Lesung in einem etwas steril wirkenden Raum mit weißen Plastikstühlen kommen eine Menge Leute, die ich kenne. Ronny und Constanze vom Sonntag, Laina, eine Freundin von Svenja, Rebeca aus Marburg, die hier gerade ein Praktikum macht, Björn. Es ist schön, auch wenn mir das Gefühl, einen zu großen Teil des Publikums zu kennen, nicht behagt. Man kann Bekannten und Freunden nicht viel vormachen, sie kennen einen und sehen viel eher, wo man Unsicherheiten verbirgt und wo man zu dick aufträgt.

Es sind gut vierzig Leute da, trotz des sonnigen Wetters, und ich habe andere Stellen aus dem Buch ausgesucht, damit Svenja und die, die am Sonntag schon da waren, sich nicht langweilen. Es läuft gut, das Publikum ist dabei. Ein schöner Abschluß, bevor es morgen wieder nach Hause geht.

Eine Frau möchte ein Interview für irgendein Internetportal machen und ich rede und rede und rede, ahne aber, daß sie einfach nicht versteht, was ich sagen will. Ich kann es nur leider nicht noch besser sagen. Diese beschissenen Multikultithemen: Könnte man Sibel Kekilli nicht als Beispiel dafür nehmen, daß junge Frauen, die sich zu sehr von den Traditionen entfernen, von ihrer Familie verstoßen werden? Warum bekomme ich überhaupt diese Frage gestellt?

Und geh mal hin und interviewe die Eltern einer deutsch-deutschen Pornodarstellerin. Ob die wohl zu ihrer Tochter stehen, oder sich auch von dem, was sie macht, so weit wie möglich distanzieren?

Was ich denn zur Situation von türkischen Jugendlichen sage, die keine Lehrstelle finden. Das ist ein soziales Problem, sage ich, kein ethnisches. Sie formuliert die Frage nochmal um und stellt sie erneut. Ich gebe die gleiche Antwort nochmal, deutlicher kann ich es nicht sagen.

Zwangsheirat, Tradition, Ehre, diese Menschen sehen, was sie sehen wollen, ich kann da reden, solange ich will, sie verstehen mich nicht. Und gleichzeitig bin ich der Experte für diese Themen, wer interessiert sich schon für Literatur? Die Interviewerin interessiert sich für den beruflichen Werdegang meiner Eltern. Es schwingt in der Frage mit, daß es doch wohl kaum möglich ist, aus einer sehr traditionell geprägten Familie zu kommen und dann Schreiber zu werden. Ich bin gegen den Willen meiner Eltern Schriftsteller geworden, aber ich erzähle ihr aus irgendeiner bekloppten Offenheit heraus, daß mein Vater ein abgebrochenes Architekturstudium hat. Aha, sagt sie, Sie kommen aus einer Intellektuellenfamilie. Ja, mein Vater hat hier fast dreißig Jahre in der Fabrik gearbeitet.

Ich kann diesen Menschen keinen Begriff davon machen, wo ich herkomme und wer ich bin. Ganz einfach, weil sie die Informationen in ihr starres Bild einfügen wollen.

Ob ich denn Parallelen zwischen Fatih Akıns Arbeiten und meiner sehe? Er macht, was er möchte und ich mache, was ich möchte. Ich versuche wortreich und höflich zwei Kernaussagen zu vermitteln. Ich bin verdammt noch mal kein Ausländer. Und zum Türken wird man hier gemacht, und zwar durch Leute wie Sie.

Und vielleicht noch eine dritte: Hier wird dauernd mit unzulässigen Pauschalisierungen gearbeitet. Zwangsheirat, Ehrenmord, Parallelgesellschaft.

Niemand glaubt, daß *Wir Kinder vom Bahnhof Zoo* seinerzeit exemplarisch für die gesamte deutsche Jugend gestanden hat. Aber Necla Keleks Sicht der Dinge gilt gleich als repräsentativ für eine gesamte Gesellschaft.

Ach egal, es macht keinen Unterschied, dieser Art von Fragen entkomme ich einfach nicht.

Danach sitze ich mit Svenja und Laina in einem Café, die beiden reden über dies und das und ich trage ab und an auch etwas dazu bei. Man kann um elf noch im T-Shirt draußen sitzen. So soll es sein.

Am nächsten Tag auf der Heimfahrt im Zug sagt ein etwa acht Jahre altes Kind:

Mann, die Brücke da hinten sieht ja aus wie ne ganz berühmte.

Samstag, 28. Mai,
Bensberg, Thomas-Morus-Akademie

Ich habe mir das Auto meines Vaters geliehen, um nach Bensberg zu fahren, was gleich um die Ecke ist. Zu der Schreibwerkstatt für Studenten, die ich leite, haben sich zwanzig, zweiundzwanzig Leute angemeldet, fast nur Frauen, einige davon kennen meinen Kram. Der Veranstalter machte eine kurze Einführung zur anderthalbtägigen Werkstatt, und als ich dann übernehme, verpasse ich, klarzumachen, daß ich hier der Leiter bin. Das weiß trotzdem jeder, klar, aber irgendwie fehlt es mir am Anfang an Souveränität.
Normalerweise mache ich keine Schreibwerkstätten mit mehr als fünfzehn Teilnehmern, weil man da nicht effektiv arbeiten kann, aber da wir viel Zeit haben, glaube ich, daß es dieses Mal auch mit so vielen funktionieren wird. Doch das stimmt nicht wirklich, die Zeit reicht zwar, aber die Dynamik ist mit so vielen Leuten eine ganz andere, es ist schwerer, so eine Gruppe zusammenzuhalten.
Ich lasse die Leute schreiben, wo sie wollen. Viele möchten raus, die Sonne scheint, es hat fast dreißig Grad. Sommer, so sollte Sommer sein. Wie 2003, alles andere ist nur der halbe Spaß.
Abends schauen wir alle zusammen *Wonderboys*, den ich ausgesucht habe, weil er viel mit Schreiben zu tun hat. Schreiben bedeutet, Entscheidungen zu treffen, heißt es in dem Film. Hört sich immer sehr banal an, die Wahrheit.
Danach fahre ich zu meinem Freund Tim, der heute abend bei sich im Garten grillt. Alle Jungs sind da, wir kennen uns seit fast zwanzig Jahren, Christian, Ralf, Lutz, bis auf Ralf und mich alle mit ihren Frauen. Als ich komme, unterhalten sich Lutz, seine schwangere Freundin Theresa und Ralf über Kindernamen. Ich setze mich erstmal. Es ist das erste Mal seit Wochen, daß ich irgendwo bin und mir nicht von vorneherein ein gesteigertes Interessse entgegengebracht wird. Keiner stellt mir einen Haufen Fragen, keiner beginnt ein Gespräch. Ich muß schon selber anfangen. Was auch völlig in Ordnung ist, aber ich bin es kaum mehr gewöhnt.
Wir sitzen noch lange am Feuer, das Tim im Garten gemacht hat, es ist angenehm, aber die Stimmung erfüllt mich nicht wie früher. Und doch fällt es mir schwer zu gehen, als es auf zwei zugeht. Ich möchte morgen klar, wach und auf den Punkt sein, wenn ich um halb zehn mit der Schreibwerkstatt weitermache.
Zu Hause kann ich nicht direkt einschlafen, habe Post bekommen von einer Leserin, sechzehn Seiten, ihre gesamte 23-jährige Lebensgeschichte. Ich lese verwundert und befremdet. Sie klingt nicht mal unglücklich. Was für eine Art Mensch muß man sein, um mir soviel anzuvertrauen? Und was für eine Art Mensch bin ich in ihren Augen? Ich habe eine Ahnung, aber ich werde nie ganz dahintersteigen.

Sonntag, 29. Mai,
Bensberg, Thomas-Morus-Akademie

Wie immer ist der zweite Tag der Schreibwerkstatt schöner, lockerer und in diesem Fall auch geselliger und familiärer. Als um eins Schluß ist, hängen wir bis fast drei Uhr noch zusammen rum. Natürlich gefällt es mir, mit so vielen Frauen zusammen zu sein und so viel Aufmerksamkeit zu bekommen.

Schließlich fahre ich zu meinen Eltern, gebe den Wagen ab, wir reden, was man halt so redet, doch ich genieße es immer ungemein, einfach mal am Stück türkisch sprechen zu können.

Zu Hause liege ich dann bekifft auf dem Sofa und höre Bootlegs von Kaminer-Lesungen, die ich von Ronny aus Berlin habe. Kaminer kann nicht wirklich gut lesen und er verhaut sich auch jede Menge Pointen, aber es ist trotzdem oder gerade deswegen lustig. Und hinterher schaue ich noch Henry Rollins' Spoken Word-DVDs. Der Mann war einmal ein Gott für mich, ich habe ihm Briefe geschrieben, wenn auch keine sechzehn Seiten. Ich dachte, er könne mir irgendwie helfen, er hätte einen Rat oder zumindest einen Satz parat, der mir den Tag, die Woche, das Leben retten würde.

Heute mag ich so einiges nicht, was er macht und trauere ein wenig den Tagen hinterher, als er auf der Bühne noch persönlichere Sachen erzählte, mir noch näher war, mehr von sich offenbarte. Doch ohne ihn würde ich auf den Lesungen nie das tun, was ich heute tue. Ich habe ihm viel zu verdanken. In gewisser Weise hat er mein Leben gerettet, obwohl er die Briefe nie beantwortet hat. Er war da, er hat mich teilhaben lassen an seinen Fehlern, er hat mir, wie so einige andere auch, Hoffnung gegeben, die Hoffnung, daß man den Schmerz in etwas anderes verwandeln kann.

Und es war mir immer ein Trost zu schreiben, und wenn es Briefe an Rollins waren.

Samstag, 4. Juni,
Braunschweig, Brunsviga

Gestern schon bin ich zu Svenja nach Hannover gefahren. Morgens kommen zwei ihrer Kommilitoninnen und wir frühstücken gemeinsam, ausgiebig, lange, gesellig.

Die Lesung ist im Rahmen eines Festivals, *Transnation*, so ein interkulturelles Ding, und ich weiß nicht genau, wie sie Werbung gemacht haben, aber da sind als Gäste: Jürgen, Sufi, Christoph, Marco, Petra, Antje, Alex, Verena, Hartmut, Maren und Melanie, und die Veranstalter Kadir und Gregor und noch eine Melanie. Svenja ist auch mitgekommen. Lesungen, bei denen ich mein Kurzzeitgedächtnis schulen kann, indem ich die Namen der Anwesenden auswendig lerne.

Es wird eine schöne Lesung, bis auf den Schluß. In dem Raum soll hinterher auch noch eine Veranstaltung stattfinden, und als ich schon den Schlußtext bringe, kommen nacheinander drei Männer um die 60 herein. Völlig nonchalant suchen sie sich Plätze, der eine setzt sich direkt vor mich in die erste Reihe, während ich versuche, meine Reime vorzutragen. Die Selbstverständlichkeit, die er an den Tag legt, ist für mich kaum fassbar.

Melanie, eine Freundin des Veranstalters, erzählt noch eine Geschichte, die mich beeindruckt. Ihre Mutter ist Thailänderin, ihr Vater Deutscher. Die beiden haben sich im Alter von etwa zehn Jahren durch eine Brieffreundschaft kennengelernt und später mit Anfang zwanzig ineinander verliebt. Die Eltern waren gegen eine Heirat, und so haben die beiden zu Ende studiert, bevor sie doch geheiratet haben. Sie wohnen in Deutschland und alle sehen in Melanies Mutter eine Katalogbraut oder Prostituierte. Was sollen die Menschen auch tun ohne ihre Vorurteile. Und ganz ehrlich, würde ich etwas anderes denken, wenn ich so ein Paar auf der Straße sehe? Wie sagte einer meiner Yogalehrerausbilder: Die Erde ist ein Schulungsplanet.

Hartmut El-Kurdi, Svenja und ich gehen noch in ein türkisches Restaurant, das Kadir vorschlägt. Es ist gemütlich, wir sitzen beisammen, essen, Hartmut kennt sich mit Theater und Literatur ganz gut aus, so haben wir genug gemeinsame Themen. Als er uns später noch zum Hotel bringt, sind auf den Straßen feiernde Fußballfans. Eintracht Braunschweig ist heute aufgestiegen in die zweite Liga. Und ich bin abgestiegen, ich habe noch nie vor so wenigen Menschen gelesen in Braunschweig.

Die Fußballfreunde schreien sich die Kehlen wund und ich hoffe, nächstes Jahr zur WM nicht in diesem Land zu sein.

Mittwoch, 15. Juni, Hausach, Leselenz

Ich stehe um sechs auf, damit ich um zehn in Hausach sein kann. Ich habe mir einen iPod gekauft, ein tolles Spielzeug, das ich mir erst ein wenig schönreden muß, eben weil es ein Spielzeug ist. Ich sage mir: Ich bin so viel unterwegs, ich trage immer mindestens zehn MDs mit mir herum, weil ich einfach Auswahl brauche, da ist so ein iPod doch optimal.

Und er ist wirklich optimal, ich habe fast 500 Songs draufgespielt und genieße es sehr. Noch ein Ding, was man kauft, weil es erhältlich ist, nicht weil man es wirklich brauchen würde, aber wieder etwas, über das ich mich sehr freuen kann.

Ich mache immer wieder mal ne Pause vom Musikhören und lese in *American Gods* von Neil Gaimann, das mir gefällt, obwohl es oft langatmig ist. Es basiert auf der Idee, daß die Einwanderer ihre Götter mit nach Nordamerika gebracht haben, aber diese Götter drohen auszusterben, weil niemand sie mehr verehrt. Die neuen Götter sind das Fernsehen, die Medien, das Internet. Odin, Horus, Ibis, Leprechaun, Kali kämpfen gegen Nintendo, MTV, Sony und Nokia.

José Oliver, der zum achten Mal den Hausacher Leselenz organisiert, holt mich vom Bahnhof ab. Wir haben uns über ein Jahr nicht mehr gesehen, und erst als wir uns umarmen, wird mir klar, daß ich innerlich unvorbereitet bin. Ich bin nicht sofort da und offen, obwohl José einer der Menschen ist, die ich am meisten bewundere. Er trägt soviel Liebe und Sanftmut, soviel Enthusiasmus und Ruhe in sich, daß ich mir immer wünsche, seine Gegenwart möge auf mich abfärben. Ich hätte im Zug ein wenig Zeit darauf verwenden sollen, mich auf José zu freuen, mich auf diese Begegnung einzustimmen.

Um elf Uhr stehe ich vor fünfzehn Kindern im Alter zwischen zehn und zwölf und beginne eine Schreibwerkstatt. Ich habe noch nie mit dieser Altersstufe gearbeitet und war auch zögerlich zuzusagen, aber José meinte, ich könne das.

Es ist wirklich einfach, die Kinder sind leicht zu begeistern, verspielt und sehr schnell im Kopf. Ich muß fast nichts mehr tun, weil sie offen sind für das, was da auf sie zukommt, sie nehmen einfach direkt teil.

José und ich gehen Essen, er hat noch eine Lesung heute abend in Leonberg bei Stuttgart, wo er zusammen mit dem Gitarristen Niño de Pantaleon auftritt, den ich auch schon lange nicht mehr gesehen habe. Ich beschließe mitzufahren, ich habe ja hier sonst nichts zu tun. Claudia, eine Freundin von José, möchte auch mit, und so sitzen wir sehr bald zu dritt in Claudias Cabrio.

Das Wetter ist herrlich, wir fahren mit offenem Verdeck. Als wir an einer Raststätte halten, haben wir alle drei dieses Urlaubsgefühl. Als müsste gleich das Meer vor uns auftauchen.

Die Lesung ist in einem Laden, in dem es ebenerdig diese Küchengeräte gibt, bei denen ich immer denke: Siehste, das gibt es auch in schön: Teekannen, Mixer, Espressomaschinen, Korkenzieher, Salzstreuer. Natürlich ist fast alles kaum bezahlbar. Im Untergeschoß werden Weine, erlesene Schokoladen für drei Euro die Tafel, Markennudeln, Spitzenkaffee und so ein Zeug verkauft.

Es ist eine kulinarische Lesung, die Leute sitzen in diesem geräumigen Untergeschoß an Tischen, bekommen Suppe und Tapas, verschiedene Weine, die von einem Sommelier vorgestellt werden. Zwischen den Gängen und Weinen gibt es Musik und Lyrik. Fünzig Euro kostet der Eintritt pro Person, doch das Publikum sieht für meine Augen erstaunlich normal aus. Gut, das sind jetzt nicht Anfang Zwanzigjährige, wie sie oft zu meinen Lesungen kommen, doch die Menschen sehen auch nicht etepetete aus.

Claudia und ich sitzen mit zwei Pärchen und einer älteren Dame an einem Tisch, die Unterhaltung ist zwanglos, aber auch professionell. Irgendwie unpersönlich, aber doch noch herzlich. Themen gibt es genug. Michael Jackson ist vor wenigen Tagen vom Vorwurf des Kindesmißbrauchs freigesprochen worden. Da hat jeder eine Meinung zu.

Wenn mir jemand vor zehn Jahren gesagt hätte, daß ich mich in so einer Gesellschaft wohlfühlen kann, hätte ich es nicht geglaubt.

Es ist ein sehr schöner Abend und ich probiere auch von den Rotweinen, die wirklich gut schmecken. Ich mage diese trockenen, schweren, dunklen, erdigen Weine, mit einem Hauch von Kirsche, Zimt und Bass. Lieber als Weine mit viel Frucht, die nach Klaviergeklimper schmecken.

Die Rückfahrt ist kurz für mich. Ich schlafe ein und als ich aufwache, sind wir bereits da. Ich falle ins Bett. Hausach fängt gut an.

Donnerstag, 16. Juni,
Hausach, Leselenz

Nach dem Frühstück treffe ich Tillmann, Yves und Ulrike, die eine andere, sehr viel aufwendigere Schreibwerkstatt leiten. Auf dem Schulhof sehe ich Schüler, die ich letztes Jahr in meiner Werkstatt hatte. Meine Schüler – eine ganz andere Verbundenheit als mit einem Lesungspublikum.

Die Werkstatt ist auch heute ein großer Spaß, und hinterher hole ich Svenja vom Bahnhof ab. Wir essen zu Mittag, gemeinsam mit ein paar anderen Teilnehmern des Leselenzes. Sonne, Geselligkeit, Essen, wissen, daß man glücklich ist.

Den Nachmittag vertrödeln Svenja und ich spazierengehend.

Ich habe gar keine Lust, groß was über den Abend zu schreiben, viele Menschen, viele davon sehr angenehm, Getränke, Gelächter, gute Laune, Wärme und Offenheit, wer braucht da schon viel Schlaf?

Freitag, 17. Juni,
Hausach, Leselenz

Die Kinder aus der Schreibwerkstatt sind erstaunlich. Oder die Welt. Ich weiß es nicht. Als ich in der Abschlußrunde frage, was ihnen besonders gefallen hat und was gar nicht, sagen zwei, daß sie es gut fanden, daß ich nicht gebrüllt habe.

Nachmittags liegen Svenja und ich im Freibad, abends ist eine Vernissage, auf der alle sind, Geselligkeit, Wohlwollen, Sanftmut.

Samstag, 18. Juni,
Hausach, Leselenz

Es ist schön, ich habe gar keine Lust, ins Tagebuch zu schreiben. Es herrscht eine Atmosphäre von Wohlwollen, Respekt und Sanftmut. Natürlich gibt es auch hier Menschen, die ich unmöglich finde, natürlich gibt es Schriftsteller, die ich schlecht finde, aber wen schert das schon, wenn man gut ißt, die Sonne scheint, Svenja an meiner Seite, Menschen in Kontakt miteinander, eine Kurzzeitfamilie, Verbundenheit, wie ich sie sonst nur von der Yogalehrerausbildung kenne.

Sonntag, 19. Juni,
Hausach, Leselenz

Am Vormittag lese ich im Biergarten des Gasthofes Zur Eiche, wo Svenja und ich auch untergebracht sind. Da sind so viele Leute, die ich kenne und die mir erzählen, wie sehr sie sich auf die Lesung freuen, daß ich ganz nervös werde. Am Anfang habe ich etwas zuviel Herzklopfen, aber es legt sich sehr bald. Sonnenschein, Blätterrauschen und ein tolles Publikum. Und danach wieder Glück. Der Tag passt nicht in Ereignisse oder in Worte.

Montag, 20. Juni,
Hausach, Leselenz

Svenja reist frühmorgens ab. Ich habe noch eine Lesung vor fast 100 Schülern des Wirtschaftsgymnasiums Hausach. Normalerweise lese ich und versuche, mit den Schülern ins Gespräch zu kommen. Doch heute erzähle ich viel, improvisiere rum, öffne mich und die Schüler sind voll da. Wir teilen wirklich etwas. Mein Gott. Ein Fest.

Die letzten, die noch nicht abgereist sind, hängen noch in der Eiche rum, können sich nicht trennen. Dieses angenehme Herumsitzen, wie man es von Partys kennt, wo man geschlafen hat und am nächsten Morgen finden sich die Übriggebliebenen in der Küche zusammen und man kann's nicht gut sein lassen, keinen Punkt finden, wo Schluß sein soll.
Später im Zug denke ich: Was soll ich jetzt 36 Stunden zu Hause machen?

Mittwoch, 22. Juni,
Tel Aviv

Habe fast gar nichts gemacht zu Hause. Sind so komische Zwischenzustände. Einkaufen, den Kühlschrank voll machen lohnt sich nicht. Einfach nur auf dem Sofa liegen und mich entspannen kann ich auch nicht, wenn ich weiß, daß ich am nächsten Tag wieder los muß. Tasche auspacken, Tasche einpacken, telefonieren, Mails beantworten, zum Yoga gehen, das wars.

Um sechs bringt mein Bruder mich zum Flughafen in Köln, ich steige in Wien um und bin 15 Uhr Ortszeit in Tel Aviv. Ich steige aus dem Flieger, gehe durch diesen Rüssel und habe das Flughafengebäude gerade eben betreten, da werde ich auch schon von einer Sicherheitsbeamtin herausgewunken. Sie möchte wissen, was ich in Israel mache. Ich sage, daß ich auf eine Einladung des Goethe-Instituts hier bin. Was denn das Goethe-Institut sei? Die kümmerten sich um deutsche Kultur in Israel. Was ich denn genau dort mache. Ich sei Autor und würde dort lesen. Ob sie meinen Pass sehen könne? Natürlich. Warum ich mit einem türkischen Pass vom Goethe-Institut eingeladen würde. Weil ich auf deutsch schreibe. Warum ich einen türkischen Pass habe, wenn ich ein deutscher Autor sei.

Die Sache scheint kompliziert zu werden. Ich bin aber ganz entspannt, das wird sich schon aufklären.

Warum ich über Wien geflogen sei, will sie als nächstes wissen. Weil es der billigste Flug gewesen sei, das würde ich zumindest annehmen. Was der Flug denn gekostet habe. Ich weiß nicht, der ist über ein Reisebüro gebucht worden und das Ticket wird vom Institut bezahlt, versuche ich zu erklären. Woher ich denn dann wisse, daß das der billigste Flug sei.

Schließlich läßt sie mich gehen. Einige Minuten später habe ich an der Paßkontrolle noch mal einen sehr ähnlichen Dialog.

Als ich dann schließlich durch den Zoll bin, finde ich zunächst niemanden, der mich abholen soll, obwohl das so ausgemacht war. Schließlich entdecke ich den Fahrer des Institutes etwas versteckt in einer Ecke. Er bringt mich zum Hotel.

Der Teppich in meinem Zimmer ist dunkel, die Tagesdecke schwarz, das Zimmer wirkt klein, ist aber eigentlich ganz angenehm. Ich drehe die Klimaanlage auf 24 Grad hoch. Mir ist nicht klar, warum die meisten Menschen siebzehn, achtzehn Grad bevorzugen. Mir ist das unangenehm, wenn ich aus der Hitze herauskomme, vier, fünf Grad weniger als die Außentemperatur reicht völlig.

Allein in einem fremden Land. Diese ersten Momente, in denen ich mich etwas verloren fühle, weil ich so auf mich allein gestellt bin und keinen Bezugspunkt habe. Weit weg von allem, was man kennt und mag. Ich rufe Svenja an, doch kann nur auf ihr Band sprechen.

Ich gehe spazieren. Es gibt unfassbar viele gut aussehende Frauen, man hört das ja immer wieder und wenn ich es hier schreibe, klingt das so, als würde ich billige Klischees reproduzieren, aber ich habe noch nie in meinem Leben so viele schöne Frauen auf der Straße gesehen wie in Tel Aviv. Es ist unglaublich. Ich bekomme dann so komische Anwandlungen, daß ich am liebsten gleich eine heiraten würde.

Die Menschen scheinen entspannt zu sein, sie sehen aus wie Touristen, niemand wirkt sonderlich geschäftig, sondern als würde er nur so zum Vergnügen durch die Straßen schlendern. Kein Lärm, keine Menschenmassen, aber vielleicht liegt das ja nur an der Gegend, in der ich bin.

Ich esse ein Falafelsandwich an einem Straßenstand, und es schmeckt vorzüglich. Nachdem ich noch mal kurz im Hotel gewesen bin, mache ich mich auf den Weg ins Institut, wo heute die Woche des deutsch-iraelischen Autorendialogs offiziell eröffnet wird. Der Fahrer hat mir eine Karte gegeben, und so finde ich mich gut zurecht.

Im Institut lerne ich unter anderem Elke Steiner kennen, eine Comiczeichnerin, deren Zeichnungen zu einer Geschichte des israelischen Autors Etgar Keret ausgestellt werden. Elke ist etwa in meinem Alter, und es ist nicht nur ihr erster außereuropäischer Aufenthalt, sondern es ist gestern auch noch der erste Flug ihres Lebens gewesen. Dafür wirkt sie erstaunlich gelassen.

Bei der Eröffnungsveranstaltung, die eine Art Podiumdiskussion ist, wird die Frage gestellt, warum israelische Literatur in Deutschland Erfolg hat, deutsche aber nicht in Israel. Moderiert wird das Gespräch von Avirama Golan, einer Frau um die vierzig, Autorin, wie man mir erzählt. Sie wirkt sehr souverän und selbstsicher und sagt ihre Meinung geradeheraus. Ich bin erstaunt, diese Direktheit kenne ich aus Deutschland nicht. Warum Maxim Biller denn so viel über Juden schreibt, warum bei Juli Zeh immer alles so düster und gewalttätig sein muß, möchte sie wissen und sie würde es auch fragen, wenn die beiden da wären. Aber Biller hat kurzfristig abgesagt und Zeh ist noch nicht angereist.

Nach der Diskussion werde ich aufgeklärt, daß man hier so direkt sei und daß es durchaus schon mal weh tun könne. Und daß ich mich ruhig ins Gespräch hätte einmischen dürfen. Ich bin nämlich unruhig geworden auf meinem Platz, als der Vertreter der deutschen Botschaft erklärte, die Türken würden in Deutschland immer mehr Akzeptanz erfahren. Ich glaube, daß das nur sehr bedingt stimmt, daß es eher rückläufige Tendenzen gibt, die bereits erfahrene Akzeptanz rückgängig zu machen. Und daß die deutsche Gesellschaft eine besonders offene sei, halte ich auch für einen Irrglauben, auch wenn ein Journalist auf dem Podium argumentiert, sonst würden die Deutschen ja nicht so viele israelische Bücher lesen.

Israelische Bücher lesen, beim Türken einkaufen, beim Italiener essen, peruanische Musik hören, indische Filme gucken, das alles birgt nicht die Gefahr eines direkten Kontakts in sich und kann auch kein Beleg für Offenheit sein.

Es geht nicht darum, was man konsumiert, sondern darum, was man sagt, wenn die Tochter mit einem nominellen Ausländer ins Bett geht. Was passiert mit der vermeintlichen Offenheit, wenn es persönlich wird?

Hinterher sitze ich mit Elke und einer Praktikantin des Instituts in einem Laden zusammen, bevor Elke und ich zusammen zurück ins Hotel schlendern. Es ist eine angenehm laue Nacht.

Elke kauft sich ein Eis und wir setzen uns noch auf eine Bank vor dem Hotel. Einige Male schweigen wir, ohne daß es unangenehm wird. Die Luft streichelt die Haut, Elke und ich scheinen auf einer ähnlichen Wellenlänge zu schwingen, das Hotel ist in unserem Rücken, als würde es uns bewachen, und vor uns ein kleiner Platz. Es geht mir gut. Das Leben wiegt nichts. Oder halt 21 Gramm. Aber die kann man atmend am Schweben halten.

Donnerstag, 23. Juni,
Tel Aviv

Frühstücke zusammen mit Elke. Das Buffet ist unglaublich, zum Tee gibt es frische Minze und Zitrone, jede Menge Salate und frisches Obst, Pfannkuchen und Brei, Eier, Käse, Brot, Ahornsirup. Es ist so viel, daß man nicht alles probieren kann, aber wir sind ja noch einige Tage hier.

Nach dem Frühstück gehen Elke und ich an den Strand, der zu Fuß etwa eine Viertelstunde entfernt liegt. Es ist faszinierend, gerade warst du noch mitten in der Stadt und ein paar Minuten später bist du an einem ewig langen, wunderschönen Sandstrand. Und da kann man heute einen orthodoxen Juden sehen, durchtrainiert, der Bart geht bis zur breit gewölbten Brust, die Schläfenlocken hängen naß herunter, und er steht auf einem Surfbrett. Ungewohnter Anblick.

Bei unserem Spaziergang sehen Elke und ich auch einen Mann, etwa dreißig, der naß, vollständig angezogen und mit Schuhen an den Füßen an einer etwas steinigen Stelle liegt, in einer seltsam verdrehten Haltung. Sein Kopf ist neben einen Stein gebettet, überall klebt Sand an ihm, er sieht leblos aus. Wir bleiben stehen, sehen ihn an. Atmet der, oder bilde ich mir das nur ein? fragt Elke nach einigen Sekunden. Ich kann es auch nicht mit Bestimmtheit sagen. Ich sehe mich um, da sind noch andere Menschen in zwanzig, dreißig Meter Entfernung. Die müssten sich doch kümmern, oder? Ich bin doch nur Tourist.

Ich nähere mich dem Mann, Elke folgt mir. Ich gehe in die Knie. Ich kann immer noch nicht erkennen, ob er lebt. Everything okay? frage ich. Do you need any help? Ich sehe, wie sich die Augen unter den Lider bewegen. Doch er reagiert nicht auf meine Frage.

Als ich ihm vorsichtig die Hand auf die Schulter lege, dreht er mir den Kopf zu. Ich wiederhole meine Frage. Er sieht mich böse und verschlafen aus rot geäderten Augen an: Yes, everything okay, blafft er mich an, go.

Also gehen wir.

Mittags essen wir in einem billigen Restaurant ein mächtiges und leckeres Essen mit viel Hommos. Elke ist sehr angenehme Gesellschaft für mich. Immer wieder schweigen wir länger, wir müssen diese Form der Verbundenheit, die wir haben, nicht durch Worte unterstreichen. Und wenn wir reden, dann sagen wir meistens auch wirklich etwas.

Ihre unrasierten Waden fallen mir am Strand auf, und kurz darauf auch ihre unrasierten Achseln. Es gibt nicht viele Frauen, die so herumlaufen. Beim Yoga kann man diese Freundinnen der Natürlichkeit ab und zu sehen. Zu dieser

Art Frau scheint sie jedoch nicht zu gehören. Es ist völlig unwichtig, aber ich frage mich schon, ob sie vielleicht lesbisch ist.

Als wir an zwei israelischen Lesben vorbeigehen, die auf einer Parkbank sitzen und die man auf hundert Meter als Lesben identifizieren kann, sehe ich, wie sie Elke angucken. Die sehen mehr als ich, in ihren Blicken liegt Begehren oder zumindest eindeutiges Interesse.

Sehr ungewohnt im Straßenbild sind für mich die jungen, meist attraktiven Frauen in Uniform. Zwei Jahre müssen sie hier zur Armee, und ich habe keine Ahnung, wie ihre Ausbildung aussieht, aber mir fallen einige auf, die gehen, als hätten sie Turnschuhe an den Füßen und Baggypants an. Es ist so ein unmilitärischer Gang und die Spangen in den Haaren und die Sonnenbrillen bilden einen Kontrast zu dem Maschinengewehr, das ihnen so lässig von der Schulter baumelt, als sei es eine von diesen modernen Umhängetaschen.

Nach dem Essen gehen wir ins Hotel, ich hänge ein wenig im Zimmer ab, mache Yoga, bevor wir von einer Pratikantin abgeholt und zu der kleinen Buchhandlung gebracht werden, wo die Lesung stattfinden soll. Es sind vielleicht vierzig Leute da, von denen einige stehen müssen. Ich lese heute anstelle von Maxim Biller, der ja abgesagt hat, weil vor zwei Tagen sein Buch *Esra* wegen Verletzung von Persönlichkeitsrechten verboten wurde. Mit mir zusammen liest Etgar Keret. Ich kenne von ihm nur die zwei Kurzgeschichten, die in der Mappe waren, die uns das Goethe-Institut zur Information gegeben hat. Es waren schräge Geschichten, bei denen ich nicht genau weiß, was sie wollen. Möglicherweise sollte ich mehr davon lesen.

Die Lesung ist auf hebräisch, ein Schauspieler trägt *Opferfest* und *Keine Seele* vor. Ich schaue in den deutschen Text, und er liest gut, setzt die Betonungen so punktgenau, daß ich fast Satz für Satz mitkomme. Die Reaktionen des Publikums sind verhalten. Etgar liest seine Texte natürlich selber und die Leute lachen viel.

Anschließend gibt es eine moderierte Fragerunde, die eigentlich ganz okay ist. Ich habe schon dümmere Fragen gehört, und da ich mit Etgar zusammen da vorne bin, ist es noch einfacher. Es ist immer viel leichter, zu zweit oder gar zu dritt oder viert diesen Fragen ausgesetzt zu sein. Da ist eine junge Frau, die schon seit Jahren an einem Roman schreibt und nun von mir etwas über das Schreiben eines Romans erfahren möchte. Ich kann dazu nichts sagen. Aber das ist wohl universell. Da ist immer jemand, der auch schreibt, egal, wo du hingehst.

Mein Englisch ist manchmal ein wenig schwach, aber die anderen sind auch keine Muttersprachler, und ich bin nicht mal aufgeregt. Es gefällt mir, die eine oder andere Anekdote mal in einer anderen Sprache zu erzählen.

Etgar, Dorit Rabinyan, mit der ich morgen lesen werde, Elke, ich und noch einige andere sitzen später in einem Restaurant. Es riecht nach Kiffe und ich lasse mir erklären, daß hier grundsätzlich viel gekifft wird. Dorit dreht später zwei kleine Tüten und gibt eine Etgar, die andere steckt sie ein. Es wird nicht geraucht. Ich verstehe es nicht genau, aber ich erschnorre mir auch einen Joint.

Von Dorit habe ich auch nur den kleinen Auszug aus der Mappe gelesen, und als Person kann ich sie schlecht einschätzen. Sie hat einen gewissen Charme, der aber in meinen Augen verliert, weil sie genau weiß, daß die meisten Männer sie sehr attraktiv finden. Etgar ist ziemlich geradeaus und wirkt, als würde er mit beiden Füßen den Boden berühren, aber gleichzeitig scheint es mir so, als würde er etwas verstecken, mit etwas zurückhalten. Vielleicht ist er auch einfach nicht leicht zu durchschauen, so wie die Geschichten, die ich gelesen habe.

Dorits Textauszug ist ein Romananfang, sehr blumig geschrieben, orientalische Fabulierlust wird ihr wohl nachgesagt, wie ein Fluch, der auf ihr lastet, weil sie Jüdin iranischer Herkunft ist und somit Exotin. Sie scheint, was die Rezeption ihrer Bücher angeht, ähnliche Probleme zu haben wie ich in Deutschland. Sie ist halt die Orientalin, keine richtige Jüdin.

Nachts essen Elke und ich gemeinsam noch ein Eis auf der Bank vor dem Hotel. Frozen Yoghurt nennen sie diese Art von Eis. Man kann zwischen verschiedenen gefrorenen Obstsorten, Nüssen, Schokoladen, türkischem Honig etwas aussuchen, das dann mit einer Eisgrundmasse verquirlt wird. McFlurry deLuxe quasi. Ich nehme Mango, Ananas, türkischen Honig. Elke Feigen, Lychees und Pfirsisch, die Kombinationmöglichkeiten sind unglaublich, das Eis ist lecker, meine Stimmung friedlich. Gib mir Sonne und laue feuchte Luft und Menschen und dann sieh mich grinsen. Perfekt.

Später stehe ich noch in meinem Nichtraucherzimmer allein am Fenster, rauche die erschnorrte Tüte. Sehr sanft, wenn man das Gewächshauszeug aus Holland gewöhnt ist, sanft, aber nicht lasch. Ich schlafe friedlich ein. Dank sei dem Herrn.

Freitag, 24. Juni,
Tel Aviv

Da heute Freitag, also ab abends Sabbat ist, lesen Dorit und ich schon um zwölf Uhr mittags in den Räumen der Heinrich-Böll-Stiftung. Es sind wieder ungefähr vierzig Menschen da, einige der Gesichter kenne ich von gestern abend, doch sie reagieren mehr auf *Die Tochter des Schmieds*, sie lachen. Vielleicht ist dieser etwas brutalere Humor der Opferfestgeschichte nicht der Fall der Israelis, möglicherweise kann man hier über Gewalt schlechter lachen.

Der gleiche Schauspieler wie gestern liest meinen Text, und er macht es sehr gut. Es kostet mich Konzentration, doch ich kann wieder nahezu Satz für Satz im deutschen Text folgen.

Dorit kann die Aufmerksamkeit sehr gut teilen, wie auch schon Etgar gestern, aber sie hat dennoch so eine unterschwellige Art, im Mittelpunkt zu stehen. Ich weiß ja auch nicht, was das für ein Leben ist, wenn 95 Prozent aller Männer mit einem flirten oder zumindest flirten wollen, weil man so aussieht. Nur ich habe dann von vorneherein keine Lust mehr. Und das nicht mal aus Trotz, diese makellose Schönheit zieht mich einfach nicht an.

Das Publikum darf wieder Fragen stellen, und die erste an mich gerichtete Frage lautet: Was halten sie als türkischstämmiger Deutscher vom Holocaust?

Was soll ich mit einer solchen Frage anfangen? Ich antworte: Bevor ich gefahren bin, hat mir ein Freund erzählt, daß er als Deutsch-Deutscher aus Angst vor solchen Fragen lieber nicht nach Israel fliegen würde. Ich aber könne ja bedenkenlos fliegen, mich würde man mit so etwas ja nicht behelligen. Aber das ist ja nun nicht der Fall, mir werden diese Fragen auch gestellt und ich fürchte, ich kann ihnen keine befriedigende Antwort darauf geben.

Was hätte ich sagen sollen? War ne gute Sache, aber nicht gründlich genug. Ist ne schreckliche Sache, sollte nie wieder vorkommen. Gibt es eine intellligente Antwort auf diese Frage?

Eine Dame möchte wissen, woher die Einfachheit und Gradlinigkeit meiner Prosa herrührt. Das wird der amerikanische Einfluß sein, antworte ich und habe unverhofft die Gelegenheit, auf die ich schon lange warte. Ich kann Henry Miller zitieren: If you can't make words fuck, don't masturbate them.

Eine andere Dame, bestimmt schon an die siebzig, erzählt mir hinterher, daß sie das Götterbuch gelesen hat und daß es ihr gefallen hat. Sie habe auch Schwierigkeiten damit gehabt, das wolle sie nicht leugnen, aber es habe ihr gefallen, weil es um zwei Menschen ging.

Wenn Komplimente Milch wären, könnte ich eine Molkerei aufmachen.

Nach der Lesung hänge ich mit Elke und Felice rum, einer der Pratikantinnen des Instituts. Wir sitzen in Cafés, gehen schwimmen, essen, spazieren, vertrödeln den Rest des Tages. Manchmal komme ich mir vor wie ein Fremdkörper, da Elke sich mit Felice besser versteht als ich. Ich finde sie manchmal anstrengend, weil sie sehr viel über ihr Jüdischsein reflektiert. Doch sie erzählt auch, daß sie immer einen Bikini in ihrer Handtasche hat. Davon bin ich begeistert. Was für eine Stadt, in der so etwas sinnvoll ist. Sie meint auch, ich hätte nach der Lesung sehr zufrieden ausgesehen. Ich mache das gerne, entgegne ich. Auch unter diesen Umständen, doch das sage ich nicht.

Vor drei Jahren etwa habe ich mal Philippe Djian in Köln im Schauspielhaus gesehen, wo ein Schauspieler seine Texte gelesen hat, während er daneben saß. Wenn du einmal soweit bist, bist du erledigt, habe ich damals gedacht. Wofür sitzt du auf einer Bühne, wenn sich zwar alles um dich dreht, du aber fremd wirkst, weil du die Sprache nicht kannst. Was machst du dann da eigentlich? Dich prostituieren? Noch mehr als sonst.

Und ich frage mich auch: Sehe ich sonst so unzufrieden aus?

Abends mache ich noch alleine einen kleinen Spaziergang und lese hinterher Amir Gutfreunds und Eva Menasses Romananfänge in der Mappe. Langweilen mich beide. Schlafe zufrieden ein.

Samstag, 25. Juni,
Tel Aviv

Mache einen ausgedehnten Spaziergang nach Jaffur, das südlich an Tel Aviv angrenzt. Die Straßen sind am Samstag wie ausgestorben, die meisten Geschäfte, aber auch sehr viele Imbisse haben geschlossen. Dafür ist am Strand die Hölle los, die Menschen liegen mit ihren Liegestühlen bis ins Wasser hinein. Ich bin friedlich und heiter gestimmt, dieses Klima und die Muße tun mir gut.

Esse einen Avocadobagel, trinke frisch gepressten Saft von einem der Stände, die es an jeder Ecke gibt, und die meist eine große Auswahl an Obst haben. Nachmittags gehe ich schwimmen, am Strand liegen möchte ich bei den Menschenmengen nicht.

Das Hotel hat eine kleine Sauna, und natürlich bin ich der einzige, der bei Temperaturen um die dreißig Grad auf die Idee kommt, in die Sauna zu gehen, aber ich steh einfach auf dieses Gefühl.

Abends gibt es ein Terrassendinner bei Julia Scherf, der Leiterin der Böll-Stiftung, die die Veranstaltungen zusammen mit dem Goethe-Institut organisiert und finanziert. Julia wohnt mit ihrer Freundin zusammen, und sie haben eine wunderschöne Dachterasse. Im Süden in einer Stadt direkt am Meer wohnen und eine Dachterasse mit Meerblick haben und die laue Brise genießen. Sonst noch Wünsche?

Im Laufe des Abends gerate ich in ein Gespräch mit einem sehr entspannt wirkenden Amerikaner, der mich ausfragt. Wie ich denn angefangen habe mit Schreiben, was es für mich bedeutet, warum ich gerne Lesungen mache, wieso ich so gelassen wirke, obwohl ich offensichtlich häufig nicht als deutscher Autor wahrgenommen werde, wo meine Liebe liegt und wo die Zwänge anfangen. Er ist ein guter Zuhörer, wirkt ernsthaft interessiert und stellt gute Zwischenfragen. Die bloßen Fragen würden mich langweilen, wenn er es nicht irgendwie raus hätte, mir das Gefühl zu geben, daß er nicht aus Voyeurismus und Neugier fragt, sondern daß da etwas ist, das tiefer liegt.

Mir bereitet es Vergnügen, alles mal auf englisch zu erzählen. Irgendwann wird es mir dann zuviel. Laß uns doch ein bißchen über dich reden, sage ich. Oh, sagt er, tut mir leid, ich wollte gerade sagen, daß es Zeit für mich wird zu gehen.

Es ist spät und ich glaube ihm. Erlaube mir noch einen Satz, sage ich: Wenn ich in deiner Position so eine Art Gespräch habe, dann gehe ich nach Hause und denke, ich weiß jetzt alles über ihn, aber er nichts über mich, was für ein uninteressierter Egomane.

Er entgegnet: Du saßt vorhin unten an diesem Tisch mit all diesen Leuten mit den großen Egos, lauter Menschen, die sich gerne selber reden hören.

Und du warst zwischen denen, hast geschwiegen und hattest so eine bescheidene Ausstrahlung, da wollte ich wissen, was dahinter steckt.

Modest presence ist die Wortkombination, die er benutzt und sie gefällt mir, weil sie mir schmeichelt, weil sie mein Ego aufbläst, auf daß ich so werde wie die anderen. Dabei saß ich einfach da und kam mir vor wie ein Zuschauer.

Juli Zeh und Eva Menasse sind auch da, Zeh ist heute angekommen und Menasse gestern, soweit ich weiß. Frau Menasse wirkt etwas spießig. Mit Juli komme ich kurz ins Gespräch. Sie scheint ein interessierter Mensch zu sein, ich mag, wie sie die Leute ansieht, mit denen sie redet, doch wenn es um Literatur geht, sehe ich bei ihr keinen Glauben an die Magie der Worte.

Elke, Juli und ich gehen zu Fuß zurück zum Hotel. Als ich im Bett liege, hören die Gedanken in meinem Kopf kaum auf, so viele Menschen, Gespräche und Eindrücke.

Gegen morgen träume ich, daß ich mit Eva Menasse und Juli Zeh beim Frühstück sitze.

Sonntag, 26. Juni,
Tel Aviv

Sitze allein beim Frühstück. Danach an den Strand, der heute angenehm leer ist. Meer, Wind, Sonne, Wellen, einen schattigen Platz unter einer der Holzüberdachungen, *American Gods* von Neil Gaimann, das ich nicht immer mag, weil mir einiges sehr willkürlich vorkommt.

Nachmittags gehe ich ins Diezengoff-Center, eine Shopping Mall, bei der die Ebenen auf- und absteigend gebaut sind, sie gehen so ineinander über, daß ich es mit meinem geringen räumlichen Vorstellungsvermögen nicht verstehe. Wäre das Einkaufszentrum etwas größer, ich könnte mich problemlos verlaufen.

Vertrödele Zeit im Zimmer, lese, sehe fern, mache Yoga, höre Musik, *The Song with no Name* von Shane McGowan, ein Stück, auf das ich in den letzten Jahren immer wieder zurückkomme, eins von denen, die ich nicht vergesse.

Abends lesen Eva Menasse und Amir Gutfreund. Eva trägt ihren Text selber vor, weil fast das gesamte Publikum deutsch kann. Sie liest langsam, kann die Passagen teilweise auswendig, guckt oft vom Buch hoch, sie ist gut, aber herausragend finde ich ihren Vortrag nicht, sie verschenkt Pointen und Dialoge. Über Amir kann ich wenig sagen, er liest natürlich hebräisch und das Publikum lacht viel. Gefallen haben mir beide Texte ja nicht sonderlich.

In der anschließenden Diskussion sagt Eva, daß die Westdeutschen ihre Vergangenheit gut aufgearbeitet haben und daß es dort keinen Antisemitismus und keinen Rassismus gibt, das würde es nur in Ostdeutschland und Österreich geben.

Was man so alles erzählen darf.

Mir ist ein dumpfer bomberjackentragender Neonazi lieber als dieser versteckte Rassismus von wohlmeinenden Gutmenschen, die sich selbst immer politisch links einordnen würden, aber Integration mehr und besser verhindern als ein prügelnder Skinhead.

Wir essen in einer sehr großen Runde, Institutsleute, Böll-Stiftung, Verleger, Schriftsteller, mir dröhnt bald der Kopf vom Geräusch der Gespräche. Gegen Ende bleiben eine Anette aus Dresden, Eva und Juli übrig. Anette und ich reden über Literatur, Juli und Eva sitzen einige Plätze weiter und unterhalten sich sehr angeregt, keine Ahnung worüber.

Später setze ich mich auf die Bank vor dem Hotel und trinke noch einen frisch gepressten Orangensaft. Ich mag diese Bank.

Montag, 27. Juni, Tel Aviv / Jerusalem

Fahre mit Marina Groslerner, Anette von gestern abend, Julia und Ralf Fuchs, der der Leiter der Böll-Stiftung ist, wenn ich das richtig verstehe, mit dem Auto nach Jerusalem. Dort trennen sich unsere Wege, ich nehme ein Taxi in die Altstadt. Der Taxifahrer fragt mich, wo ich herkomme. Türkei, sage ich, wie ich das manchmal im Ausland mache. Du bist Moslem? möchte er wissen. Er verbündet sich mit mir, wir seien ja Glaubensbrüder, doch er beeilt sich auch zu betonen, daß er Frieden möchte. Es sei nicht richtig, daß es Menschen verschiedener Religionen gäbe, die die Stadt nicht teilen könnten.

Teilen, wenn wir alle teilen könnten, wäre das hier eine ganz andere Welt. Doch das behalte ich für mich.

In Tel Aviv können oft selbst die Einheimischen nicht unterscheiden, ob man von dort kommt oder Tourist ist. Kleidung, Bewegungen, Gebaren reichen nicht als Kriterium, während man hier in der Altstadt Jerusalems auf den ersten Blick als Tourist erkannt wird.

Die kleinen Gassen und Gässchen spenden viel Schatten, und in den Ecken, in denen Moslems sind, riecht es öfter mal nach libanesischer Süße. Die Straßen leben, sie atmen, das Heilige ist überall, aber auch das Profane. und überall Touristen. Irgendwann entdecke ich ein Jesusbild, darunter ein Aufkleber: Lose weight now – ask me how. Abnehmen mit dem Erlöser.

An den Verkaufständen und Läden findet man Holzarbeiten, die wahrscheinlich aus Indien kommen, zumindest habe ich sie dort verstärkt gesehen, Räucherstäbchen, bunte Kacheln, Silberschmuck, Langneseeis, Gewürze, Kaffee, alles, was ich schon mal gesehen habe, aber nicht in dieser Kombination.

Als ich bei einem Libanesen zu Mittag esse, läuft Bob Marley aus den Boxen. Das ist die Welt, in der wir leben, immer etwas Bekanntes, immer ein Stück global vermarkteter Kultur, die man wiedererkennen kann.

Es liegt eine Spannung in der Luft, es ist lange nicht so locker wie in Tel Aviv, die Konflikte sind fast greifbar.

Während ich durch die Gassen schlendere, höre ich eine Stimme hinter mir: Hey, my writer friend. Ich denke, es ist jemand aus den letzten Tagen und drehe mich um. Ein Einheimischer, ein unbekanntes Gesicht. You are a writer, my friend, yes? Or a journalist?

Bass erstaunt frage ich zögerlich: How did you know?

You look like a writer, ist die lapidare Antwort.

Wir reden einige Takte, bevor er zu seinem Anliegen kommt, er möchte mir etwas verkaufen, was sonst? Ich begleite ihn in seinen Laden, obwohl ich ihm versichere, daß ich nichts kaufen möchte. Und im Laden sehe ich dann eine

Kette, die Svenja gefallen könnte.

Wie ich heiße, möchte der Mann wissen. Oh, Selim, das sei doch ein moslemischer Name, ob ich Moslem sei? Ich bejahe der Einfachheit halber.

120 Schekel möchte der Mann für die Kette haben, aber nur, weil wir Glaubensbrüder sind und er mich so sympathisch findet, wie er betont. Ein weiterer Mann kommt und die beiden reden arabisch miteinander.

Was die Kette denn kosten würde, frage ich erneut und der Mann antwortet, er hätte mir sowieso schon einen sehr niedrigen Preis genannt, er könne nicht mehr heruntergehen. Ich sei ja Moslem und ein armer Schriftsteller dazu, da seien ihm die 120 Schekel so herausgerutscht, eigentlich würde die Kette viel mehr kosten.

120 Schekel sind etwa 20 Euro, ich beschließe, die Kette zu kaufen.

Doch er redet nochmals mit dem anderen Mann auf arabisch und bedauert dann, daß er mir die Kette nicht für 120 Schekel geben könne, sein Boss würde das nicht erlauben. Wie gesagt, er hätte aus Sympathie einen zu niedrigen Preis genannt, doch er könne sie mir nun nicht zu diesem Preis lassen. Es täte ihm leid, es sei sein Fehler. 200 würde die Kette kosten.

Es ist absurd. Er versucht mich hochzuhandlen, anstatt ich ihn herunter. Das sage ich ihm, daß es eigentlich umgekehrt sein müsste, doch er beharrt auf den 200. Auch für 150 will er sie mir nun nicht mehr verkaufen. Ich gehe und er entschuldigt sich vielmals dafür, daß ihm ein zu niedriger Preis herausgerutscht ist, aber nur weil er mich sympathisch fand. Ich weiß nicht, ob ich ihm glauben soll.

Ich gehe in einen anderen Laden und kaufe Svenja einen Armreif.

Als ich genug von der Altstadt habe, lasse ich mich ins Zentrum fahren, hier dominieren nicht moslemische Araber, sondern orthodoxe Juden mit Kippa und Schläfenlöckchen das Stadtbild. Tel Aviv ist gegen das hier eine total areligiöse Stadt mit tätowierten jungen Menschen, die vergnügungssüchtig sind. Die Fanatiker der Glaubensrichtungen sind in Jerusalem, jede Menge Leute, die schon persönlich mit Gott gesprochen haben.

Die Lesung am Abend in einem Café in Jerusalem ist schrecklich. Es sind kaum Zuschauer da, außer denen, die nun irgend etwas mit der Sache zu tun haben und jeden Tag dabei sind. Eva Menasse und Marina Groslerner lesen, und es ist ihnen anzusehen, daß sie es nicht gerade angenehm finden. Marina ist früher Tänzerin gewesen, hat sie heute morgen im Auto erzählt, doch es sieht schrecklich unbeholfen aus, wie sie auf ihren Hocker klettert, um zu lesen. Die Fragen im Anschluß sind auch kaum erträglich. Irgendwie hat es etwas Beruhigendes, daß so etwas auch solche Autoren wie Eva Menasse passiert, die haufenweise Bücher verkaufen.

Später sitze ich mit Marina zusammen. Sie hat eine Natürlichkeit, die vielen Leuten abgeht. Oder anders: Sie besitzt nicht diesen unnötigen Ernst vieler Erwachsener und fast aller Schriftsteller. Sie weiß, daß wir alle Blender sind. Alle tun so, als hätten sie etwas verstanden und niemand mag zugeben, daß es eigentlich nichts zu wissen gibt.

Marina erzählt, als Kind habe sie immer geglaubt, daß die Erwachsenen in irgendwelche Regeln eingeweiht wären, die herauszufinden ihre Aufgabe im Leben sei, damit sie sich nicht so einsam fühle in der Gemeinschaft derer, deren ungeschriebenen Gesetze sie nicht versteht. Und dann wurde sie älter und merkte, daß es eigentlich allen so ging. Und gleichzeitig ekelt es sie, so etwas öffentlich zu sagen, weil man diese Aussagen dann so oft wiederholt, bis sie inhaltsleer geworden sind. Weil man auch dabei nicht weiß, ob das die Wahrheit ist und weil man es auch sagt, weil man weiß, daß die Leute das gerne hören und einen dann für die Offenheit loben. Ich komme mir vor wie eine Nutte, sagt sie und ich kann das gut nachvollziehen. Auch ihren Drang, dem sie nicht nachgibt, ihren Drang zu sagen: Fickt euch doch, macht euren Kram alleine, ich bin hier nicht der Hampelmann für euch.

Solche Anwandlungen habe ich selber heute nicht mehr so stark wie früher.

Ich bin da eher wie eine Fünfjährige, sagt Marina, ich will alles hinschmeißen und weglaufen.

Und du erzählst doch auch die gleichen Geschichten wieder und wieder, fährt sie fort, das höre ich doch. Die Geschichte, wie du anstatt der Manuskripte besprochene Kassetten verschickt hast, weil du gedacht hast, so könntest du vielleicht eher einen Verlag finden. Die Geschichte hast du schon so und so oft erzählt und du weißt genau, daß die Leute sie gerne hören, aber du weißt nicht mehr, ob du sie erzählst, weil du das willst, oder weil du weißt, daß es gut ankommt.

Ja, sage ich, aber ich habe die Geschichte das erste Mal auf englisch erzählt.

Sie hat natürlich Recht, ich erzähle das, weil ich weiß, daß es gut ankommt. Aber ich erzähle es auch, weil es etwas aussagt über mich und wie ich die Welt wahrnehme, weil es etwas aussagt über Frustation, Geltungsdrang und Einsamkeit. Und weil es mir hilft, mich mit dem Publikum zu verbinden.

Möglicherweise sind das nur Vorwände, weil ich die Wahrheit nicht wahrhaben will. Auf einer Bühne bist du auf die eine oder andere Weise immer eine Nutte.

Es gibt eine deutsche Übersetzung ihres Romans und ich nehme mir vor, das Buch zu lesen. Ich weiß, daß die Welt leider nicht so einfach ist, daß die Menschen, die ich mag, zwangsweise gute Bücher schreiben und umgekehrt entpuppen sich die Menschen, deren Bücher ich nicht mag, oft als angenehme Zeitgenossen. Aber Marinas Buch muß einfach gut sein.

Marina erzählt noch, wie sie jeden Tag um sechs Uhr nach der Arbeit an den Strand geht und den Tag so ausklingen lässt. Das hört sich grandios an, da möchte ich glatt auswandern.

Als ich um zwölf in meinem Zimmer bin, höre ich ein zaghaftes Geräusch, das ein Klopfen an der Tür sein könnte. Ich komme gerade aus der Dusche und ignoriere es. Erst beim dritten Mal ziehe ich mir eine Unterhose an und öffne. Es ist Elke. Gehen wir noch ein Eis essen? fragt sie.

Vier Minuten später sitzen wir auf der Bank vor dem Hotel, essen Eis und erzählen uns unseren Tag. Sie freut sich über die familiäre Atmosphäre – jeden Tag bei den Veranstaltungen dieselben Menschen, mit denen man immer wieder gerne redet.

Sie hat Recht, aber jetzt, wo sie es so erzählt, fällt mir wieder ein, daß ich gerade aus Hausach komme. Ich hatte das gerade schon mal.

Ich telefoniere noch mit Svenja und als ich im Bett liege, schalte ich nochmals durch die Kanäle. Auf einem läuft ein Hardcore-Porno. Bin zunächst total verwirrt, im normalen Fernsehprogramm? Schlafe dann befriedigt ein.

Dienstag, 28. Juni,
Tel Aviv

Frühstück mit Elke und Eva, wir verquatschen die Zeit, das Gespräch läuft von selbst. Eva erzählt, wie sie am Strand gewesen ist, aber nicht im Wasser. Wegen der Wellen, wegen der Quallengefahr und der Angst, ihre Sachen könnten geklaut werden. Das scheint mir ungefähr wiederzugeben, was für eine Art Mensch sie ist. Doch ich empfinde sie auch als angenehmen Gesprächspartner. Sie hat eine gewisse Distanz, vieles kommt nicht direkt aus dem Herzen, aber das könnte man von mir wahrscheinlich auch sagen. Da ist eine Vorsicht der Welt gegenüber, die manchmal schon wie ein Rückzug aussieht.

Den Rest des Tages vertrödele ich im Zimmer und am Strand, wo die Frauen ihre Brüste vor sich hertragen.

Bevor ich zur Lesung gehe, mache ich meine Übungen. Muß mich die letzten Tagen echt dazu zwingen, obwohl ich bei dem Wetter etwas flexibler bin als gewöhnlich.

Juli Zeh liest alleine, da das Baby ihres Lesungspartners Sayed Kashua krank ist. Eine sehr gute Entschuldigung, finde ich, allemale besser als Maxims.

Juli liest weder besonders gut noch schlecht, es ist ein okayer Vortrag. In der Diskussion betont sie mehrmals, daß wir eine Generation von Individualisten sind, die keine gemeinsamen Werte haben und deswegen keine Moral. Wir haben keinen gemeinsamen Glauben, keinen religiösen, keinen an die Familie, die Arbeit oder auch nur an das Geld.

Vielleicht bestätigt es ihre These, daß ich mich darin nicht wiedererkennen kann, aber das kann ich fast nie, wenn jemand von Gesellschaft und Generationen redet.

Kann es sein, daß viele Menschen die Probleme in einer Klarheit erkennen, die mir immer verborgen bleiben wird? Ich glaube nicht. Es ist nur so, daß man günstigenfalls eine Meinung hat und die dann einfach stur vertritt.

Es könnte doch jemand argumentieren, daß uns nur vorgegaukelt wird, wir seien Individualisten. Wir essen das gleiche, sehen das gleiche Fernsehprogramm, tragen die gleichen Klamotten und haben die gleichen Mobiltelefonklingeltöne, wir gehören alle einer großen Konsumkultur an, die jeden glauben macht, er wäre einzigartig. So einzigartig, daß er gleich in einer Castingshow zum Star werden kann. Und da haben wir auch schon die Werte, nach denen viele streben. Unser Glaube ist der Glaube an den Individualismus, der keiner ist. Wo der Wert an der Aufmerksamkeit gemessen wird, die man bekommt. Das ist der Maßstab.

Und gleichzeitig hat Juli recht, viele tradierte Werte gehen verloren, aber deswegen zu sagen, wir hätten keine Werte und keine Moral mehr, scheint mir übertrieben. Es ist ja nicht so, daß wir uns bei jeder sich bietenden Gelegenheit erschiessen, prügeln, sodomieren, belügen, ausnutzen und erniedrigen, beschimpfen, was weiß denn ich. Es gibt ja durchaus noch Werte.

All diese Theorien sind, zumindest für mich, Humbug. Und ein Humbug ist so gut wie ein anderer, jeder kann sich eine eigene, möglichst stimmige Theorie ausdenken. Und das tun die meisten ja auch, aber sie vertreten sie als Wahrheit, dabei ist es nur ein weiterer Strauch in diesem Dickicht der Meinungen, durch das niemand durchblickt.

Die Wahrheit scheint so diffus zu sein, daß wir sie mit unserer begrenzten Wahrnehmung nicht fassen können. Und vielleicht stimmt nicht mal das.

Was am Ende für mich zählt, ist der Kontakt zwischen den Seelen der Menschen. Nenn es Verbundenheit, nenn es Liebe, das Sprechen der Herzen, der Kontakt an den Grenzen, die sich manchmal aufzulösen scheinen. Da ist doch etwas, daß jedem von uns ein gutes Gefühl beschert, jeder Generation, jeder Gesellschaft. Nur bei Juli Zeh scheint das nicht vorzukommen.

Jaja, ich muß hier Binsenweisheiten von mir geben, weil ich sonst oft keine Meinung habe. Man kann das so sehen und auch so. Woher soll ich schon wissen, was richtig ist und was nicht?

Nach der Lesung gehen wir alle zusammen zum Vergnügungsviertel im Nordhafen, wo sich Restaurants, Cafés und Discos aneinanderreihen. Wir sitzen auf der Terasse eines Lokals, man hört die Wellen, ab und zu fliegt ein Flugzeug über uns hinweg, die Luft ist lau, das Essen gut. Ich sitze mit Ulrike von der Böll-Stiftung und Barbara vom Institut zusammen und wir lassen die Tage nochmals Revue passieren, lachen, lästern, reißen Witze, ich fühle mich großartig. Reden, einfach nur Reden. Das ist schon so viel.

Es ist halb zwei, als ich vor dem Hotel bin, die Frozen-Yoghurt-Maschine an der Ecke wird gerade gesäubert, kein Eis heute abend. Ich setze mich auch nicht auf die Bank, obwoh es die letzte Gelegenheit ist, im Dunkeln auf der Bank zu sitzen.

Mittwoch, 29. Juni, Tel Aviv / Köln

Noch nicht nach Hause wollen und sich auf daheim freuen hält sich ungefähr die Waage.

Beim Frühstück sitze ich mit Eva zusammen, das Gespräch ist ein wenig schleppend, aber wir können beide in dieser Situation entspannen, glaube ich.

Dann Sachen packen, ein letztes Mal an den Strand. Unterwegs laufe ich an einem T-Shirt-Laden vorbei, den ich bisher wohl immer übersehen habe. Kaufe mir ein fake Nokia-Shirt, wo statt Nokia – connecting people, Vodka – connecting people draufsteht.

Eva und ich fliegen im selben Flieger nach Wien, von dort aus muß sie nach Berlin weiter, ich nach Köln. Wir müssen durch eine Menge Sicherheitskontrollen, und Eva wird eine Nagelfeile abgenommen. Einer Frau eine Nagelfeile wegzunehmen, echauffiert sie sich.

Der Flieger bekommt wegen angeblich dichten Flugverkehrs über Zypern keine Starterlaubnis. Wir stehen über eine Stunde auf dem Rollfeld und haben sowieso schon Verspätung. In Wien verpasst Eva ihren Anschlußflieger, ich bekomme meinen gerade so. Aber meine Tasche nicht, wie ich dann in Köln feststellen kann.

Es regnet in Strömen, mein Bruder, der mich abgeholt hat, fährt streckenweise 40 auf der Autobahn.

Erst am nächsten Morgen wird mir einfallen, daß ich Tourtagebuch, Notizbuch und Kalender in der Tasche hatte, die ich aufgegeben habe. Nie wieder. Gegen zwölf Uhr mittags bekomme ich die Tasche dann nach Hause geliefert.

Ich mache mir Gedanken, warum ich Juli und zunächst auch Eva gegenüber nicht so offen sein konnte, wie ich es gewollt hätte. Weil sie beide erfolgreicher sind als ich? Weil ich die Texte, die ich von ihnen kenne, nicht besonders mag? Weil ich sie als Konkurrenz ansehe? Weil sie eine andere Form vom Literatur repräsentieren als ich? Weil ich mich als Schreiber besser finde? Ich habe keine Ahnung, ich kann nicht den Finger drauflegen, wahrscheinlich von allem etwas, aber ich weiß, daß ich offener sein sollte, daß ich mich befreien sollte von diesen Schranken in meinem Schädel, wenn ich Menschen begegne.

Dienstag, 5. Juli,
Bielefeld, Universität

Ich fahre mit dem Auto meines Vaters, der zur Zeit im Urlaub ist. Ich muß morgen nach Spiekeroog und da kommt man mit dem Zug schlecht hin.

Früher bin ich gerne selber gefahren, aber mittlerweile nehme ich lieber den Zug. Das kann ich lesen, manchmal schreibe ich, setze die Kopfhörer auf, gehe den Gang rauf und runter, strecke mich, döse weg.

Für die Fahrt habe ich gestern einige alte Kassetten hervorgekramt. Zuerst höre ich die *Doggystyle* von Snoop Dog. Mag ich immer noch sehr gerne, ein Klassiker. Danach schiebe ich die *Pills, Thrills and Bellyaches* von Happy Mondays rein. Die habe ich seit Jahren nicht mehr gehört. Grandioses Album. Es groovt unwahrscheinlich und man kann hören, daß sie so viele Pillen geschmissen haben, daß sie glaubten, sie wüßten jetzt, wo es langgeht im Leben. Als sei es nur noch ein winziger Schritt und dann wird alles anders, leicht. Vielleicht auch still. Vielleicht endet die Platte auch deswegen so abrupt. Nicht weil man aus der Party herausgeschleudert wird, sondern weil man auf einmal da ist. Shaun Ryder muß ein schräger Typ sein, der viel Spaß gehabt hat in dieser Phase seines Lebens. Ich mag seine Stimme, ich habe sie schon auf dem ersten Album der Happy Mondays geliebt, das musikalisch in eine ganz andere Richtung ging. Ich sollte mir die *Pills, Thrills and Bellyaches* auf CD nachkaufen.

Unglaublich, wieviel gute Musik es gibt, schier unglaublich und manchmal zum Verzweifeln. Jeden Tag entgehen mir Schätze. Andererseits ist meine Plattensammlung voll davon.

Auf der Rückseite von den Happy Mondays sind Throw That Beat In The Garbage Can, habe ich auch lange nicht mehr gehört und reißen mich auch nicht vom Hocker, aber ich habe letztlich den Sänger gesehen. Der hat einige Tage in der Videothek gearbeitet, in der ich ab und zu DVDs leihe, die ich dann auf dem Rechner gucke. Ich habe ihn darauf angesprochen, ob er nicht der Sänger sei von ...

Er hat gegrinst, schien aber nicht sonderlich beeindruckt. Irgendwie konnte ich ihm nicht sagen, daß ich zwei seiner Platten im Schrank habe. Und heute arbeitet er in einem Aushilfsjob. Henry Rollins erzählt irgendwo von Mitgliedern von Metallbands, die in den Achtzigern groß waren, Cinderella oder so, die heute in Videotheken in Los Angeles arbeiten und sich verleugnen, wenn jemand sie erkennt.

Die Lesung ist in einem großen Hörsaal, der zur Hälfte gefüllt ist. Er ist für 300 Personen ausgelegt, erfahre ich später. Es ist seltsam, da vorne zu stehen und wegen der steil ansteigenden Sitzreihen fast nur Köpfe zu sehen. Als ich noch studiert habe oder in der Schule war, habe ich mir nie ausgemalt, wie ich mal in Schulen oder Universitäten lesen würde. Und hätte es mir jemand prophezeit, hätte ich ihn für bekloppt gehalten.

Trotz der sterilen Atmosphäre ist es eine schöne Lesung. Besser als die vor einigen Wochen im Kamp. Auch wenn zwischendurch immer wieder einige gehen, die Mehrzahl der Zuhörer ist voll dabei.

Hinterher erzählen mir drei verschiedene Leute, der Büchertisch sei ausverkauft gewesen und der Buchhändler hätte gesagt, so viele Bücher hätte er bei Benjamin von Stuckrad-Barre nicht verkauft. Über so etwas kann ich mich kaum freuen, grundsätzlich verkauft der fast zehnmal so viel Bücher wie ich, was solls, wenn ich in Bielefeld an der Uni mehr loskloppe.

Wir gehen ins Univarza, ein türkisches Restaurant an der Uni, die sowieso eine kleine Stadt für sich ist, mit Gemüseladen, Bank, Buchhandlung, Bäcker, Bioladen. Beim Essen sind einige der Frauen aus der Schreibwerkstatt in Bensberg da, und schließlich kommt auch Svenja, die es nicht früher geschafft hat.

Sara und Anna nehmen uns noch mit auf den Sparrenberg, der einen tollen Ausblick auf die Stadt bietet. Es ist schön, etwas gezeigt zu bekommen, das man alleine nicht entdeckt hätte.

Anna, die aus Südrussland stammt, erzählt, wie sie über Pudding immer nur in Kinderbüchern gelesen hat und zwar nicht genau wußte, was das ist, aber sich schon sicher war, daß es ihr schmecken würde.

Wir gehen noch etwas trinken in einem Café mit Dachterrasse, doch es ist zu kühl, um lange dort zu sitzen.

Mittwoch, 6. Juli, Spiekeroog, Kurverwaltung

Svenja und ich fahren mit dem Auto nach Neuharlingersiel, von wo aus man mit der Fähre nach Spiekeroog fährt. Ich kenne mich in dieser Ecke von Deutschland kaum aus und Neuharlingersiel ist so ein verschlafener Ort mit lauter Rentnertouristen. Die Fähre nach Spiekeroog kostet 25 Euro hin und zurück, ein stolzer Preis für eine halbe Stunde Fahrt, aber sie können ja nehmen, was sie wollen.

Es ist windig, bedeckt und nicht sonderlich warm. Meinen Urlaub würde ich hier aber auch bei besserem Wetter nicht verbringen wollen. Mittelmeerklima ist das richtige für mich. Wo du in den Sommermonaten nicht die Wettervorhersage verfolgen mußt, um zu wissen, ob morgen vielleicht die Sonne scheint.

Spiekeroog sieht ein wenig aus wie eine Playmobilstadt. Idyllisch sagt man wohl auch dazu, es ist schön, trotz dieser bleigrauen Nordsee und des grauen Himmels.

Auf den Straßen sieht man hauptsächlich ältere Menschen oder Familien mit kleinen Kindern, wobei mir auffällt, daß die meisten sehr spät Eltern geworden sind, kaum ein Vater oder eine Mutter unter dreißig, die Kinder sind gerade mal drei oder vier. Aber wahrscheinlich werde ich irgendwann auch zu diesen Vätern gehören.

Svenja und ich essen ein Eis, das in frischgebackenen Butter-Zimt-Waffeln verkauft wird. Schmeckt so toll, wie es sich anhört.

Kerstin, die veranstaltende Buchhändlerin, die aus Koblenz stammt und selber auch erst seit Mai auf der Insel ist, hat noch vor einigen Tagen angerufen und mir erzählt, daß zwei Karten im Vorverkauf verkauft worden sind. Ich habe also keinerlei Erwartungen, doch dann sind da so 30, 35 Leute, viele um einiges älter als ich. Ich mache eine ruhige Lesung, ohne allzuviel Klamauk, ohne zuviel zu erzählen, ohne zu überdrehen. Es kommt gut an.

Ein Mann kauft hinterher zwei gebundene Bücher plus ein Taschenbuch, knapp 50 Euro plus der Eintritt, den er bezahlt hat. Ich bin beeindruckt. Das ist nicht nur mein erster Aufenthalt auf einer deutschen Insel, und das hier ist nicht nur die erste Lesung auf der Insel überhaupt, sondern auch das erste Mal, daß ich jemanden erlebe, der *Die Tochter des Schmieds* gleich zweimal kauft. Hat für mich einen ganz anderen Wert, als einmal mehr Bücher verkauft zu haben als Stuckrad-Barre. Das andere Buch möchte er verschenken, sagt der Mann, der mir nicht ganz abkauft, daß ich davon so beeindruckt bin.

Kerstin, Svenja und ich gehen hinterher noch essen, die Preise sind hoch, die Portionen klein, doch das Essen lecker.

Kerstin sagt, das hier wäre nach Sylt die teuerste Insel.

Svenja und ich gehen noch in die Hotelsauna. Niemand da außer uns. Nach zwei Gängen gehen wir ins Zimmer. Ich schlafe tief und fest und als ich morgens aufwache, weiß ich einige Sekunden lang nicht, wo ich bin.

Donnerstag, 7. Juli,
Spiekeroog

Ich träume von einer schönen Glasvase, in die man drei Bambusse stecken kann. Für jeden Bambus gibt es eine eigene Öffnung. So eine Vase hätte ich gerne.

Wir gehen an den Strand und mir fällt ein, wie das früher in der Schule für mich war, wenn in Erdkunde von Ebbe und Flut, von Watt und Deich und Dünen die Rede war. Während die anderen immer genau wußten, worum es ging, konnte ich mir das nie so richtig vorstellen. Wir haben immer am Mittelmeer Urlaub gemacht, da gab es so etwas nicht. Dafür aber Sonne und blaues Wasser.
Am Strand sind viele Kinder, aber es ist trotzdem ruhig und friedlich, friedlicher als nachmittags am Strand von Tel Aviv. Svenja und ich hängen ab, spielen Volleyball, vertrödeln den Tag, gehen essen, sind erstaunt darüber, wieviel Geld man für ein mittelmäßiges Mahl ausgeben kann. Abends wieder in die Sauna. Ein Tag drangehängt an die Lesung. Fein.

Dienstag, 12. Juli,
Esslingen, Waldorfschule

Eigentlich waren eine Schreibwerkstatt und eine Lesung geplant, aber die Werkstatt ist nicht zustandegekommen und nun fahre ich für eine Schullesung nach Esslingen. Eigentlich habe ich keine Lust. Und noch weniger Lust hatte ich, gestern abend schon anzureisen, also sitze ich um kurz vor sieben mit einer Thermoskanne Tee im Zug. Ich bin mal wieder mit dem Rad zum Bahnhof gefahren, für diese kurzen Dinger geht das gut, aber mit der großen Tasche macht das keinen Sinn und außerdem lasse ich ungern mein Fahrrad nachts vor dem Bahnhof stehen. Die Straßen waren leer, es war friedlich in der Stadt in diesem diesigen deutschen Sommer. Gestern bin ich in ein Gewitter geraten und kam völlig durchnäßt beim Yoga an.

Im Zug lerne ich für die Yogalehrerprüfung am Ende des Monats. Ich habe Schwierigkeiten, mich zu motivieren. Obwohl klar ist, daß es eine Art Prüfung geben muß, kann ich dem keinen Wert beimessen. Das wird ja nichts darüber aussagen, ob ich ein guter Lehrer werde oder nicht.

Renate Luxemburger von der veranstaltenden Stadtbücherei holt mich vom Bahnhof ab und wir fahren gemeinsam mit dem Taxi zur Waldorfschule. Eine ganz gute Lesung, auch wenn ich mich anstrengen muß, den Raum mit den fast 100 Schülern mit meiner Stimme zu füllen.

Bei den Schülern ist auffällig, daß sie keine Hemmungen haben, nachzufragen, wenn sie etwas nicht oder nicht ganz verstehen, und daß sie locker zu sein scheinen, auch wenn sie nicht im Schutz ihres Klassenverbunds sind.

Dem anwesenden Lehrer gefällt die Lesung auch, wir fassen eine Werkstatt für nächstes Jahr ins Auge, aber so etwas vergesse ich meistens, sobald ich aus der Tür bin. Würde ich das jedes Mal ernst nehmen, wenn jemand Interesse an einer Lesung oder Werkstatt bekundet, würde ich mich nur ärgern, weil vieles davon nie verwirklicht wird.

Mit dem Taxi zurück zum Bahnhof und um halb eins sitze ich schon wieder im Zug, Ankunft in Köln drei Uhr. Es gibt schon bekloppte Arten, sein Geld zu verdienen. Aber Spaß gemacht hat es trotzdem.

Samstag, 6. August, Freiburg, Vorderhaus

Yogalehrerprügung war kein Problem, nur habe ich gerade keine große Lust mehr zu lesen, nachdem ich sechzehn Tage am Stück so gut ohne ausgekommen bin, ohne Lesungen, ohne Fleisch, ohne Tee, ohne Kaffee, ohne Literatur, ohne viel Aufmerksamkeit, ohne viel Schlaf. Aber darauf, wieder Tagebuch zu schreiben, habe ich mich gefreut.

Als ich am Bahnhof bin, merke ich, daß ich meinen MD-Recorder, mit dem ich die meisten Lesungen aufnehme, zu Hause vergessen habe. Kann mich nicht mal darüber ärgern. Was solls.

Ich bin morgens in der Sauna gewesen, habe entspannt im Zug gesessen und in Marina Groslerners Roman Lalya gelesen. Ich wäre wohl nie auf dieses Buch gekommen, wenn ich sie nicht kennengelernt hätte. Ich mag den Roman, weil er so eine eigene, tiefe Sicht auf die Welt und die Menschen bietet. Das Leben in diesem Buch ist so undurchdringlich, daß man sich darin verlieren kann. Und dennoch ist da immer ein Gefühl der Zartheit. Es steckt in diesem verzweifelten Aufbegehren mehr als nur Sehnsucht nach Halt. Da ist trotz aller Unzulänglichkeiten und Entfremdung immer ein Gefühl der Verbundenheit, ein Wille, in der Welt zu sein, mit ihr zu sein. Das Buch ist so wie sie selbst. Wie sollte es auch anders sein. Marina wirkt häufig so, als würde sie sich hier nicht ganz wohl fühlen, obwohl sie die Menschen oft genug durchschaut.

Die Lesung im Rahmen einer Krimi- und Erotikreihe ist openair und fängt erst um zehn an. Ich gehe bei einem Araber Falafel essen, sitze noch ein wenig im Hotel. Das Wetter ist nicht gut, es sieht nach Regen aus. Sommer in Deutschland, während in anderen, nicht besonders weit entfernten Ländern die Augusthitze sprichwörtlich ist.

Es sind dennoch 140 Menschen da, ich fange an, ein wenig zu erzählen, die Leute lachen, später, als ich aus dem Götterbuch lese, auch an Stellen, wo mir lieber wäre, sie würden den Mund halten. Doch sie machen es mir leicht. Es ist eine Lesung, bei der ich mich nicht sonderlich anstrenge. Ich verlasse mich auf meine Stimme und die Lacher am Anfang, ziehe es routiniert durch. Vielleicht muß das auch sein, doch es befriedigt im besten Fall das Publikum, mich aber nicht. Man kann so faul werden, drückt ein paar Knöpfe und fühlt, daß es läuft.

Nach etwa einer Stunde soll schon Schluß sein und ich halte mich daran. Gegen Ende wird mir ziemlich kalt, obwohl ich ein kurzärmliges und ein langärmliges T-Shirt anhabe. Und heute mittag habe ich noch überlegt, ob ich die FlipFlops anziehen soll.

Mit drei zufällig aufgegabelten Leuten gehe ich noch Kakao trinken, um mich aufzuwärmen. Ein kurzes Vergnügen, ich bin vernünftig und will früh ins Bett. Ich muß morgen um sechs raus. Ach, sagt einer der drei, wir haben doch alle gleich viel Zeit.

Ich bin platt. Wir haben alle gleich viel Zeit. Was für ein Satz. 24 Stunden, ganz gerecht verteilt. Als er sieht, wie ich dort stehe und den Satz wirken lasse, sagt er: Nicht so viel nachdenken.

Etwas später im Hotel stelle ich fest, daß er mir ins Autogrammbuch geschrieben hat: Kopf hoch, nicht die Hände.

Seltsamer Typ. Zwei Sätze, die ich mitnehmen kann. Schlafe zufrieden ein.

Sonntag, 7. August,
Heerlen, Glaspalais

Als der Wecker klingelt, schlafe ich so fest, daß ich noch nicht einmal weiß, in welche Richtung ich mich drehen muß, um ihn auszuschalten. Zum ersten Mal in meinem Leben sehe ich ein komplett unberührtes Frühstücksbuffet.

Ich fahre mit dem Zug bis nach Köln. Unterwegs werde ich nicht müde, lese und höre Musik. In Köln nehme ich das Auto meines Vaters, der immer noch in der Türkei ist, und fahre das letzte Stück nach Heerlen mit dem Auto.

Ich soll zusammen mit Sevtap Baycılı lesen, die in der Türkei groß geworden ist, in Holland lebt und auf Niederländisch schreibt. Außerdem gibt es einen Moderator, Dick Disselkoen. Die Veranstaltung läuft unter dem Titel *Orient Express* und findet statt in einem großen Raum der örtlichen Bücherei mit einer beschissenen Akustik. Oder die Mikrofone sind so schlecht ausgesteuert. Außerdem entpuppt sich das Ganze nicht als Lesung, sondern als literarisches Gespräch. Eine Form, die ja nicht zu meinem Favoriten gehört.

Dick redet mit mir auf deutsch, was hier nahezu jeder versteht, und mit Sevtap auf niederländisch. Ich muß mich sehr konzentrieren, um dem Niederländischen zu folgen und zumindest das grobe Thema immer mitzubekommen, wenn mir die Feinheiten auch entgehen. Irgendwann habe ich keine Lust mehr, mich zu konzentrieren und lasse es sein. Dick liefert mir sowieso immer eine kurze Zusammenfassung, wenn ich wieder dran bin.

Ich merke, wie ich müde werde, daher auch die Unlust, sich zu konzentrieren. Ich werde richtig müde, muß mich zusammenreißen, halte die Augen mit Mühe und Willenskraft geöffnet, mein Hirn kriegt nur noch ganz am Rande mit, daß Dick und Sevtap sich über den Unterschied zwischen Wahrheit und Realität unterhalten.

Schließlich gibt es eine Pause, in der nicht nur kleine türkische Häppchen inklusive Tee und Kaffee gereicht werden, nein, es tritt auch noch eine Bauchtänzerin auf.

So oft, ich sehe es so oft, die Leute sagen Kultur, aber sie meinen Folklore, nichts anderes. Das hat mit Austausch der Kulturen nichts zu tun. Das ist Bullshit. Doch das wird sich nicht ändern, egal, wie oft ich es wiederhole.

In der zweiten Hälfte bin ich etwas fitter, aber auch hier gebe ich mir nicht richtig Mühe. Es ist, wie es ist, ich habe ein Buch geschrieben, mit einer Frau als Hauptfigur, weil mich der Charakter interessiert hat. Ich wollte nicht die Rolle der Frau darstellen oder einen Einblick ins anatolische Leben der Fünfziger und Sechziger liefern. Ich wollte nicht die damalige Gesellschaft kritisieren, ich wollte nichts beschönigen oder dramatisieren, ich wollte einfach nur Menschen beschreiben und wie sie leben.

Solche Gespräche über Literatur finde ich meistens langweilig, aber ich bleibe freundlich und höflich und versuche das Beste daraus zu machen, und am Ende habe ich sogar das Gefühl, das Publikum mag mich, obwohl ich wenig Aufregendes gesagt habe.

Setze mich ins Auto und fahre eine Stunde zurück. Daheim rufe ich Lutz an und fahre zu Lutz und Theresa zum Essen. Es wird ein angenehmer Abend mit schönen Gesprächen.

Dienstag, 9. August,
Mönchengladbach, Geneickener Bahnhof

Ein sinnlos vertrödelter Tag, an dem ich mich zu nichts aufraffen kann. Ich schaffe es gerade mal, einen Routenplaner aus dem Netz auszudrucken, da ich mit dem Auto fahren möchte. Ich rechne eine Viertelstunde zum Verfahren ein, verfranse mich dann aber völlig, als ich in Mönchengladbach bin. Um zwanzig nach sieben komme ich am Veranstaltungsort an, sieben war verabredet. Ist gerade noch so im Rahmen.

Es gibt einen Moderator, Jens Dirksen, wir besprechen kurz den Ablauf. Er stellt mich vor, ich lese etwa eine Stunde, danach gibt es die Möglichkeit, Fragen zu stellen.

Das Publikum besteht zu einem großen Teil aus älteren Menschen, nicht allzuviele in meinem Alter und kaum jüngere. Es läuft gut, die Leute gehen mit. Ich weiß gar nicht, wann ich das letzte Mal aus der *Tochter* vorgelesen habe, es macht Spaß, als sei es ewig her. Das Publikum hat keine Fragen, also stellt Jens welche, und er ist gut vorbereitet, auch der Teil macht ausnahmsweise Spaß.

Später sitze ich noch mit ihm zusammen und wir reden darüber, wie wir die Welt sehen und wie wir versuchen, uns ihr gegenüber zu verhalten. Es hat etwas sehr offenes und intimes, es ist ein schönes Gespräch.

Danach wieder fast eine Stunde autofahren, es läuft ein Mixtape vom Oktober 94, das mir streckenweise sehr aggressiv vorkommt, aber ich singe lauthals mit und freue mich auf zu Hause, weil ich nicht mehr fahren mag.

Mittwoch, 10. August, Neuss, Stadtbibliothek

Neuss ist etwas über eine halbe Stunde entfernt mit dem Auto, und heute verfahre ich mich auch nicht. Ich habe noch Zeit, in Ruhe ein Eis zu essen, bevor ich in die Bücherei gehe.

Die letzten drei Veranstaltungen laufen im Rahmen der Reihe *Literarischer Sommer Niederrhein.* Heute moderiert wieder Jens, das Publikum ist wieder eher alt, aber hier scheinen sie etwas verhaltener als gestern zu sein. Vielleicht liegt es auch an mir, ich habe ab und zu Konzentrationsschwierigkeiten, bin nicht so aufmerksam wie gestern, doch es läuft noch rund, es holpert nicht.

Hinterher gibt es Fragen aus dem Publikum, nichts, was mich beeindruckt oder zum Nachdenken bringt. Warum so ein Buch nach den anderen? Gibt es eine reale Vorlage für Gül? Kann ich auch türkisch sprechen? Der übliche Kram halt.

Gestern abend hat Jens etwas gesagt, das mir eingeleuchtet hat. Welche Erkenntnis folgt daraus, wenn man weiß, ob ein Roman biographisch oder autobiographisch ist? Was für einen Unterschied macht es? Liest man dann anders? Ist man anders beeindruckt? Fühlt man sich betrogen? Ist der Text dann wahrhaftiger?

Literatur ist immer Fiktion. Selbst wenn jemand die Wahrheit kennt – es ist unmöglich sie aufzuschreiben. Was passiert ist das eine, was man darüber erzählt das andere.

Nach der Lesung sitzen wir mit etwa zwölf Personen bei einem Italiener an einem großen Tisch und führen weitgehend ein gemeinsames Gespräch. Keiner redet zu lange, alle hören zu, fast alle tragen etwas bei. Nur ab und an gibt es kleine Nebengespräche. Außergewöhnlich.

Auf dem Rückweg höre ich ein Tape von 93, auf dem mehrmals Gun Club drauf sind. *Miami* ist eine Hammerplatte, die werde ich mir auch auf CD nachkaufen. Diese Musik ist ein Teil von mir, ich habe das Album weit über 300 Mal gehört und heute noch können mir die Stücke etwas erzählen. Ich habe manchmal ein sehr leichtes Leben.

Sonntag, 14. August, Hasselt, Begijnhof

Die gleiche Konstellation wie letzte Woche Sonntag: Dick Disselkoen, Sevtap Baycılı und ich im literarischen Gespräch. Wir fangen um 11 Uhr an, deshalb fahre ich abends schon nach Hasselt, wie Sevtap auch. Als ich im Hotel ankomme, rufe ich sie an, und wir gehen noch zusammen etwas trinken.

Hasselt ist ein putzige Stadt, Heerlen letzte Woche hat mir nicht gefallen. Sevtap und ich haben nur Türkisch als gemeinsame Sprache und wir kriegen ein wohlwollendes und manchmal auch persönliches Gespräch hin, obwohl wir uns nicht sonderlich viel zu sagen haben. Ich halte mich etwas zurück und lasse sie erzählen.

Sie ist in der Türkei aufgewachsen und hat dort auch studiert, bevor sie der Liebe wegen, die dann doch nicht gehalten hat, nach Holland gezogen ist. Sie stammt aus Istanbul, aus einer gebildeten Familie, obere Mittelschicht, untere Oberschicht, so etwas, sie ist eine der Türkinnen, die ich sonst nie kennenlerne. Mit fünfzehn hat sie zum ersten Mal in ihrem Leben eine lebende Kuh gesehen.

Meine Familie stammt aus Anatolien und studierte Leute gibt es bei uns nicht, daran hat sich bis heute fast nichts geändert. Und eine Kuh habe ich gesehen, da konnte ich noch nicht laufen.

Sie spricht mich auf letzte Woche an. Ich sei ja mitten in der Veranstaltung eingeschlafen. Das war mir nicht bewußt, ich dachte, ich hätte die Müdigkeit gerade so kaschiert, aber daß ich weggeknickt bin, habe ich nicht gemerkt. Es ist mir außerordentlich peinlich. Ich bin auf der Bühne eingeschlafen. Das erste und hoffentlich auch letzte Mal in meinem Leben.

Auch die Veranstaltung am nächsten Morgen finde ich nicht sonderlich spannend, ich weiß nicht genau, was die etwa 30 Zuhörer oder ich davon haben. Es wird wieder viel niederländisch geredet, ich kann mich aber gut darauf konzentrieren, bekomme über die Hälfte mit und werde auch nicht müde. Ich habe so eine Panik davor, daß ich wieder einschlafen könnte, daß es hoffentlich unmöglich ist.

Ich weiß schon, warum ich mir diese Gedanken gemacht habe, als ich Philippe Djian in Köln gesehen habe. Da wollte ich nie hin, in einem fremden Land auf einer Bühne zu sitzen, nur die Hälfte zu verstehen, mich aber ganz ausgeliefert zu fühlen.

Wirklich schlimm ist es nicht, aber ich bin froh, als ich im Auto sitze, obwohl mir diese Fahrerei mittlerweile auch auf die Nerven geht. Ich möchte wieder im Zug sitzen und in Ruhe lesen.

Unterweg halte ich für einen kleinen Spaziergang in Maastricht, was fast auf dem Weg liegt. Das ist eine Stadt, in der ich früher häufiger war. Es ist schön, Ecken und Plätze wiederzusehen und sich dann nochmal für eine Stunde ins Auto zu setzen. Songül Karlı singt heute: Yine gönlüm hoş değil, aber mir geht es gut.

Donnerstag, 25. August,
Boltenhagen, Villa Seebach

Auf die Zugfahrt freue ich mich, sechs Stunden nur Musik hören und lesen und aus dem Fenster schauen, keine Ablenkung. An dem Tag, an dem ich mir ein Mobiltelefon anschaffe, wird sich mein Zugfahrtleben ändern. Aber so genieße ich diese Zeit.

Ich lese *Hochzeit im Himmel* von Mircae Eliada. Bisher kannte ich nur einige seiner religionswissenschaftlichen Bücher und nun wollte ich sehen, wie er Romane angeht. Beeindruckt mich nicht, aber ich lese sie gerne, diese Geschichte zweier Männer, die durch eigenes, nachvollziehbares Versagen die Liebe ihres Lebens verlieren. Es ist eins dieser Bücher, das plausibel macht, daß Männer in Liebesdingen dümmer sind als Frauen. Von der Idee und vom Aufbau her erinnert es mich streckenweise an *Am Hang*, aber es ist deutlich klassischer geschrieben.

In der Zeitung steht daß Peter Høeg im Februar oder März in Dänemark ein neues Buch herausbringt, nachdem man nun zehn Jahre nichts von ihm gehört hat. Er verbringt wohl viel Zeit in einer spirituellen Lebensgemeinschaft auf Jütland. Ich bin sehr gespannt auf das Buch, er hat meine endlose Verehrung und Sympathie allein für *Der Plan von der Abschaffung des Dunkels,* aber auch dafür, sich zehn Jahre aus dem Literaturbetrieb und der Öffentlichkeit komplett herauszuhalten.

Eine Journalistin hat ihn gegen seinen Willen ausfindig gemacht und Høeg meinte, er fände es respektlos und aufdringlich, daß sie ihm so nachgestellt habe. Auf der anderen Seite habe es sie wohl viel Anstrengung gekostet, das müsse man auch berücksichtigen.

Er schlägt ihr vor, daß sie ein Exklusivinterview zum neuen Buch bekommt, das einzige, das er geben möchte, jedoch nur unter der Bedingung, daß sie nichts über ihre Begegnung schreibt. Sie lehnt ab und schreibt den Artikel, den ich gerade gelesen habe.

Ich weiß nicht, ob ich das richtig finden soll. Es ist sicherlich eine Respektlosigkeit, aber gleichzeitig bin ich ihr dankbar für die Informationen.

Ich bin in Wismar untergebracht und werde von dort von der Veranstalterin Franziska und ihrem Mann Thorsten abgeholt. Wir fahren zusammen mit dem Auto nach Boltenhagen.

Auf der Lesung sind etwa zwölf Leute, alle eher älter, und ich bringe es heute nicht fertig, sie einzeln nach ihrem Namen zu fragen. Die Atmosphäre gibt das nicht her. Oder ich bin zu feige.

Es wird eine etwas kürzere Lesung, 75 Minuten, und ich gestehe, ich bin nicht richtig gut.

Der Schüler, der den Büchertisch macht, erzählt mir im Anschluß, daß er öfter Büchertische macht, sich aber bisher noch nie ein Buch des Autors gekauft hat, heute sei das erste Mal.

Hinterher sitze ich mit Franziska, Thorsten und einem Herrn Witte zusammen, und Thorsten hat einige interessante Theorien zur Weltlage.

Europa sei zur Zeit der Kreuzzüge geeint gewesen und dahin würden wird uns wieder bewegen. Die Religion sei identitätsstiftend, so wie sie es in der islamischen Welt auch zu sein scheint, und etwas anderes hätte man dem nicht entgegenzusetzen.

Er sähe den Weltjugendtag als einen Beginn und eine Demonstration von Zusammengehörigkeit. In diesen haltlosen Zeiten würden sich die Menschen wieder mehr der Religion zuwenden, und über die Amerikaner im Irak müsse er ja nichts mehr sagen.

Er kann seine Theorie plausibel begründen, aber ich bin ja der Meinung, daß der Untergang der USA bevorsteht, und nicht eine mögliche Einigung oder gar ein Kreuzzug. Bisher ist noch jedes Imperium untergegangen. Und deswegen finde ich es gut, daß die Amerikaner Bush als Präsidenten haben, der beschleunigt den Verfall.

Aber weiß mans? Wir basteln uns einfach nur Theorien, die Realität schert sich aber nicht darum. Gottlieb Daimler sagte 1886: Es werden in Zukunft höchstens 5000 Motorradfahrzeuge gebaut werden. Denn es gibt nicht genug Chauffeure, um sie zu steuern.

Thorsten glaubt auch, daß die Menschen im Osten Deutschlands auch die nächsten fünfzehn Jahre noch die Angeschissenen sind. Was gut sein kann. Und was bedeuten würde, daß es danach noch mal gut fünfzehn Jahre dauert, bis sich die Ansätze einer wirklich gemeinsamen Identität entwickelt haben. Und ich werde immer zu Parallelgesellschaften befragt. Tsss.

Im Hotel kiffe ich und sehe lustig fern. Harald Schmidt im Gespräch mit Nora Tschirner, die mir zwar nicht sympathisch ist, sich aber sehr gut behaupten kann. Imponiert mir. Danach Jürgen von der Lippe, auch darüber kann ich lachen. Es ist spät, als ich einschlafe.

Freitag, 26. August,
Güstrow, Uwe-Johnson-Bibliothek, Erotische Nacht

Morgens Frühstück, Tagebuch, Yoga, danach fahre ich nach Güstrow. Ist fünf Jahre her, daß ich das letzte Mal hier war, es scheint mir weit weg, wie aus einem anderen Leben.

Ich esse, gehe spazieren, schlafe, sehe sinnlos fern, es läuft nichts, das mich interessiert, aber dennoch sitze ich davor und denke: Das ist die Welt, in der wir leben.

Ich bin zu dumm, zu kurzsichtig, ich habe nie geahnt, daß auch ich mal Musikvideos gucken und denken würde: Was wollen diese Fünfzehnjährigen mit ihren komischen Frisuren mir eigentlich erzählen? Die haben doch keine Ahnung.

Gegen acht gehe ich in die Bibliothek, die *Erotische Nacht* beginnt um neun und ich möchte mir gerne das gesamte Programm ansehen. Das Publikum ist im Schnitt 15 Jahre älter als ich, sehr viele Ehepaare, von Erotik erstmal keine Spur.

Ein Raum der Bibliothek ist weitgehend leergeräumt worden, und dort sitzen die etwa 120 Zuschauer. Irina von Bentheim, die deutsche Stimme von Sarah Jessica Parker aus *Sex and the City* fängt mit einer sogenannten Leseperformance an. Sie macht es gut, punktgenau und professionell, aber ich finde es unglaublich albern, dem Publikum solche Fragen zu stellen wie: Sind unordentliche Frauen besser im Bett? Und dann auch noch eine Antwort zu erwarten.

Überhaupt, *Sex and the City*, da habe ich schon zweimal versucht eine Folge ganz zu gucken, aber es ist mir nicht möglich. Dieser ganze Theorienquatsch, diese nicht mal intellektuelle, sondern dumpfe Neigung zur Verallgemeinerung, Vereinfachung, Verflachung. Ich verstehe diese ganzen Serien nicht, *Ally McBeal, Friends, Desperate Housewives.* Es gab eine Zeit, da konnte ich dienstags abends nicht mit Frauen ausgehen, weil da *Ally McBeal* kam.

Und wenn ich mit davor sitze und darüber nicht lachen kann, heißt es entweder, die Folge sei nicht so gut gewesen oder schlimmer: Ich könne das nicht verstehen, ich müsse das einfach öfter gucken.

Ich vetrödele viel Zeit mit stumpfsinnigem Kram, ja, aber mir etwas, das ich nicht mag, öfter ansehen, damit es mir gefällt? Bitte.

Nach Frau von Bentheim kommt Cathrin Pfeiffer, eine Akkordeonspielerin, die sehr sympathisch ist. Umso mehr, als ich hinterher lese, daß sie schon mit Keimzeit gespielt hat. Anschließend eine Art Theaterperfomance, ziemlich lustig gemacht. Ich entschließe mich in dem Moment, nichts Lustiges zu machen, da die Menschen bei dem Thema eh sehr oft die Belustigung suchen, die sie nun ja schon bekommen haben.

Es gibt eine Pause und dann lese ich aus dem Götterbuch, nehme einige heftige Stellen, aber eigentlich nur solche, von denen ich denke, daß man sie gut öffentlich vortragen kann. Es gibt genug Stellen in dem Buch, die sich dafür nicht eignen, finde ich. Ich habe nicht das Gefühl, daß es gut ankommt, es ist den Leuten unangenehm, sie sind froh, wenn sie wieder eine Stelle zum Lachen haben. Wahrscheinlich habe ich es falsch gemacht, aber ich hatte keine Lust auf lustig.

Nach mir kommt eine Frau, die Chansons singt, die mir kaum etwas sagen, und zum Abschluß gibt es eine Dessousshow, drei Mädels Anfang zwanzig und ein Bodybuilder, geringfügig älter, zeigen sehr knappe Unterwäsche. Das Publikum, all diese älteren Ehepaare, die grauhaarigen, dickbäuchigen Männer und die zurechtgemachten Frauen in ihren Kostümen, geht mit, klatscht zu *Voulez vous couchez avec moi*, *You can leave your hat on* und anderen Einfallslosigkeiten, die mit einem dumpf-stampfenden Beat unterlegt sind. Mir ist das ganze unangenehm, aber es soll noch schlimmer kommen.

Eins der Mädchen und der Mann kommen angezogen auf die Bühne und ich habe eine vage Ahnung, was als nächstes kommt. Sie holt sich einen Mann aus dem Publikum, er eine Frau, die beiden werden vorne auf Stühle gesetzt und die Darsteller reiben ihre Ärsche am Schoß der Sitzenden.

Als einer aus dem Publikum kannst du in dieser Situation nur verlieren, dein Gesicht, deine Selbstachtung, dein Wohlbehagen und schlimmstenfalls auch noch deine Hemmungen. Du bist nicht der Star der Show und doch bist du völlig exponiert. Und zu sagen hast du auch nichts. Ich finde es höchst unerotisch, aber den Leuten scheint es zu gefallen. Oder das Gejohle überspielt nur die Unsicherheit.

Das Mädchen und der Bodybuilder lassen sich ausziehen, und als das Mädchen auch den BH fallen lässt, bin ich erstaunt, damit habe ich nicht gerechnet, doch ich finde es auch unnötig.

Entgegen meiner Erwartung fallen dann auch noch die letzten Hüllen, sie steht nur mit einer Federboa da, die sie immer geschickt vor ihre Scham hält, so daß man diese nicht sehen kann. Ihm wird ein Tuch vorgehalten, wenn er nicht gerade seine Rückseite dem dem Publikum präsentiert.

Freitag Nacht in Güstrow in der Uwe-Johnson-Bibliothek.

Hinterher sind alle schnell weg. Ob die zu Hause jetzt bumsen? Ich käme mir dabei albern vor.

Es ist halb eins, als ich im Hotel bin. Ich weiß nicht so recht, was ich die letzten beiden Tage getan habe, außer Geld verdienen. Doch ja, ich hatte ein schönes Gespräch gestern abend.

Am nächsten Tag hole ich mir beim Umsteigen in Hamburg wieder Sushi. Auf meiner Treuekarte habe ich nun schon fünf Stempel, bei zehn gibt es eine Sushi-Box umsonst. Und die meisten Stempel habe ich im Vorbeifahren geholt. Komisches Bahnhofsleben. Freue mich auf zu Hause.

Sonntag, 25. September, Mainz, Frankfurter Hof

Es liegt ein 14tägiger Türkeiurlaub mit Svenja hinter mir und ich fühle mich, als hätte ich ewig nicht mehr gelesen. Trotzdem habe ich kaum Lust. Auf dem Weg vom Bahnhof ins Hotel verlaufe ich mich, obwohl es nicht so kompliziert ist. An der Hotelrezeption sagt die Dame, daß sie keine Anweisung für eine Kostenübernahme habe und daß ich das Zimmer wahrscheinlich selber bezahlen müsse. Auch gut, habe ich etwas, worum ich mich kümmern kann. Als ich dann im Bad diese kleinen Shampooflaschen sehe, die gleichen wie in vielen anderen Hotels, weiß ich, daß ich gerade keine Lust auf dieses Leben habe.

Auf dem Weg zum Frankfurter Hof verlaufe ich mich wiederum. Eine gute Gelegenheit, diesen einheimischen Akzent zu hören, wenn man dauernd nach dem Weg fragt.

Der Raum, in dem ich lesen soll, sieht aus wie ein Tagungsraum, kühl, nüchtern, keine Bühne, ein häßliches rotes Ledersofa mit einem entsetzlichen Glastisch davor für mich, Stühle mit blauem Stoffbezug für die Zuhörer. Sechzehn an der Zahl. Ich hätte mehr erwartet. Obwohl sechzehn eigentlich zuviel ist, frage ich alle nach ihren Namen und kann am Ende auch noch zwölf davon. Es wird eine lockere, intime Lesung.

Danach gehe ich mit einigen, darunter auch eine der Buchhändlerinnen aus der Wiesbadener Buchhandlung Pristaff, in eine urige Kneipe.

Ganz angenehme Gespräche. Eins der Themen ist, ob solche Phänome wie Erkan und Stefan die Integration behindern oder ob sie zeigen, wir sehr gewisse Dinge schon im Mainstream angekommen sind. Die Antwort ist egal, finde ich. Die beiden machen so einen hohlen, stumpfen Scheiß, daß es sich nicht mal irgendwo einordnen lässt.

Auf dem Hotelbett gucke ich noch eine Dokumentation auf Bayern 3 über einen Pädagogikprofessor, der in Nicaragua lebt und dort jugendliche Straftäter aus Deutschland betreut. Die Leute regen sich ja immer gerne darüber auf, was diese Abenteueraufenthalte der Kriminellen den Steuerzahler kosten, aber der Mann macht seine Sache außerordentlich gut, soweit ich das beurteilen kann. Ich bin fasziniert von seinem inneren Frieden und seinem Idealismus, der nicht in den Wolken schwebt. Er scheint ein sehr befriedigendes Leben zu führen, und wer kann ein besseres Vorbild sein?

Montag, 26. September,
Künzelsau, Buchhandlung Lindenmaier

Heute ist es schon so, als hätte ich nie anders gelebt, als unterwegs zu sein, und es gefällt mir.

Mittagsschlaf, Yoga, ein Essen vom Asia-Imbiss aufs Zimmer. Ich setze mich schon vor der Lesung hin, weil ich ahne, daß ich heute abend keine Lust mehr dazu haben werde.

Es sind an die fünfzig Leute da, viele Frauen über vierzig, viele davon haben die *Tochter* gelesen, kennen aber nur dieses Buch von mir und stehen etwas ratlos vor den anderen, die zum Verkauf ausliegen.

Ein wohlwollendes Publikum, und in der zweiten Hälfte werde ich richtig warm, lese einen Fremdtext, den ich lange nicht mehr gelesen habe, und spüre, wie er mich wirklich berührt. *In Istanbul schneite es.* Ich weiß nicht, ob die Leute das sehen können, aber die Härchen auf meinen Armen stehen senkrecht nach oben. Diese Welle trägt bis ans Ende der Lesung.

Nach zehn Minuten sind alle Bücher signiert, fast alle Zuhörer weg, aber das ist in Ordnung. Ich habe heute keine Lust auf Gesellschaft, doch selbst wenn ich welche hätte, wen von diesen Menschen würde ich mir aussuchen wollen? Gehe ins Hotel und lese noch etwas.

Dienstag, 27. September, Passau, Scheune am Severinstor

Es regnet in Passau, alles nur graue Suppe. Die Stadt scheint mit ihren drei Flüssen, der landschaftlichen Lage und den historischen Bauten ein Touristenmagnet zu sein. Gleichzeitig werde ich das Gefühl geistiger Enge nicht los. Ein Gefühl, das ich in anderen Städten auch in den schmalsten Gässchen nicht habe.

Ich gehe trotz des Regens spazieren, und als ich später den Fön in meine Turnschuhe stecke, um sie wieder trocken zu bekommen, schmilzt der inwendige Kunststoffbezug stellenweise. Wieder was gelernt.

Zur Lesung kommen zwanzig Leute, der Veranstalter Oli sagt, es sei eine schlechte Zeit, weil die Studenten noch in den Semesterferien seien.

In der ersten halben Stunde erhalte ich wenig Reaktionen vom Publikum. Es verunsichert mich immer noch, wenn die billigen Pointen nicht funktionieren, dabei würde ich selber wahrscheinlich auch nicht darüber lachen. Ich mache keine Pause, aber ab ungefähr der Hälfte merke ich, wie die Leute wirklich dabei sind. Es wird noch ganz schön.

Noch schöner ist es hinterher mit Oli und einigen seiner Bekannten, die auch auf der Lesung waren, im Wirtshaus zusammenzusitzen. Hier ist jede Pointe, egal von wem, ein willkommener Anlaß, sich unter den Tisch zu schmeißen. Sehr lustige Stimmung, auch wenn ich nicht immer alles verstehe, bayrisch halt. Da ist eine Frau, die über zehn Jahre in Württemberg gelebt hat und auch schwäbisch spricht. Auf meine Frage nach ihrem Hochdeutsch spricht sie einen halben Satz annehmbares Hochdeutsch, bevor sie wieder in ihren Dialekt zurückfällt. Bayrisch und schwäbisch, ich bin fasziniert.

Fasziniert bin ich auch von der Geschichte des alten Kioskbesitzers, an dessen Tür eines Samstags ein Schild hing:

Wegen Lotto-Online-Schulung geschlossen. Und am Montag ein neues Schild: Ab heute keine Lottoannahme mehr.

Mittwoch, 28. September,
Passau, Fachoberschule

Morgens um sieben aufstehen, damit ich um viertel vor neun vor hundert Schülern in einer Turnhalle lesen kann. Die Schüler sind locker, den Lehrern gefällt es auch, ein angenehmer Abschluß, bevor ich wieder heimfahre.

Die organisierende Lehrerin hat angenommen, daß ich lieber Bier trinke als Wein und mir vier Flaschen lokales Bier als kleines, aber schweres Geschenk gekauft. Ich erzähle ihr, daß ich fast gar nicht trinke. Das ist etwas, das ich nahezu immer erklären muß. Warum nicht, ist die Frage. Warum doch, ist nie die Frage.

Fast egal wobei, Verzicht muß man verteidigen, Konsum nicht. Gleich, ob es sich um Vegetarismus, Sex, Fernsehen oder gesellschaftlich akzeptierte Drogen handelt.

Ich kann das mit dem Trinken nicht mal einleuchtend erklären, es entspringt nur teilweise einer geistigen Haltung und ansonsten macht es meistens einfach keinen Spaß mehr.

Sechs Stunden Heimfahrt. Jetzt, wo ich gerade dabei bin, könnte ich auch noch ziemlich lange so weitermachen.

Mittwoch, 5. Oktober, Köln, Wutzstock

Auch ein Luxus, nur zwanzig Minuten Anreise zur Lesung zu haben. Es ist wunderschönes Wetter, Svenja ist da, wir vertrödeln den Tag, essen Dorade, wie wir es im Urlaub so oft gemacht haben.

Das Wutzstock ist eine Kneipe, in die ich im normalen Leben nicht gehen würde, doch der veranstaltende Buchhändler Uli Klinger macht regelmäßig Lesungen mit mir. Meistens gibt es wenig Geld, doch ich vertraue ihm und das ist viel wert.

Mein guter Freund Markus kommt zur Lesung und noch einige wenige andere Bekannte. Außerdem ist da noch ein Gesicht, das mir bekannt vorkommt. Bei dem habe ich letztlich *Militärmusik* von Kaminer gekauft, doch schon da kam er mir bekannt vor, ohne daß ich ihn genau einordnen konnte.

Es sind etwas über dreißig Leute da, kein Mikro, die Holzdielen knarren fürchterlich laut, wenn sich jemand bewegt. Dementsprechend läuft es nicht ganz rund. In der zweiten Hälfte habe ich irgendwann einen riesigen Frosch im Hals, der nicht weichen möchte. Die Stimme bleibt mir fast ganz weg, mir wird heiß. Was mache ich, wenn es nicht weitergeht?

Ich werde nervös, trinke einen Schluck Wasser, spüre die Blicke auf mir, kann aber nicht hochgucken. Räsupere mich wieder und wieder, versuche tief durchzuatmen. Irgendwann geht es wieder. Mir ist noch lange danach sehr warm.

Als ich den Typen anspreche, der mir so bekannt vorkommt, habe ich einen vagen Verdacht, woher ich ihn kenne. Bei dir habe ich den Kaminer gekauft, nicht wahr? Er bejaht.

Und jetzt kommt die peinliche Frage, sage ich.

Er weiß sofort, worum es geht.

Ja, sagt er, wir wohnen im selben Haus.

Ich glaube, er wohnt erst zwei, drei Monate da, aber auch da bin ich mir nicht ganz sicher. Zwölf Mietparteien gibt es bei mir im Haus.

Dienstag, 11. Oktober, Dortmund, Sissi KingKong

Morgens gebe ich eine Stunde im Yoga-Center, die vierte, die ich dort gebe, und langsam gewinne ich Vertrauen, werde sicherer. Bei meiner dritten Stunde hat Kara mitgemacht, eine Mitarbeiterin des Centers, die ich für eine sehr gute Lehrerin halte. Das passiert dort öfter, daß Lehrer Stunden bei anderen Lehrern nehmen, aber als ich Kara gesehen habe, bin ich schrecklich nervös geworden. So nervös werde ich vor Lesungen schon sehr lange nicht mehr.
Nach der Stunde habe ich Kara dann gefragt, ob sie zwei Minuten Zeit für eine kurze Kritik hätte. Sie meinte, Zeit hätte sie schon, aber Kritik wäre kaum nötig.
Es ist Jahre her, daß ich mich so über ein Lob gefreut habe. Seitdem fühle ich mich wirklich als Yogalehrer. Auch wenn ich noch viel lernen muß.

Ich fahre mit dem Fahrrad zum Bahnhof und der Vorplatz ist, wenn ich mich nicht vertue, zum ersten Mal in diesem Jahr, keine Baustelle mehr, sondern fertig. Allerdings ohne Fahrradständer, was mir völlig unverständlich ist. Was soll das? Und dann diese Bahnhofsuhr, die ständig falsch oder gar nicht geht, das soll doch hier eine Großstadt sein, oder.

Auf dem Bahnsteig in Köln spricht mich ein Mann in meinem Alter mit Namen an. Sein Gesicht ist mir nicht unbekannt, aber ich kann ihn nicht einordnen. Ja, sagt er, so viele Gesichter und so viele Geschichten. Es dämmert mir nur langsam, es ist Christoph Iacono, der mich vor etwa zwei Jahren auf einer Lesung in Bonn auf dem Flügel begleitet hat. Eigentlich hätte ich ihn sofort erkennen müssen.
Häufig kann ich Menschen mit meinem guten Namensgedächtnis beeindrukken, aber die wenigsten wissen, wie schlecht ich bin, wenn es um Gesichter geht. Christoph arbeitet im Moment bei einer Produktion des Kölner Schauspielhauses als musikalischer Leiter. Bis Wuppertal sitzen wir zusammen im Zug und reden, auch über Theater. Wir kommen auch auf *Nellie Goodbye* zu sprechen, ein Jugendstück über eine Band, deren Sängerin an Krebs erkrankt. Svenja spielt in Hannover in dem Stück. Die Songs für die Band sind nicht vorgegeben und Christoph hat für die Wuppertaler Aufführung die Musik geschrieben. So klein ist die Welt, und so leicht kann man sich verbinden.

In Dortmund holt Ulrike mich vom Bahnhof ab, der einzige Mensch, der mein per Newsletter verbreitetes Angebot, eine Yogastunde, bei mir zu machen in Anspruch nehmen möchte. Ulrike ist etwas älter als ich, sieht aber jünger aus.

Eigentlich hat sie auch keine Lust, erwachsen zu werden, sagt sie, etwas, das man von Frauen sehr viel seltener hört als von Männern. Sie hat eine Wohnung voller Bücher, keinen Fernseher und geht abends gern aus. Das ist ja ein Vergnügen, das mir ein wenig abhanden gekommen ist, obwohl ich das nie für möglich gehalten habe. Abends in die Kneipe. Hmmm. Lieber mit Freunden zu Hause zusammensitzen.
Früher habe ich immer gedacht, daß man erledigt ist, wenn Nachtleben einen gar nicht mehr interessiert, aber mir geht es gut. Was sicherlich auch damit zu hat, daß mir das Trinken nicht mehr so gut gefällt und nüchternes Nachtleben etwas Seltsames ist. Und damit, daß ich dieses Jahr dauernd das Abendprogramm für andere Leute bestreite. Da sitze ich in Köln lieber schön zu Hause.
Ich gebe Ulrike eine Stunde. Zunächst ist das natürlich eine etwas ungewohnte und unbeholfene Situation, aber nach ein paar Minuten geht es. Anschließend essen wir in einem kleinen Laden Gnocchi, die mit Pesto gefüllt sind. Sehr lecker. Ich wußte gar nicht, daß es so etwas gibt.

Um kurz vor acht sind etwa acht Leute zur Lesung da und ich denke, das wird das erste Mal seit langem, daß in Dortmund keine gute Stimmung ist. Gegen halb neun wird es schließlich voller, es sind etwa 35 Leute da und der kleine Laden ist angenehm gefüllt. Özgür ist auch wieder da. Der Typ ist der Hammer, der war auf den letzten sechs oder sieben Lesungen in Dortmund. Die Lesung? Das Dortmunder Publikum ist für mich eins der besten. Die gehen bei jedem Text mit. Ich bin so dankbar.
Ich will den letzten Zug nach Köln nehmen und schaffe es auch pünktlich zum Bahnhof, aber der Zug hat 20 Minuten Verspätung. Später schlafe ich im Zug ein, und als ich kurz vor Köln aufwache, ist die ganze Nachlesungsfreude verschwunden. Schade, vielleicht hätte ich wachbleiben sollen.
Als ich am nächsten Morgen aufwache, bin ich wieder gut gelaunt. Dank sei dem Herrn und seinen Geschöpfen.

Freitag, 14. Oktober, Münster, Prinzipalsaal

Marcel hat Münster ohne Übernachtung gebucht. Das sei nicht so weit, meinte er und ich habe das einfach geglaubt, aber das sind fast zwei Stunden Fahrt.

Im Zug lese ich die dritte Verbrecherautobiographie in Folge. In den letzten Wochen habe ich zunächst *Der Mann, der aus dem Fenster sprang* von Ludwig Lugmeier und *22 Jahre Knast* von Dimitri Todorov gelesen, und nun also *Todestrieb* von Jaques Mesrine. Leben außerhalb des Gesetzes und wie man es legitimieren kann. Wo Lugmeier geradeaus und ehrlich ist, wo Todorov intelligent und sauber argumentiert und politische Dimensionen nachzuvollziehen versucht, ist Mesrine einfach nicht der hellste, aber der Rücksichtsloseste, der jede Ausrede willkommen heißt, um den einmal eingeschlagenen Weg mit aller Macht und gegen jede Vernunft zu verfolgen. Die anderen beiden handeln auch aus romantischen Gründen, weil Kriminalität eine Lebensform ist, die sie anzieht, während Mesrine trotz sprachlicher Begabung fast nie zur Poesie fähig ist. Doch er ist total wahnsinnig, scheut kein Risiko und bereut nicht, das Buch fasziniert mich ungemein.

Der Lesungssaal in Münster ist sehr schön, es sind ungefähr 40 Menschen da, ein angenehmes Publikum. Es läuft gut, wenn auch ein wenig routiniert. Ich hätte gerne neue Texte zum Lesen, aber wann soll ich die schreiben?

Die Veranstalter sind Musiker, und sie erzählen mir Tourgeschichten, Jungs, die nach drei, vier Wochen jegliches Niveau verlieren und zu keinem Gespräch mehr fähig sind, wo es nicht um Titten und Trinken, Parties und Pimpern geht. Ich stelle mir oft vor, mit Musikern unterwegs zu sein. Die beschweren sich gerne über ihr Tourleben, aber sie wissen nicht, wie es ist, immer allein im Zug zu sitzen. Okay, und ich weiß nicht, wie sehr man sich in einem Tourbus gegenseitig auf die Nerven gehen kann.

Bin pünktlich um 23 Uhr am Bahnhof und der Zug hat dieses Mal auch keine Verspätung. Setze mich in ein leeres Abteil, höre die *Let it die* von Feist, entspanne.

Nachdem ich in Dortmund in den Regionalexpress umgestiegen bin, setzen sich mir irgendwann zwei Mädels gegenüber, siebzehn, achtzehn Jahre alt. Ich schalte den iPod ab, behalte aber die Kopfhörer auf, das mache ich ab und zu. Dann schaue ich unschuldig irgendwohin und lausche den Gesprächen. Die beiden sind zurechtgemacht, haben ihr schickes Freitagabendoutfift an, doch wenn die den Mund aufmachen, reden sie breitesten Pott. Für mich ist da eine Diskrepanz zwischen Sprache und Aussehen, eine Diskrepanz, die ich verdammt sexy finde. Den Inhalt der Gespräche allerdings weniger: Wenn ich es mit einem tue, dann will ich dat auch wirklich wollen und es nicht einfach nur deshalb machen, weil ich dat Gefühl hab, ich bin ihm irgendwat schuldig.

In normaler Zimmerlautstärke in einem Zug mit viel Ausgehpublikum.

Fahre mit dem Fahrrad heim und es ist kalt, so kalt, daß eine Winterjacke angebracht wäre, obwohl die Temperaturen tagsüber immer noch 20 Grad erreichen.

Montag, 17. Oktober, Darmstadt, 603qm

Frühstücken, Sauna, Mittagessen, dann entspannt nach Darmstadt fahren. Die letzte Lesung im 603qm, im Januar 04, wenn ich mich richtig erinnere, war ein legendärer Abend. Die Halle war kalt, die Menschen saßen in ihren Mänteln da, doch es war sehr lustig und ich habe auf der Bühne einen Lachanfall bekommen und war völlig übermütig. Ich gehe nicht davon aus, daß es wieder so gut wird, das geht gar nicht.

Das Hotel hat auch eine Sauna. Naja. Bianca, eine Freundin von Michi, der in Jona dabei war, und die im 603qm arbeitet, holt mich vom Hotel ab. Ralf, bei dem ich bei der letzten Lesung in Darmstadt übernachtet habe, ist auch da. Die Atmosphäre ist angenehm und ich genieße es, irgendwo zu sein, wo ich schon mal war.

Die Lesung ist okay, aber ich groove einfach nicht. Es gibt diese Abende, wo ich einfach nicht in diesen Modus komme, wo es von selbst läuft. Abende, an denen die Energie sich nicht verselbstständigt, sondern routiniert hervorgebracht werden muß.

In der ersten Reihe sitzt ein Pärchen, bei dem ich von Anfang an das Gefühl habe, daß es ihnen nicht gefällt. Sie gehen kurz nach Beginn der zweiten Hälfte. Ich wüßte ja gerne, was genau die Scheiße finden und warum sie nicht in der Pause gehen. Aber man bekommt ja in der Regel nur Lob zu hören.

Nach der Lesung noch angenehme, aber belanglose Gespräche. Im Hotel stolpere ich noch über einen schwedischen Film mit deutschenen Untertiteln, wo eine Dreizehnjährige sich auf einer Party mit Alkohol abschießt, das Bewußtsein verliert und dann von einigen Jungs ohne Höschen fotografiert wird. Fortan gilt sie als Schlampe und es scheint so, als würde sich wirklich jeder von ihr abwenden, sogar ihr alleinerziehender Vater. Mir gefällt die Kraft und die Reife dieser Figur. Mädchen sind wahrscheinlich nicht nur in dem Alter so viel weiter als Jungs, daß da einfach Welten zwischen liegen.

Dienstag, 18. Oktober, Leipzig, Ilses Erika

Es ist schön, wieder unterwegs zu sein. Nicht diese Einzeltermine, sondern wirklich ein anderes Leben. Gerade gefällt mir das Tempo, jeden Tag etwas anderes.

Heute abend trete ich im Rahmen von *Turboprop* auf, einer Art literarischer Talkshow mit Lesungsteil, die von Claudius Niessen und Christoph Graebel moderiert wird, beides Studenten am Literaturinstitut Leipzig. Sie erzählen mir von einer Frau, die auch am Literaturinstitut studiert hat und nun Redakteurin bei Gala ist. Ich finde diesen Studiengang schon fragwürdig, aber dann als fertig ausgebildeter Schriftsteller zu Gala gehen? Ich weiß nicht.

Mein Zug hat über 45 Minuten Verspätung, was mir sehr leid tut für Christoph, der mich am Bahnhof abholen will. Aus reiner Freundlichkeit gegenüber Veranstaltern könnte man sich ein Mobiltelefon anschaffen … Aber dann braucht man es auch nur sechsmal im Jahr.

Als wir im Auto sitzen, das Christoph nur geliehen hat, wie er erzählt, fallen mir beim Anschnallen die an den Gurten befestigten Stofftiere auf. Das erinnert mich an Ines, die auch in Leipzig wohnt und ein ebenso verspieltes Auto hatte. Es ist gut drei Jahre her, daß ich mal mit ihr mitgefahren bin.

In einem Café namens Hotel Seeblick besprechen wir zusammen mit Claudius den Ablauf der Show. Ich bin in der Künstlerwohnung des Ilses Erika untergebracht, die direkt über dem Seeblick ist. Eine Dreizimmerwohnung mit usseligen, alten Betten mit bunter verwaschener Bettwäsche, einem alten Sofa und ein wenig Leergut. Für Bands ist so etwas wahrscheinlich besser als ein Hotel, aber für einen allein hat es etwas sehr Trostloses.

Mir bleibt noch etwa eine Stunde, ich mache ein paar Yogaübungen, bevor ich mich nochmal hinsetze. Dieses Hinsetzen vor den Lesungen gefällt mir. Ich würde ja Meditieren dazu sagen, aber es ist mir auf diese Art selten möglich, mich über einen längeren Zeitraum auf nur einen Punkt zu konzentrieren. Beim Schreiben geht das in der Regel sehr viel besser.

Als ich ins Ilses Erika komme, ist da eine Frau, die mich etwas prüfend ansieht und dann sagt: Wir kennen uns. Es ist Ines, ich habe sie zuerst gar nicht erkannt. Aus dem spätpubertierenden Mädchen ist eine junge, attraktive Frau geworden. Und ich bin heute tatsächlich in ihrem Auto gefahren, stellen wir fest.

Es ist voll, ich muß zur Abwechslung den Abend mal nicht selber gestalten, was mir erstmal zusagt. Ich bin jedoch erstaunt, wieviel Klamauk die beiden Moderatoren machen. Ernst zu sein, eine Tiefe, die ja auch immer da ist, sichtbar zu machen, ist ihre Sache nicht.

Ich brauche einige Minuten, um mich da reinzufinden, um zu entscheiden, ob ich mitmachen soll oder auch schon mal gegenhalten. Ab und an versuche ich auch mal lustig zu sein, aber meistens überlasse ich es einfach den beiden und bemühe mich ein Gegengewicht zu bilden, ohne deswegen unlocker zu sein.

Im Laufe der Show sprechen wir auch darüber, daß ich Yogalehrer bin, und Claudius möchte wissen, ob wir alle gemeinsam etwas machen könnten, etwas, das jeder kann, nicht so abenteuerliche Verrenkungen. Ich mache einige Augenübungen mit den Leuten. Nicht alle machen mit, was ich gut verstehen kann, aber doch viele, und es sieht sehr launig aus, ist aber vor allen Dingen ein schöner Moment für mich.

Der Abend ist sehr kurzweilig für die Leute, vermute ich. Als es vorbei ist, hänge ich nur noch kurz da rum, gehe dann in die Künstlerwohnung, wo die Heizung nicht läuft. Es ist nicht wirklich schlimm, aber ich kann das auch nicht für Rock 'n' Roll halten.

Vielleicht werde ich ja in einigen Jahren an diese Abende in schäbigen Unterkünften denken und mir sagen, daß das der Weg war, den ich gegangen bin. Aber das ist weder richtig noch wahr. Hier ist es nicht wirklich schäbig und gestern war ich im Maritim.

Mittwoch, 19. Oktober, Erfurt, Engelsburg

Ich schließe meine Taschen am Bahnhof ein und laufe noch durch die Leipziger Innenstadt. Ich war hier schon oft und fühle mich immer wohl. Könnte mir vorstellen, hier mal zu wohnen. Dann kaufe ich mir noch Sushi am Bahnhof und mache mich auf den kurzen Weg nach Erfurt.

Hier war ich auch schon mal, gleicher Lesungsort, gleiches Hotel. Es ist ein bißchen wie nach Hause kommen. Bis ich im Hotelzimmer bin und auf einmal wieder weiß, daß hier die Zimmer so klein sind, daß ich meine Matte kaum ausrollen kann.

In Erfurt wird heute Thüringens erster Ikea eröffnet, ein Höllenspektakel, Werbung allerorten, Promoaktionen auf den Straßen, Menschen im Kaufrausch. Anke wird später sagen, daß sie sich schon auf den nächsten Sperrmüll freut, wo die Erfurter all ihr gutes Zeug an den Straßenrand stellen, den sie durch Ikea-Möbel ersetzt haben.

Im Hotel schlafe ich ein wenig, mache Yoga, bin aber lustlos. Ich will heute gar nicht lesen, aber das interessiert ja nun niemanden.

Es sind sechzehn, achtzehn Leute da, unter anderem Anke. Das ist ihre dritte Selim-Lesung in diesem Jahr, wenn ich mich nicht vertue. Ich fühle mich bei so etwas ja immer schuldig, weil ich denke, es gibt so viele andere Sachen, die sie machen könnte, anstatt wieder und wieder zu meinen Lesungen zu kommen, ich muß irgend etwas bieten.

Aus Übermut oder vielleicht auch nur, um mich zur Konzentration zu zwingen, lasse ich alle ihre Namen sagen und merke schon, daß es schwer werden wird, es sind zu viele. Die Lesung läuft gut, als ich erstmal angefangen habe, sie bereitet mir Freude. Schön.

In der Pause setze ich mich mit meinem MD-Recorder hin, mit dem ich wieder mitgeschnitten habe, und lerne die Namen ein. Am Ende der Lesung kann ich dann alle. Am nächsten Tag nicht mal mehr die Hälfte, aber darum geht es nicht.

Ich gehe mit Anke und Daniel, einem Freund von ihr, etwas trinken. Daniel hat eine seltsame Art, die ich nicht einordnen kann, die aber möglicherweise aus Schüchternheit resultiert. Anke ist eine sehr angenehme Gesprächspartnerin, intelligent, konzentriert, auf den Punkt, selbstsicher und mit einer zunächst naiv anmutenden Liebe zum Leben, die ich so nur von Ostdeutschen kenne.

Im Hotel gucke ich wieder Harald Schmidt, aber eigentlich möchte ich das nicht mehr. Das ist die nächste Stufe, mir das Fernsehen in Hotelzimmern abzugewöhnen. Pay-TV gucke ich ja schon lange nicht mehr, weil es mir zu teuer und zu langweilig ist.

Donnerstag, 20. Oktober, Frankfurt, Messe

Da er auf dem Heimweg liegt, habe ich diesen Termin einfach mitgenommen, ein Gespräch mit Lesung am FAZ-Stand um 15 Uhr. Veranstaltungen auf der Messe finde ich immer schwierig, weil da so viel Laufpublikum ist, das nur ein, zwei Minuten zuhört, oder vier oder achtzehn, ist egal. Es reicht sich zu fragen, was man da eigentlich gerade macht und ob man seine Haut nicht ein wenig teurer verkaufen sollte.

Ich war schon seit Jahren nicht in Frankfurt auf der Messe und freue mich. Nur mal kurz in dieses aufgeblasene Spektakel und dann gleich wieder raus und heim.

Adrenalin in meinen Adern, als ich in den Hallen bin. Eine Buchmesse ist eine der wenigen Gelegenheiten, wo ich vielen Menschen begegne, die ich irgendwoher kenne. Als mir nach zehn Minuten niemand über den Weg gelaufen ist, gebe ich auf und schaue nicht mehr umher nach bekannten Gesichtern.

Prompt treffe ich Tom, den Bibliothekar aus Hebrechtingen, und noch während ich mich mit ihm unterhalte, sehe ich Ilija Trojanow. Ich freue mich ungemein, ihn zu treffen. Er gehört zu den Menschen, die ich bewundere, auch wenn mir seine Bücher nicht immer gefallen. Er strahlt Reife, Ruhe und Spiritualität aus, was mich anzieht. Außerdem ist er ein gebildeter Mann, an dessen Intelligenz ich nicht ranreiche.

Der Auftritt am FAZ-Stand ist okay, auch wenn es mir schwerfällt, mich in so einer Atmosphäre zu konzentrieren, aber ich mag auch die Herausforderung.

Als ich fertig bin, erzählt Frank Albers von der Bosch-Stiftung, daß es nächstes Jahr im Januar zur Buchmesse nach Kairo geht, einige andere Autoren mit Chamisso-Preis und ich. Ich möchte nächstes Jahr deutlich mehr zu Hause sein, aber wer kann dazu schon nein sagen?

Frank macht mich noch mit einigen Leuten bekannt, die an einem Kunstbuchprojekt arbeiten. Für mich springt ein kleiner Job dabei heraus, ich kann einen Text über Identität schreiben. Das gibt mir auch die Gelegenheit, die Arbeit an meinem Roman noch weiter aufzuschieben. Ich denke oft an dieses Buch, aber ich arbeite seit bestimmt einem halben Jahr nicht mehr daran und die ersten zwei Drittel, die ich geschrieben habe, überzeugen mich auch nicht mehr. Da wartet noch jede Menge Arbeit auf mich. Doch es ist schön, in einer Situation zu sein, wo man sich selber Arbeit machen kann.

Zum Bahnhof, Sushi, was sonst? Im Zug bekomme ich sogar noch einen Sitzplatz, ich hatte nicht damit gerechnet. Daheim packe ich nicht mal meine Tasche sofort aus, wie ich das sonst immer tue, um möglichst schnell anzukommen. Ich bin müde und schlafe auf dem Sofa bei einem Hörbuch von Henry Miller ein.

Freitag, 21. Oktober, Essen, Gustav-Heinemann-Gesamtschule

Mein Bruder hat ein neues Auto mit Navigationssystem und holt mich um halb neun ab. Ich bin immer noch müde, aber das Lesen macht Spaß, die Schüler sind angenehm und einmal mehr fällt mir auf, wie sexy ich es finde, wenn die Mädchen und Frauen den Mund aufmachen und Pott reden. Diese derbe, direkte, ehrliche Sprache, die ich oft nicht in Einklang bringen kann mit der äußeren Erscheinung, die in meinem Kopf aber mit Sex verknüpft ist. Würde ich mit einer Frau wegen ihres Dialektes ins Bett gehen wollen? Ja.

Auf der Rückfahrt schlafe ich im Auto ein. Zu Hause beantworte ich Mails, schreibe Rechnungen, mache einen Haufen Büroarbeit, auf den ich nicht soviel Lust habe, und suche dann die Quittung des iPod, dessen Display seit Erfurt nicht mehr geht, was sehr ärgerlich ist. Noch ärgerlicher ist, daß ich selber schuld bin. Er ist mir hingefallen. Ich kann zwar noch Musik hören, aber ich kann nicht nur nicht mehr den Titel sehen, den ich da gerade höre, sondern auch die Titel nicht wirklich frei wählen. Der Mann beim Fachhandel schickt das Gerät ein und vermutet, daß ich ein neues bekommen werde.

Ich lese *Die Augen des ewigen Bruders* von Stefan Zweig, das mir jemand empfohlen hat. Es ist eine schöne Legende in einer obsoleten Sprache, die ich einfach liebe. Und gleichzeitig finde ich es nicht wirklich gut, weil zwar die Bhagavad Gita zitiert wird und auch sonst orientalische Schnörkel eingebaut werden, aber Antworten, die das indische Denken auf die Fragen des Buches gefunden hat, völlig außer acht gelassen werden.

Es ist zehn Uhr, als ich im Bett liege.

Samstag, 22. Oktober, Essen, Lichtburg

Fast zehn Stunden Schlaf, dann ins Fitness-Studio Gewichte stemmen, und schon fühle ich wieder die Energie, die mich auch sonst antreibt. Ich muß ab und zu mal so richtig durchgepustet werden, das Blut muß schneller fließen, der Puls jagen, damit ich mich wieder fühlen kann, damit ich eine Spannung im Körper habe. Bereit für eine weitere Lesung.

Erst als ich in Essen im Bahnhofsgebäude stehe, wird mir klar, daß ich schon mal in dieser Stadt gelesen habe. Hinterher war ich mit drei jungen Frauen in der Fußgängerzone Eis essen. Heute regnet es. So eine Art Regen, der nie mehr aufhören will.

Im großen Saal der Lichtburg läuft gerade noch ein Film, ich kann mir das mit 1250 Plätzen größte Kino Deutschlands nicht ansehen, aber der Betreiber zeigt mir beeindruckende Fotos. Ich lese im Sabu, einem kleinen Saal.

Die Lichtburg ist ein wunderschönes Kino, und es tut gut zu wissen, daß es Menschen gibt, die sich für den Erhalt einsetzen. Es ist soviel schöner als jedes Multiplex, und Schönheit müsste doch bewahrt werden.

Bei der Lesung sind etwa 30 Leute, ich weiß nicht, ob das gut oder schlecht ist für eine Lesung an einem Samstag Nachmittag.

Ich fange an zu erzählen, mache ein wenig Vorgeplänkel wie immer und habe das seltsame Gefühl, daß die Menschen darauf warten, daß ich endlich aufhöre mit dem Gelaber und das Buch aufklappe. Nach einiger Zeit läuft es dennoch.

Da ist eine Frau, die schon in Münster auf der Lesung war und sich dort den Text *Noch Fragen* für die Lesung in Essen gewünscht hat, was ich ihr auch zugesagt habe. Sie hat einen kleinen Jungen mit dabei, elf, zwölf Jahre vielleicht, und verständlicherweise langweilt die Veranstaltung ihn. In der Pause bietet er mir Kekse an und ich greife dankend zu.

Nach der Pause, als ich das Buch in die Hand nehme, fragt er leise, aber doch für alle hörbar: Liest der jetzt das ganze Buch?

Gleich nach der Lesung fahre ich nach Hause. Heute bin ich mit Iris verabredet, die in Berlin wohnt, aber heute in Köln ist. Wir haben die zweite Hälfte der Yogalehrerausbildung gemeinsam gemacht. Wir reden viel, trinken Tee, es ist ein schöner Abend. Wie oft habe ich schon die Gelegenheit, ausführlich über Yoga zu reden, zu reden mit jemandem, nicht zu dozieren. Über Yoga, über Reggae, über Musik überhaupt, über Astrologie, über Literatur, die mich interessiert, über Träume und über Religion?

Wie oft findet man Menschen, die die eigenen Interessen, die ja meist in verquerer Ausrichtung daherkommen, teilen? Oder mit denen man wenigstens ein Interesse gemeinsam hat?

Ich bin beeindruckt davon, daß Iris sich vom Pflug in den Hund hochdrükken kann, was mir nicht möglich ist. Noch nicht.

Es ist zwei, als ich sie schließlich höflich rauswerfe, weil ich müde bin. Die Lesung war mal nicht das wichtigste Ereigniss des Tages, sondern eine Arbeit, der ich nachgegangen bin, bevor ich mich mit Iris treffen konnte.

Montag, 24. Oktober, Nettetal, Stadtbücherei

Wie nahezu jeden Montag, den ich zu Hause bin, gehe ich in die Sauna. Es regnet. Dieser dünne, graue Regen, der immer nur ganz kurz aufhört und nicht so aussieht, als könne man wirklich nass davon werden.

Ich hole trotz des Wetters mein neues Fahrrad ab, das seit einigen Tagen im Laden auf mich wartet. Ich habe ja Geld verdient dieses Jahr, da kann ich mir auch neue Bedürfnisse erfinden. Mein altes Rad hätte es noch einige Zeit getan, aber dieses hier ist viel komfortabler. Mein erstes Rad seit bestimmt über zehn Jahren, das Licht hat.

Auf dem Heimweg kaufe ich noch eine CD, *Vamos que nos vamos* von Muchachito Bombo Infierno. Das Album einer Band, die so heißt, muß ich einfach haben. Es ist wieder so ein Mestizo Sound aus Barcelona, beziehungsweise der Umgebung, nicht so sehr uptempo wie Kinky Beat, dafür aber abwechslungsreicher. Guter Kauf. Ich frage bei Riddim, dem Reggaemagazin, ob ich eine Besprechung schreiben kann. Ja, mach mal, ist die Antwort. Das Geld ist mir dabei egal, am meisten gefällt es mir eigentlich, daß ich dann bei Riddim im Impressum stehe. Und möglicherweise teilt ja der eine oder andere meinen Geschmack. In letzter Zeit höre ich viel Zeug aus Spanien oder Italien, das nur am Rande mit Reggae zu tun hat und es bereitet mir große Freude.

Nachmittags fahre ich mit dem Zug nach Nettetal, was in der Nähe von Viersen liegt, nicht weit von hier. Die Nettetaler Literaturtage bieten sechzehn Lesungen an sechzehn aufeinanderfolgenden Tagen, ein heftiges Programm für so einen kleinen Ort, aber ein Konzept, das voll aufgeht.

Es ist, wie ich mir erzählen lasse, ein Literaturfestival, das völlig ohne Sponsoren und Kultur-, und Fördergelder auskommt, eine Veranstaltung, die sich selbst trägt. Ich bin begeistert. So muß es sein. Und hier es der Beweis, daß es auch geht. Wieviele Sponsoren hat die Lit.cologne? Wobei Sponsoren in meinen Augen nichts grundsätzlich Schlimmes sind, aber wenn man mit Lesungen marktwirtschaftlich erfolgreich sein kann, dann sollte man das nutzen.

Für mich ist das Punk. Scheiß auf alles, wir machen sechzehn Abende hintereinander Lesung und die Bude ist voll, weil die Menschen aus der Umgebung das Angebot zu schätzen wissen. Wir richten uns nach niemandem.

Bei mir sind etwa 90 Zuhörer da, die meisten in dem Alter, in dem viele bedenkenlos gebundene Bücher kaufen können, also jenseits der vierzig. Sie sind ein gutes Publikum und es macht mir große Freude zu lesen. Bei so vielen Menschen kommt einfach nochmal eine ganz andere Energie rüber. Gott, ist das schön. Da brauche ich nicht mehr klagen, ich würde zuviel lesen. Es ist ein neuer Kick.

Nach der Lesung fährt mich eine Bibliothekarin, die auch in Köln wohnt, mit dem Auto zurück. Wir verplaudern die Zeit, sie erzählt unter anderem, wie ihr letztes Auto geklaut wurde, und ich erzähle Radeks Geschichte mit dem geklauten Auto.

Schön, nach so einer guten Lesung im eigenen Bett einzuschlafen.

Dienstag, 25. Oktober, Karlsruhe, Jubez

Der Veranstalter wollte die Lesung absagen, weil er keine Karte im Vorverkauf losgeworden ist, aber meine Cousine Nermin ist Anfang des Schuljahres nach Karlsruhe gezogen und ich habe sie schon lange nicht mehr gesehen. Also überrede ich den Veranstalter, es einfach darauf ankommen zu lassen.

In Karlsruhe ist es warm. Richtig warm, man kann im T-Shirt herumlaufen, es ist unglaublich.

Nermin, ihr Mann Fatih und der sechsjährige Sohn Bora holen mich vom Hotel ab, und wir gehen gemeinsam essen. Es ist irgendwie eine unruhige Situation, hat nichts von den Nächten, die ich mit meiner Cousine durchgeredet habe, aber wie sollte es auch.

Nermin, die die letzten zwanzig Jahre in der Türkei verbracht hat, erzählt, wie schön sie den Herbst in Deutschland findet, in Adana gibt es fast kein Herbstlaub.

Vor der Lesung bin ich nervös, weil ich nicht weiß, ob wir vielleicht zu siebt oder so da sitzen werden. Mit einer jungen Frau, die mich deswegen vorher angemailt hatte, mache ich ein Interview in einem Nebenraum. Als wir in das Café zurückkommen, sind da 30, 40 Leute. Ich bin erleichtert.

Als ich anfange zu lesen, merke ich, daß ich immer noch nervös bin, einfach, weil Nermin im Publikum sitzt. Sie hat noch nie eine Lesung von mir gesehen.

Doch es läuft gut, da wo Nervosität und Angst sind, ist auch am meisten zu holen. Ich lasse die Pause weg, damit meine Cousine mit dem Kleinen, der gegen Ende einfach einschläft, nicht zu spät nach Hause kommt. In die erzählten Geschichten baue ich Schnörkel und Ausschweifungen ein, es groovt, ich lasse mich von den Worten tragen, schaffe es, mich auf den Punkt zu konzentrieren. Lass deinen Geist einpünktig werden, hat einer meiner Yogalehrer immer gesagt.

Der Veranstalter möchte mir hinterher meine vertraglich vereinbarte Essenspauschale von 20 Euro nicht auszahlen. Was ich Scheiße finde, aber ich habe keine Lust, wegen 20 Euro zu diskutieren. Das ist so kleinlich, und dann kommt er mir auch noch damit, daß er das Geld gar nicht dabei hat und noch mal hoch an den Tresor müsste, dessen Schlüssel auch gerade nicht da ist.

Ich will das nicht hören. Lassen wir gut sein, sage ich. Wahrscheinlich bin ich zu freundlich.

Svenja meint später am Telefon, daß es ja nicht um das Geld geht, und daß ich diese Unverschämtheit nicht hätte durchgehen lassen sollen. Vielleicht bin ich wirklich zu konfliktscheu, aber dann wiederum: Es geht um nichts. Wenn er gut in den Spiegel schauen kann damit, was soll ich machen? Es ging mir nie ums Geld bei diesem Job, auch wenn ich meinen Lebensunterhalt damit verdienen muß. 20 Tacken sind mir heute keine Diskussion wert. In Weimar habe ich diskutiert. Da fing die Geschichte schon bei den Fahrtkosten an, kann ich versuchen, das zu rechtfertigen, aber die Wahrheit ist wohl, daß es solche und solche Tage gibt.

Mittwoch, 26. Oktober, Augsburg, Abraxas

Noch einmal gleiches Hotel, gleicher Veranstaltungsort. Als ich das Hotel betrete, fällt mir wieder ein, daß ich das Frühstück nicht so toll fand. Egal.

Ziellos laufe ich durch die Stadt. Eine Zeitlang habe ich mir ja alles, was ich an Klamotten brauchte, auf Lesereise gekauft, weil man da so viel Zeit zum Bummeln hat. Aber im Moment brauche ich nichts, ich habe mir dieses Jahr alles, wirklich alles gekauft, worauf ich Lust hatte.

Das Wetter ist unglaublich, wieder kann man im T-Shirt draußen herumlaufen, obwohl es fast schon November ist.

Ich mache Yoga. Seit ich vor einigen Monaten von der Rishikeshreihe zu Ashtanga gewechselt habe, brauche ich länger für die Übungen, die Risikeshreihe kann man auch in einer halben oder Dreiviertelstunde praktizieren, die erste Serie im Ashtanga dauert fast anderthalb Stunden, wenn man nichts wegläßt.

Ich esse in einem asiatischen Schnellrestaurant. Die Qualitiät der Servietten ist erstaunlich für so eine Art Laden, die nächste Stufe wären Stoffservietten. Das Essen kann mit dieser Qualität nicht mithalten.

Abends kommen knapp dreißig Leute, ich lese wieder durch, mache keine Pause. Die Stimmung ist angenehm, obwohl so wenig Leute da sind. Ich bin erstaunt, wie sehr ich gegen Ende der Lesung meistens drin bin, egal wie ich angefangen habe. Gegen Ende vergesse ich fast alles außer dem Klang, den Worten und den Gefühlen.

Als ich im Bett liege, frage ich mich, wohin der Tag so schnell verschwunden ist.

Donnerstag, 27. Oktober, Neu-Ulm, Bahnhof

Letztes Mal waren in Neu-Ulm sieben Leute. Es ist anstrengend, vor so wenigen Menschen zu lesen, aber nur noch heute, morgen in Bamberg und übermorgen in Zürich müsste es voll werden, das sind Lesungen, die im Rahmen einer größeren Reihe stattfinden.

Ich esse in einem japanischen Restaurant direkt neben dem Hotel zu Mittag. Es ist mir unangenehm, wie oft die Kellnerin sich verbeugt. Gleichzeitig hat es auch etwas Schönes. Essen Sie nur, ich kümmere mich um den Rest.

Das Wetter ist wieder grandios, aber ich kann nicht soviel mit meiner Zeit anfangen. Ich laufe durch die Stadt, auch durch das Fischerviertel, das in dem goldenen Licht mit dem ganzen Laub herrlich aussieht. An einer Ecke sitzen Punks oder wasauchimmer, junge Menschen in schäbigen Klamotten mit Doc Marten's an den Füßen, Menschen, die aussehen, als hätten sie keinen festen Wohnsitz. Sie trinken Sangria aus großen Flaschen, fläzen sich in der Sonne, lassen es sich gutgehen.

Bei mir mag sich kein richtig angenehmes Gefühl einstellen. Ich gehe in eine dieser Pornovideokabinen, das lenkt mich eine Weile ab. Dann gucke ich im Hotelzimmer eine Dokumentation über deutschen Hiphop. Interessant, aber auch nachvollziehbar finde ich, daß Eißfeldt den Erfolg der Aggro Berlin Jungs abfeiert.

Als Indie Gold gehen, das hat mich derbe geflasht, sagt er, das sollten wir alle machen, weil die Majors ja keine Ahnung von Musik haben.

Er hat ja irgendwo Recht, aber die Texte bleiben trotzdem dumpf. Und gleichzeitig muß ich gestehen, daß ich Sympathie für diese Haltung habe: Ich scheiß auf euch alle, ich mache es selber, weil ich cool bin. Und eure Werte interessieren mich einen Scheiß. Wie Fler sagt: Wir leben unser Leben nach unseren eigenen Regeln. Und wie schon Hunter S. Thompson gesagt hat: The deadend loneliness of a man who makes his own rules and lives according to it.

Dann gehe ich noch mal raus, weil das Wetter so gut ist, aber meine Laune ist nicht berauschend. Die Musik auf dem Kopfhörer hilft heute auch nicht.

Abends hole ich mir etwas aufs Zimmer, weil ich kein Lust habe, draußen zu essen. Ich bin in einem Ibis Hotel wie schon bestimmt fünfzehn Mal zuvor. Ich weiß, was es morgen zum Frühstück geben wird.

Bevor ich losgehe, setze ich mich nochmal 20 Minuten hin. So etwas befriedigt mich wenigstens etwas. Disziplin und Ruhe.

Dieses Mal kommen zur Lesung knapp dreißig Leute, ich bin erst in der zweiten Hälfte richtig gut, kann mich da aber immerhin selber überraschen. Nach der Lesung wollen ein Mann und eine Frau Unterschriften in ihr Studienbuch. Sie machen gerade eine Ausbildung als Erzieher, und kulturelle Veranstaltungen kann man ins Studienbuch eintragen. Ich bin schwer beeindruckt. Das muß ich Markus erzählen, der hat auch Erzieher gelernt und fand die Schule immer Scheiße. Auch wenn der Erdmöbelsänger sein Deutschlehrer war.

Ich fahre mit dem Taxi zurück ins Hotel, blättere in der Intro, die ich mitgenommen habe. Ein lustiger Artikel über Sean Paul, dessen neues Album ich heute öfter gehört habe. Der Schreiber hat keine Ahnung, weder vom Reggae noch von den Begriffsverschiebungen, die es dort gibt, und außerdem baut er Sätze, die ich unmöglich finde: *Dabei ist Dancehall nicht deckungsgleich mit einer sehr durch die (homophobe) Rastafari-Religion geprägten jamaikanischen Kultur, sondern gilt als eine eher säkuläre und hedonistische Fortführung des Roots-Reggae.*

Alles klar? Und wenn man es verstanden hat, ist es auch noch falsch. Wäre die jamaikanische Kultur so sehr von Rastafari geprägt, wie der Schreiber uns glauben machen will, wäre sie eine ganz andere. Rastafari ist ein Phänomen der letzten 40, 50 Jahre, die jamaikanische Kultur hingegen nicht. Und Roots-Reggae ist auch nicht hauptsächlich religiös geprägt. Egal, es steht in der Intro, die wissen über andere Sachen Bescheid, und ich bin heute nörgelig drauf.

Freitag, 28. Oktober, Bamberg, Buchhandlung Hübscher

Am Ulmer Bahnhof kaufe ich mir die Fahrkarten für die nächsten beide Tage, auch weil ich morgen früh raus muß und für die lange Strecke am Sonntag eine Reservierung haben möchte. Ich sage der Frau am Schalter, daß ich Railplus auf meiner Bahncard habe, womit ich auch in der Schweiz ermäßigt fahren kann. Sie nickt.

Ich schaue erst auf die Fahrkarte, als ich schon bezahlt habe und gegangen bin. Kein Railplus. Ein anderer Schalter öffnet gerade. Der an dem ich war, ist nun besetzt. Ich erkläre das Problem und kriege fünf Euro raus. Können Sie das Ihrer Kollegin bitte sagen, daß sie einen Fehler gemacht hat? frage ich. Mein Gott, die sitzt am Schalter und kann nicht mal Fahrkarten verkaufen.

Ich habe noch einige Minuten, bis mein Zug kommt, am Bahnsteig ist ein Telefon, ich höre mein Band fern ab. Da ist eine Frau gleich zweimal drauf, ich kann ihren Namen nicht genau verstehen, doch sie ist von Radio Bamberg und möchte ein Interview. Ich rufe an. Die Dame, die drangeht, sagt, daß ich sehr spät anrufe. Ist das mein Fehler, blaffe ich sie an, wenn Sie zwei Tage vor der Lesung bei mir anrufen, wenn ich gerade auf Lesetour bin. Sie sagt, sie hätten jetzt auch ohne Interview etwas gebracht.

Eine Journalistin, die fähig ist, meine Nummer herauszubekommen und zweimal bei mir anruft, aber nicht auf die Idee kommt, einfach mal im Netz zu gucken, ob das vielleicht der einzige Lesungstermin ist, den ich in diesem Jahr habe.

Meine Toleranzgrenze ist im Moment leider niedrig. Ich habe mich heute morgen schon im Hotelzimmer aufgeregt, als Svenja am Telefon erzählt hat, daß sie es gut findet, daß Orhan Pamuk den Friedenspreis des deutschen Buchhandels bekommt.

Fällt das hier niemandem auf, daß mit Yaşar Kemal und Orhan Pamuk diejenigen Autoren den Preis bekommen, die ein Bild von der Türkei zeichnen, das hier gerne gesehen wird – Kurdenfeinde und Armeniervernichter. Da ist ja was dran, fraglos, aber Menschen wie Uğur Mumcu und Aziz Nesin, die sehr viel mehr für das Land, für die Literatur und gegen die Mißstände getan haben, sind hierzulande nahezu unbekannt, weil sie unbequem sind und sich nicht für Propaganda mißbrauchen lassen.

Heute finde ich fast nix gut, und als ich in Augsburg umsteige und genug Zeit habe, mir noch ein Sandwich bei Subway zu kaufen, frage ich mich, was für ein bekopptes Leben das eigentlich ist: Schon wieder Augsburg Hbf.

In Bamberg mache ich Yoga und gehe spazieren. Es ist eine schöne Stadt, ich mag diese Häuser mit den Gärten direkt am Wasser, gegenüber vom Gefängnis.

Der Fluß rauscht, die Blätter haben die richtige Farbe, da sind Enten, mein Körper fühlt sich gut an, Moses Pelham rappt: Gott liebt mich, und ich kann wieder lächeln. Dabei geht der Text noch weiter: Gott liebt mich, aber er liebt dich auch, ich frage mich ehrlich gesagt wieso, aber ich kriegs nicht raus.

Ich will ein heiteres Gemüt bewahren, Herr.

Das ist nicht leicht, denn ich muß noch ein Interview geben. Die Journalistin, mit der ich vor einem Café verabredet bin, kommt zehn Minuten zu spät und sagt zur Entschuldigung, daß sie mit dem Fahrrad gekommen sei. Zehn Minuten sind nicht die Welt, aber was soll das heißen: Ich bin mit dem Fahrrad und deswegen zu spät.

Lustlos beantworte ich ihre Fragen, bis sie die Drohung im ersten Satz der *Tochter des Schmieds* als Ehrenmord interpretiert. Was ist los? Ehrenmord? Die Menschen haben ein genaues Bild von der Türkei und den Türken und alles andere muß in dieses Bild hineinpassen. Ehrenmord, Zwangsheirat, Patriarchat, Fundamentalismus. Und natürlich fragt sie mich auch zum EU-Beitritt der Türkei. Es ist so eng bei diesen Menschen im Kopf, daß ich eigentlich nicht mal neben ihnen sitzen möchte. Als die Kellerin fragt, ob zusammen oder getrennt und die Frau auch noch getrennt sagt, begleiche ich die ganze Rechnung. Das ist nicht mal freundlich gemeint, aber schämen tut sich auch keiner deswegen.

Robert Mitchum, glaube ich, soll mal über die Schauspielerei gesagt haben: Komm pünktlich an den Set, lern deinen Text und stoß nicht an die Möbel.

Auch im Journalismus gibt es Leute, die nicht mal die Grundregeln beherrschen.

Die Lesung ist in einer großen Buchhandlung, der Inhaber ist ein freundlicher Mann mit einer sehr angenehmen Stimme. Es kommen 50, 60 Leute, ein Teil jüngere, ein Teil ältere, kaum jemand in meinem Alter. Ich empfinde die Atmosphäre als steril und habe zunächst Schwierigkeiten, meinen Kram offensiv zu präsentieren, werde aber dann warm. In der zweiten Hälfte ist es schön, obwohl die Magie irgendwie fehlt. Aber vielleicht ist es auch nur mein Ego, das heute mehr Zuspruch möchte.

Ich gehe noch mit dem Inhaber der Buchhandlung, seiner Frau und Nevfel Cumart weg. Nevfel ist auch ein Schreiber, war aber nicht auf meiner Lesung, sondern bei David Copperfield. Er gehört zu den Menschen, denen ich gerne mal unterstelle, daß sie aus ihrer Nationalität einen Broterwerb machen, doch er ist ein angenehmer Umgang, wenn er auch manchmal viel Aufmerksamkeit braucht.

Wir reden über das Gespaltensein, Identitätsprobleme bei Migranten. Ich bin ja der Meinung, daß diese Zerrissenheit zwischen zwei Kulturen eine

Erfindung von deutschen Sozialarbeitern ist. Die haben das den Leuten so lange eingeredet, bis sie es geglaubt haben. Was natürlich nicht ganz stimmt, aber es steckt viel Wahrheit darin.

Noch schlimmer finde ich diese Schriftsteller, die das heute noch dankbar thematisieren, diese Zerissenheit, dieses nirgendwo dazugehören. Meine Herren, du bist Schriftsteller? Es ist Teil des Jobs nirgendwo dazuzugehören. Literatur wird nicht von Leuten gemacht, die sich in der Mitte der Gesellschaft gut aufgehoben fühlen. Das geht allen so, nicht nur den Migranten. Also kein großes Thema.

Hm, ein Tag, dem ich sehr wenig Positives abgewinnen kann. Das Hotelzimmer ist ganz schön.

Samstag, 29. Oktober,
Zürich, Orell & Füssli

Um sieben aufstehen, um acht den Zug nehmen, um um neun in Nürnberg zu sein, wo mich Steffen Radlmaier mit dem Auto abholen will. In Zürich ist gerade ein Literaturfestival, und in dessen Rahmen soll es eine Lesung aus *Mein Song* geben, ein Buch, das Steffen herausgegeben hat und in dem Menschen über ihren Lieblingssong schreiben. Außerdem sind Anne Borel, Alexa Hennig von Lange, Klaus Modick, Thommie Bayer und Claudia Bettinaglio dabei. Ich kenne bloß Alexa, die ich vor Jahren mal getroffen habe. Damals war ich erstaunt, wie unreif sie war.

Steffen und ich holen dann noch Anne Borel ab, die mich auch ziemlich schnell darüber aufklärt, daß es im Französischen kein Doppel-L gibt, wie in Borell. Ich ärgere mich nicht, da ich genau weiß, warum mein Borell so geschrieben wird, obwohl er Franzose ist.

Schon wieder strahlender Sonnenschein, es ist eine sehr entspannte, aber auch alberne Autofahrt, ich mag die beiden sehr gerne. Steffen, Feuilletonchef der Nürnberger Nachrichten, ist ein bescheidener, sehr gebildeter Mensch. Er hat weder den Anspruch, die Welt zu verstehen, noch sie zu erklären, und ein Geschmacksdiktator ist er auch nicht. Menschen in seiner Position erlebe ich oft anders. Er ist warm und außerordentlich freundlich, kann aber auch auf charmante Weise offensiv sein. Auch Anne hat diesen offensiven Charme.

Gestern abend haben die beiden wohl mit Günter Grass zusammengesessen, und als der stolz erzählt habe, daß er acht Kinder hat, habe Anne gefragt: Ja, aber von wie vielen Frauen? Von drei Frauen, sei die Antwort gewesen. Aber die Frage ist angenehm frech.

Für mich sind Autos ja Nutzfahrzeuge und ich interessiere mich nicht weiter dafür. Wenn ich irgendwo drin gesessen habe, weiß ich hinterher die Farbe oder ob da Stofftierchen am Gurt befestigt waren, mehr aber meistens auch nicht. Steffen fährt einen Chrysler Cruiser, und das ist ein formschönes, schikkes Auto. Wenn ich mal einen Wagen habe, dann bitte so einen.

Bei Schaffhausen halten wir, weil Steffen uns den Wasserfall zeigen möchte, den der Rhein dort bildet. Weder Anne noch ich waren schon mal dort, ich bin bisher immer nur mit dem Zug durch Schaffhausen gefahren. Und habe ein großartiges Schauspiel verpasst. Es ist beeindruckend. Wasser, weich und stark.

Wir verbringen fast eine Stunde am Rheinfall, es fühlt sich an wie Urlaub.

Es ist fast schon vier, als wir in Zürich im Hotel sind, um fünf soll die Veranstaltung beginnen. Auf dem Weg dorthin lerne ich noch Thommie Bayer und Klaus Modick kennen. Von Thommie habe ich zwei Bücher gelesen, aber das ist lange her, ich weiß noch, daß ich die Sprache mochte und streckenweise auch die Haltung. Er selber sieht ein wenig weich aus und die Unsportlichkeit erkennt man auch auf den ersten Blick, doch er ist mir sympathischer, als ich gedacht hätte. Klaus Modick schielt leicht, und wenn man die Haare seiner Augenbrauen herunterzieht, reichen sie ihm bestimmt bis zur Nasenspitze. Auch ein freundlicher Mensch und ein Schriftsteller, bei dem ich eine gewisse Qualität anerkennen muß, doch das ändert nichts daran, daß mich das meiste, was ich von ihm gelesen habe, langweilt. Es gibt so einige von diesen Schriftstellern, von denen ich nicht behaupten könnte, daß ich sie schlecht finde. Ich weiß nur nicht, wo sie hinwollen, ich sehe das Feuer nicht.

Michi ist auch bei der Lesung, zusammen mit Andrea, die auch in Jona war, die ich aber nicht erkenne, was mir echt peinlich ist. Nächstes Mal.

Jeder liest seinen Text, danach wird der Song, um den es ging, eingespielt. Alexa liest sehr gut, das hätte ich ihr gar nicht zugetraut. Anne ist mit dem wirklich komischen Text und ihrem französischen Akzent der Knaller. Da es in meiner Geschichte nicht um einen bestimmten Song geht, lasse ich *Cecom* von Baba Zula spielen, das ich extra mitgenommen habe. Hinterher fragen zwei Leute, was das für ein Stück war. Ich liebe es einfach, jemanden auf irgend etwas anzutörnen, das mich selber kickt.

Nach einer Pause machen wir noch eine zweite Runde, wo sich fast jeder noch einen anderen Text aus dem Buch aussucht, nur Alexa und Klaus lesen aus ihren jeweils letzten Romanen.

Es ist mal wieder schön, den Ablauf nicht selber gestalten zu müssen, und es ist eine kurzweilige Veranstaltung, an der ich viel Freude habe.

Anschließend geht es in der großen Runde noch zum Essen. Ich überrede Michi, mitzukommen und wir trinken Bier und reden viel über Musik. Ich mag Michi sehr gerne, obwohl ich ihn kaum kenne. Ich kann mit ihm reden wie mit einem Freund. Umgekehrt scheint er etwas verschlossener, wenn es persönlich wird, aber selbst wenn, das ist schon okay, wir haben eine Ebene, auf der wir uns gut verstehen.

Zwei große Bier trinke ich, habe gerade Lust drauf, sie schmecken lecker und machen auch noch Laune.

Nach dem Essen wird die Runde wesentlich kleiner, und wir Übriggebliebenen gehen noch in einen Gebäudekomplex namens Schiffsbau. Dort hat gerade Roger Willemsen, der auch einen Text für *Mein Song* geschrieben hat, seine Lesung beendet, was wir nicht wußten, wir wollten eigentlich nur irgendwo noch irgendwas trinken. Nun möchten Anne und Steffen sich ihr Exemplar von *Mein Song* unterschreiben lassen. Es hat so etwas herrlich Albernes, und Steffen ist wie ein kleiner Junge und trotzdem gleichzeitig souverän.

Er sagt, daß er der Herausgeber ist und Roger Willemsen kriegt ein Stephan Rademacher oder so hin, und als Steffen ihn verbessert, sagt er, er sei schon ganz stolz, das hingekriegt zu haben, ohne aufs Cover zu schauen. Steffen: Ich bin auch ganz stolz, daß ich Sie erkannt habe.

Einfach grandios. So schnell wäre ich auch mal gerne.

Ich trinke noch eine Weinschorle, die meine Laune aber nicht weiter hebt. Wir fahren mit dem Taxi zurück ins Hotel, wo Thommie noch zu einer Minibarparty bei sich im Zimmer einlädt. Steffen, Thommie und ich sitzen dann da, reden, es ist eine angenehme Atmosphäre, viel Wohlwollen, Freundlichkeit und Wärme. Einfach nur reden, das ist soviel.

Es ist halb zwei, als ich auf mein Zimmer gehe. Ein schöner Tag war das, aber ich muß vor dem Einschlafen doch noch mal durch die Kanäle schalten. Werbung für Telefonsex auf Schweizerdeutsch, sehr lustig. Schlafe angenehm angeschickert ein und freue mich schon auf die Gesellschaft beim Frühstück. Und auch auf daheim. Danke, Herr.

Mittwoch, 9. November, Lüneburg, Heinrich-Heine-Haus

Ich bin bei Svenja in Hannover, was bedeutet, daß ich nur eine Stunde Anfahrt habe. Während Svenja eine Vormittagsvorstellung spielt, mache ich Yoga, koche schwarze Nudeln mit Garnelensoße, und nachdem wir gemeinsam gegessen haben, setze ich mich in den Zug. Lese *Vincent* von Joey Goebel, das sich leicht liest, aber so gar nicht mit meinem Weltbild übereinstimmt. Da wird die Umgebung eines künstlerisch begabten Kindes so manipuliert, daß er nicht glücklich werden kann. Weil ja aus großem Leid große Kunst entsteht.

Ich mag dieses Bild des darbenden Künstlers nicht, warum sollte nicht etwas auch aus Glück entstehen können. Und warum sollten die größten Kunstwerke allesamt von Menschen erschaffen werden, die das Glück mehr vom Hörensagen und Ahnen kennen. Kunst soll dir doch auch helfen, dein Leben zu meistern, und wie sollen mir Werke von Menschen helfen, die ihr Leben selbst nicht meistern konnten? Das Buch liest sich trotzdem gut.

Als wir in Lüneburg einfahren, sehe ich schon die Leiterin des Heinrich-Heine-Hauses, Kerstin Fischer, am Bahnsteig stehen. Ich kenne sie nicht, aber ich weiß einfach, daß sie es ist. Eine attraktive Frau, Ende 30, mit sehr freundlichen Augen.

Wir gehen gemeinsam zum Hotel und dann direkt zum Heinrich-Heine-Haus, wo ich heute den ersten Teil einer Schreibwerkstatt habe. Kerstin, die mir sehr sympathisch ist, erzählt, daß Helmut Krausser im Moment Stipendiat des Hauses ist. Ich bin kurz versucht zu fragen, ob es eine Möglichkeit gibt, ihn kennenzulernen, aber ich lasse es. Das wird sich eines Tages ergeben. Und möglicherweise werde ich ihn nicht mögen. Nach dem, was viele klatschen, hört er sich nicht nach einem einfachen Zeitgenossen an.

Ich freue mich auf die Schreibwerkstatt, es ist schon einige Tage her, daß ich die letzte gegeben habe. Ein Teil der Schüler ist zwischen zehn und elf, ein anderer Teil zwischen vierzehn und fünfzehn und einer ist neunzehn und weiß, daß er Schriftsteller werden möchte. Solche Leute wollte ich ja nie in meiner Schreibwerkstatt haben, auch deshalb arbeite ich nicht mit Erwachsenen. Ich möchte keine überambitionierten Menschen dabei haben, die von ihrer ersten Veröffentlichung träumen. Die sind bei mir an der falschen Adresse. Und der Neunzehnjährige sieht mir auf den ersten Blick auch nicht aus wie jemand, der es zu was bringen könnte, aber okay. Insgesamt macht es mir Freude, mit diesen Menschen zu arbeiten.

Zum Abendessen bin ich mit Marie und Lydia verabredet, die mich am Hotel abholen und noch einen kleinen Spaziergang mit mir machen wollen. Sie führen mich ins Rotlichtviertel. Diese kleinen, putzigen, schiefen Häuser bilden einen krassen Kontrast zu den Nutten, die gelangweilt in den Schaufenstern sitzen.

Früher hatte ich immer Angst vor diesen Prostituierten, weil sie mir bedrohlich vorkamen. Heutzutage kann ich mir sogar vorstellen, mit einer zu verhandeln, was mit Mitte zwanzig für mich noch undenkbar gewesen wäre. Ich hätte kein Wort herausgebracht. Es ist nicht so, daß mein Trieb stärker wäre als damals, ich habe nur weniger Hemmungen.

Wir essen bei einem sehr leckeren Inder, ich erzähle ein wenig von der Schreibwerkstatt, die beiden unter anderem von den Goa-Partys, auf die sie gehen, seit sie nicht mehr in Dresden sind, wo sie mehr zu Emo- und Hardcorepartys gingen. Ich finde das gut, daß sie sich in beiden Welten auskennen, die ja wenig Berührungspunkte haben. Das macht offen im Kopf. So offen war ich mit zwanzig nicht.

Später liege ich auf dem Hotelbett. Nena, Afrob sowie zwei Leute, die ich nicht kenne, diskutieren bei Kerner über die Krawalle in Frankreich. Ein aus Paris zugeschalteter Reporter sagt, daß diese jugendlichen Drogendealer auch sehen müssen, daß Arbeit richtige harte Arbeit bedeutet und daß man dann nicht mehr den ganzen Tag in Hauseingängen rumlungern kann.

Er drückt es ein wenig anders aus, aber das ist eine der Kernaussagen: Die wollen keine richtige, harte Arbeit.

Und ich denke: Oh, man, das sind doch nicht alles Drogendealer, da müssen doch auch irgendwo Konsumenten sein und auch Drogen dealen ist kein leicht verdientes Geld. Du nimmst ein Risiko auf dich, du steckst auch da Zeit, Energie und Arbeit rein. Es ist ja nicht damit getan, unauffällig an Straßenecken zu stehen. Und vielleicht wollen sie auch gar keine Drogen verticken, wenn sie zufriedener wären, würden sie sich anders beschäftigen.

Nenas und Afrob Ansichten überschneiden sich mit meinen, doch Nena ist für die meisten Menschen wahrscheinlich einfach zu esoterisch und zu weit weg von ihrem täglichen Leben und dessen Normen. Die ganze Diskussion ist armselig, Kerner scheint nicht die geringste Ahnung zu haben, worüber er da redet. Er spricht einfach nur und stellt dumme Fragen.

Wieviele Jahre ist das jetzt eigentlich her, daß *Le Haine* rauskam? In dem Film steckt die ganze heutige Situation schon drin. Zehn Jahre? Und jetzt ist das Geflenne groß.

Donnerstag, 10. November, Lüneburg

Ich wache mit leichten Halsschmerzen auf. Beim Frühstück fragt die Kellnerin nach meiner Zimmernummer. Als ich antworten will, die ersten Worte des Tages, kommt ein Krächzen heraus. Komisch, habe ich sonst fast nie.

Es ist ein straffes Programm heute, Kerstin holt mich um zwanzig vor acht am Hotel ab, wir fahren zu einer Realschule, Lesung vor einer zehnten Klasse, 27 Schüler. Wann habe ich das letzte Mal vor nur einer Klasse gelesen? Kann mich nicht erinnern, aber es sieht nach so wenig Leuten aus. Ein, zwei halten das Gespräch in Gang, doch es ist eine ganz gute Lesung, die Schüler sind brav, was auch an diesem kleinen Rahmen und der Anwesenheit des Lehrers liegen mag.

Dann mit dem Auto zur nächsten Schule, nächste Lesung, zwei Klassen, Jahrgangsstufe zehn. Die Schüler sind ein wenig unruhig, aber nicht so sehr, daß es wirklich stört. Nach einer halben Stunde Pause lese ich vor zwei achten Klassen. Es wird viel gefragt, ich komme gar nicht dazu, lange zu lesen, aber das ist mir angenehm, es hält mich wach, Frage und Antwort zu stehen, im Moment sein zu müssen statt im Text.

Meine Stimme ist nicht besser geworden im Laufe des Vormittags, sondern schlechter. Mein Hals tut weh beim Sprechen, ich bin heiser und laut geht gar nicht mehr. Ich verstehe nicht, wo das herkommt.

Kerstin und ich gehen Sushi essen, verlabern die Zeit, ich mag ihre Gesellschaft. Auf dem Weg ins Heine-Haus hole ich mir in der Apotheke etwas für meinen Hals, das wirkt aber natürlich nicht sofort.

Zweiter Teil der Schreibwerkstatt. Die Schüler sind echt aufgeweckt, aber mir bereitet das Sprechen mittlerweile Probleme. Wenn man nicht darüber nachdenkt, gehts gerade so. Der Neunzehnjährige liest seinen Text vor und mein Verdacht bestätigt sich: Aus dem wird kein ernstzunehmender Schriftsteller, da sind einige der Fünfzehnjährigen besser.

Als eins der Mädels ihren Text vorliest, geht sie am Ende des Satzes immer mit der Stimme hoch, was ihren Vortrag für einige andere unfreiwillig komisch macht. Sie lachen. Wiederum andere wissen nicht, warum gekichert und gelacht wird. Unruhe verbreitet sich.

Das sind die Situationen, die ich schwierig finde in meiner Position. Was ist jetzt das Beste? Ich bin mir fast sicher, daß das Mädchen besser lesen kann, wenn ich sie darauf hinweise. Aber was, wenn sie es nicht kann? Dann bringe ich sie in eine Lage, die ich ihr ersparen möchte. Dann achten alle, sie inklusive, nur noch auf den Vortrag und ihr wird heiß, sie wird rot, es ist ihr peinlich.

Also bringe ich einfach alle zum Schweigen und übergehe auch die Fragen einer Schülerin, die nach dem Vortrag wissen möchte, was denn eben so komisch gewesen sei. Ich weiß nicht, ob ich richtig gehandelt habe.

Einmal hatte ich ein Mädchen in einer Schreibwerkstatt, die nicht vorlesen wollte, und ich habe nicht weiter insistiert. Nachher kam sie zum mir und wollte mir erklären, warum sie nicht gelesen hat. Du bist mir keine Erklärung schuldig ist, habe ich sie beschwichtigt. Sie hat jedoch beharrt und mir erzählt, daß sie früher ganz schlimm gestottert hat und daß das manchmal wiederkommt. Ich war beeindruckt von ihrer Offenheit.

Am nächsten Tag hat sie doch vorgelesen und irgendwann ist sie am Anfang eines Satzes steckengeblieben. Es ging einfach nicht weiter. Sie ist rot geworden, hat gestottert, es sah aus, als würde sie hyperventilieren und ich saß da vorne und wußte nicht, was ich tun soll. Sie unterbrechen und gut sein lassen? Und ihr damit die Chance nehmen? Sie konnte doch sagen, wenn sie nicht mehr lesen wollte, wie gestern. Oder konnte sie es jetzt nicht mehr sagen? Ich wollte sie nicht bevormunden, aber ich wollte sie auch nicht in dieser Situation allein lassen. Ihr Mitschüler hat ihr dann eine Hand auf den Rücken gelegt, sie hat sich einen halben Atemzug Zeit genommen und hat dann normal weitergelesen.

Das war auch so eine Situation, wo ich mich verantwortlich gefühlt habe und nicht wußte, was gut und was richtig ist.

Die Schüler sind heute voll da und tragen soviel bei, das ich nicht unterbinden möchte. Wir sind genau da, wo ich eigentlich hinwill, sie gestalten die Schreibwerkstatt selber, nachdem ich die Richtung vorgegeben habe. Sie haben schnell raus, wo Kritikmöglichkeiten liegen und welche Fragen man an einen Text stellen, worauf man achten kann. Diese Eigendynamik führt auch dazu, daß ich am Ende einige Minuten überziehe, was ich gar nicht mag. Mir ist lieber, ich kriege alles innerhalb des vorgegebenen Zeitrahmens auf den Punkt.

Meine Stimme ist nun echt hinüber, krächzt viel und kippt manchmal weg. Doch das ist nicht wirklich schlimm, es ist ein schöner Tag gewesen. Jeden Tag könnte ich das nicht, aber so viel arbeiten kann auch sehr befriedigend sein. Zum Abschluß gehe ich mit Kerstin noch auf einen Tee. Ich bin heiter, entspannt, angenehm erschöpft. Im Zug nach Hannover schreibe ich. Als ich eine Stunde später da bin, bin ich noch nicht fertig. Erstaunlich.

Svenja macht ein Gericht mit Fisch, Spinat und Kartoffeln, das sehr lecker ist. Wir beschließen, noch DVD zu gucken, einen Film, den sie mal vom Wühltisch mitgenommen hat, *Vier Federn*. Ich bin zu müde, der Film fesselt mich nicht, nach einer halben Stunde bin ich eingeschlafen.

Freitag, 11. November,
Hannover, Cumberlandsche Galerie

Svenja und ich vertrödeln die erste Hälfte des Tages, liegen im Bett, gehen bei einem Japaner essen, lesen, machen nicht viel. Es ist ein schöner Luxus.

Henna Kallmeyer, ein Regisseur, inszeniert eine szenische Lesung, für die er auch Svenja angefragt hat, die zugesagt hat unter der Bedingung, daß ich auch mitmachen kann. So proben wir nachmittags mit fünf Leuten fast 50 Seiten Text mit verteilten Rollen. Die anderen sind alle Schauspieler oder zumindest Schauspielschüler. Ich bin verunsichert, verkacke oft den Text, den wir lesen, ein Auszug aus *Der Fall Jane Eyre* von Jasper Fforde. Irgendwie weiß ich aber, daß ich abends besser sein werde.

Der Text ist ganz lustig, auch wenn ich, wie die anderen auch, nicht sofort einen Einstieg finde. Eine Kriminal-Fantasykomödie, irgendwo zwischen Douglas Adams und David Lodge, typisch britisch. So ein leichtfüßiges Buch, bei dem sehr viel literarische Bildung nicht schadet, weil der ganze Text als eine einzige Anspielung erkennbar ist, doch er ist auch ohne Bildungshintergrund zu verstehen. Sonst würde ich ja nicht mitkommen.

Abends bei der Lesung sind wir kostümiert, tragen Mäntel und Hüte. Ich bin nervös, aber angenehm nervös. Ich weiß, ich werde mich gut konzentrieren können, wenn ich dran bin. Es sind nur etwa dreißig Leute da, aber die lachen viel und gehen mit.

Wir sind unprofessionell, dauernd denke ich: Das geht noch besser. Da sind Patzer, Verhaspler, Fehler. Crometty, Cronetty, Comretty, jeder erfindet seine eigene Version dieses Namens.

Einer der Schauspieler verkackt in einem Dialog den Namen Chuzzlewit. Chuzzlewhite, sagt er und sein Dialogpartner sofort: Chuzzlewit, Sie Idiot.

Grandiose Improvisation und ein schöner Lacher beim Publikum, ich bin schwer beeindruckt.

Hinterher hängen wir noch ein wenig ab, es wird viel über Theater geredet, ich halte den Mund, doch es ist eine angenehme Runde. Die anderen scheinen das Gefühl gehabt zu haben, daß es passt, daß ich als Laie oder eben anders Professioneller nicht aus dem Rahmen falle.

Mittwoch, 16. November, Ulm, Schubart-Gymnasium

Eigentlich sollten Schreibwerkstatt und Lesung stattfinden, als ich letztes Mal in Ulm war, im Oktober. Doch die Lehrer, die es geplant haben, haben dann festgestellt, daß der Termin genau in die Herbstferien fällt. Deshalb haben wir es verschoben. Das ist nicht mal lustig.

Ich habe einen nagelneuen iPod, und während der Wartezeit sind mir gleich zwei Sachen eingefallen. Ich habe vor einigen Wochen im Zug eine Frau gesehen, die eine häßliche Plastikhülle für ihren iPod hatte. Ach, die paar Kratzer, habe ich gedacht, die gehören halt dazu, das ist das Leben. Und dann habe ich in Leipzig noch jemanden gesehen, der auch eine Hülle um seinen iPod hatte, die sah etwas schöner aus, aber auch die fand ich übertrieben. Nun habe ich selber eine Silikonhülle. Am Bahnhof in Köln fällt mir das Ding auch prompt ganz unglücklich aus der Jackentasche, bleibt aber unversehrt.

In Mannheim steige ich in einen IC um, der statt des geplanten ICE fährt, für den ich auch bezahlt habe. Im Zug verteilen sie Tetrapacks Freigetränke, entweder 0,2l Orangensaft oder ein halber Liter Wasser. Mit geringfügiger Verspätung kommen wir in Ulm an. Ich habe noch etwas Zeit, und obwohl es mir nicht wirklich wichtig ist, gehe ich zum Service Point und frage, ob ich Geld erstattet bekomme. Schließlich habe ich für eine ICE gezahlt, in dem ich dann aber nicht fahren konnte. Sie verweisen mich ans Reisezentrum. Dort erkläre ich nochmals die Umstände und die Dame am Schalter sagt: Wenn sie mit dem IC gefahren sind und nicht auf den ICE warten wollten, können Sie auch kein Geld bekommen.

Ich erkläre noch einmal betont langsam und deutlich, aber mit emotionsloser Stimmte die Lage und füge, als sie kurz zögert, hinzu: Habe ich mich mißverständlich ausgedrückt?

Sie verneint, tickert was im Rechner, sagt ich würde fünf Euro wiederkriegen, wenn ich die Fahrkarte da lasse.

Dann kriege ich meine 46 Euro für die Fahrkarte nicht erstattet, weil ich fünf Euro haben möchte, die mir zustehen, das kann ja nicht sein, sage ich.

Wir einigen uns schließlich, daß ich eine Kopie der Fahrkarte bekomme. Sie muß noch ein Formular ausfüllen, ich muß an zwei Stellen unterschreiben, davon wird auch noch eine Kopie gemacht, und als sie mir nach dem Ausfüllen und Kopieren zwei A4-Blätter gibt, sage ich nichts. Ich bleibe einfach stehen und warte, bis sie von selber draufkommt. Sie braucht einen Moment, aber dann lächelt sie, entschuldigt sich und gibt mir einen Fünfeuroschein. Das ist dasselbe Reisezentrum, in dem ich fast zuviel für meine Zürich-Köln Karte bezahlt hätte. Möglicherweise arbeiten hier nicht die Hellsten.

So oder so, ich finde es nicht richtig, daß man im Zug nicht auf die Möglichkeit der Erstattung hingewiesen, sondern mit billigen Freigetränken verarscht wird.

Ich gehe ins Hotel, wieder das Ibis von vor drei Wochen, esse noch schnell ein Falafelsandwich auf die Hand und gehe zur Schule.

Schreibwerkstatt mit einer Jahrgangsstufe zwölf, 23 Schüler, zwei Schulstunden Zeit. Ich habe ein Konzept für die Schreibwerkstätten, daß auch die organisierende Lehrerin bekommen hat. Darin steht: maximal 15 Schüler, Minimum zwei Zeitstunden.

Was soll ich machen in so einer Situation? Sagen: Ich kann so nicht arbeiten. Ich gehe wieder.

Ich kann so wirklich nicht effektiv arbeiten. Was für mich nicht weiter schlimm ist, ich bekomme mein Geld so oder so, und wenn es mal weniger Freude bereitet – nun gut. Aber für die Schüler ist es Scheiße, weil die weniger mitnehmen können. Was ich der Lehrerin auch sage. Aber deswegen die Schreibwerkstatt ausfallen lassen möchte ich auch nicht.

Es wirft ein seltsames Bild auf die Lehrer, erst legen sie die Termine in die Herbstferien, dann haben sie nicht mal einen Blick ins Konzept geworfen. Das ist ja eigentlich ein Job, bei dem man Verantwortung trägt, aber jeder nur soviel, wie er gerade für richtig hält. Es stellt sich zudem heraus, daß einige Schüler die Werkstatt nur besuchen, weil sie dann nicht zum Geschichtskurs müssen.

Ungünstige Bedingungen, ich versuche, das Beste daraus zu machen.

Nachmittags stromere ich durch die Stadt. Letztes Mal war ich hier bei strahlendem Sonnenschein, nun ist es kalt. Ich gehe zu Hugendubel und stöbere ein wenig in den Neuerscheinungen, lese hier und da ein, zwei Seiten. Manchmal bin ich erstaunt darüber, daß es Zeiten gab, wo ich fast alles Scheiße fand und nicht wußte, was ich als nächstes lesen sollte. Heutzutage ist da so viel, was mich interessiert, daß ich gar nicht mehr nachkomme. Zugegeben, es ist selten etwas dabei, das mich wirklich mitreißt.

Sehr erstaunt bin ich über das neue Buch von Stuckrad-Barre, *Was.Wir. Wissen.* Daß man sich traut, etwas derartiges herauszugeben, aus dem Netz zusammengetragene Dummheiten. Wer will das lesen? Okay, okay, es gibt für alles einen Markt.

Ich kaufe mir eine Prostituiertenautobiographie von einer Lisa Moos. Sie ist schlecht geschrieben, aber es wirkt echt, es lebt und pulsiert und es ist ein fremdes Leben, in dem man sich ein wenig verlieren kann. Ich nehme mir etwas zu essen mit aufs Zimmer. Abwechselnd lese ich und sehe fern. Finde einen Dokumentarfilm über Jugendliche, die ihren Hauptschulabschluß nachholen.

Eine Jasmin ist der Hammer, ständig Kaugummi im Mund, dick, kann kaum einen Satz geradeaus reden und hält im Unterricht ihren Ordner immer wie ein Schutzschild vor sich. Sie wirkt jedoch nicht verschüchert. Der Lehrer erklärt irgendwann, daß man die Gene von Vater und Mutter mitbekommt.

- Ich habe nix von meiner Mutter, ne, sagt Jasmin, die war ja bei mir im Praktikum, hat niemand wat jesacht, ne und dann war mein Vater da und der Chef hinterher: Dat war dein Vatter, ne, dat sieht man.

Der Lehrer:

- Du wirst doch auch etwas von deiner Mutter haben.
- Ne, nix.
- Irgendetwas, eine Eigenschaft vielleicht.
- Ja, vielleicht dat ich n Mädchen bin.

Sie meint es nicht lustig.

Für den iPod habe ich mir Boxen gekauft, für zwanzig Euro, und nun habe ich meine Musik im Hotelzimmer und nicht nur auf Kopfhörer. Es ist großartig, wie daheim. Ich kaufe mir ja auch nutzloses Zeug, weil ich es irgendwo sehe und dann dem Wahn erliege, ich müsste das haben. Aber dann und wann entpuppt sich etwas als Glücksgriff. Es ging mir ja nicht schlecht ohne diese Boxen, aber ich genieße den Luxus. Eine sehr einfache Art, sein Zuhause mitzunehmen.

Wie auch die Idee mit dem kleinen Altar. Sukadev, der Leiter von Yoga-Vidya, wo ich meine Yogalehrerausbildung gemacht habe, hat denjenigen, die beruflich viel unterwegs sind, geraten, einen kleinen Altar mitzunehmen. Ich habe seitdem ein Teelicht, eine kleine Figur und ein Bild in meiner Lesungstasche. Wenn ich mich hinsetze, stelle ich das Bild auf einen Stuhl, die Figur davor, mache die Kerze an. Auch ein Stück Zuhause. Die letzten Wochen habe ich das Hinsetzen allerdings regelmäßig geschludert.

Donnerstag, 17. November, Ulm, Schubart-Gymnasium

Der Wecker klingelt um halb sieben, ich soll zwanzig vor acht vor der Schule sein. Von dort gehen wir in etwas, das Altes Theater heißt, weil die Aula der Schule gerade renoviert wird. Der Raum ist wirklich ein Theater mit ungefähr 300 Klappsitzen, die an alte Kinos erinnern. Es sind fast 200 Schüler da, Jahrgangsstufen elf und zwölf. Sie sind aufmerksam, ich erzähle viel, lese weniger. In so einem großen Rahmen ist es schwerer, ein Gespräch hinzukriegen, doch auch das funktioniert. Wunderbar.

Dann nochmal ins Hotel, ich muß erst um zwölf auschecken. Ich schreibe, im Hintergrund Musik, wie zu Hause. Ich esse wieder bei dem Japaner vom letzten Mal.

Der zweite Tag der Schreibwerkstatt ist eigentlich immer besser als der erste, ich freue mich und es läuft auch sehr gut. Mit der Sicherheit, mit der ich Schreibwerkstätten leite, würde ich auch gerne mal Yoga unterrichten, aber lange kann das nicht mehr dauern.

Ich muß in Mannheim umsteigen, und als wir den Stuttgarter Bahnhof verlassen, hat der Zug schon neun Minuten Verspätung, was bedeutet, daß mein Anschlußzug zwei Minuten warten müsste, damit ich ihn bekomme. Könnte klappen. Kurz vor Mannheim werde ich Zeuge eines Gesprächs auf der anderen Seite des Ganges.

Mann: Müssen Sie in Richtung Köln?

Frau: Ja.

Mann: Den Anschlußzug werden Sie nicht mehr bekommen. Wir haben nun noch mehr Verspätung. Die machen vorsorglich schon keine Ansage mehr, die werden das erst kurz vor dem Bahnhof bekannt geben.

Draußen ist es stockdunkel, wir sind an keinen erkennbaren Gebäuden oder gar Bahnhöfen vorbeigefahren, woher weiß er, daß wir nun noch mehr Verspätung haben? Kurz vor Mannheim kommt die Durchsage, daß wir aufgrund eines Triebwerkschadens nun siebzehn Minuten Verspätung haben und die Anschlußzüge verpassen. Die Frau stellt dem Mann die Frage, die mich auch beschäftigt:

– Woher wußten Sie das?

– Das hört man, sagt der Mann, man hört, daß der Zug langsamer fährt.

Ich bin beeindruckt. Ich denke immer, ich würde mein Leben in Zügen verbringen. Dabei sitze ich nur drin.

In Mannheim kaufe ich eine Telefonkarte und rufe Svenja an. Als die Karte leer ist, ist es fast schon Zeit für den nächsten Zug. Irgendeinen Unsinn muß man an Bahnhöfen ja machen. Vornehmlich Geld ausgeben.

Montag, 21. November, Prag, Goethe-Institut

Ich war vor etwa fünf Jahren schon mal in Prag, um bei Goethe zu lesen. Ich erinnere mich gut daran. Ich kam aus Berlin und bin am nächsten Morgen von Köln aus geflogen. Es war damals keine gute Zeit für mich, meine Beziehung ging gerade in die Brüche und ich glaubte, mich in jemand anderen verliebt zu haben. Wie oft glaubt man, man sei verliebt, dabei projiziert man bloß seine Sehnsüchte auf jemand anderen. Zumindest bin ich so.

Und dann war ich allein in Prag, unglücklich. Weil ich etwas von der Stadt sehen wollte, hatte ich vorher beschlossen, eine Woche zu bleiben. Eine Woche, und jeden Tag habe ich Telefonkarten gekauft, die Frau angerufen, in die ich verliebt zu sein glaubte und auch noch meine Cousine, weil ich sie vor lauter Ausweglosigkeit zur Wahrsagerin schicken wollte. Ich kaufte Alkohol, um mich zu betrinken, aber nicht mal das konnte ich. Nichts ergab Sinn. Ich lag auf dem Hotelbett, sah Sat 1, den einzigen deutschen Sender, den sie hatten, und fühlte mich elend. In einem Park habe ich dann *Flügel* geschrieben. Diese Worte waren mein einziger Trost.

Als ich zurückkam, haben wir die Beziehung beendet. Ich habe geglaubt, danach würde es mir besser gehen, aber das war nicht der Fall. Eine Zeitlang habe ich dann jeden Abend eine Flasche Wein getrunken und schließlich mit dem Trinken aufgehört.

Dieses Mal ist alles anders, ich fliege mit Germanwings, die es damals noch gar nicht gab, ich komme von einem Yoga-Kongress, mein eigenes Bett war nur eine Durchgangsstation. Das ganze Wochenende habe ich mich ausschließlich mit Yoga beschäftigt, und trotz meiner Vorbehalte gegen all diese spirituell suchenden Menschen habe ich es genossen, 48 Stunden von Leuten umgeben zu sein, die aus dem Herzen lächeln und einem unglaublich viel Wohlwollen entgegenbringen. Manchmal stelle ich mir vor, wie es wäre, ganz in so eine spirituelle Gemeinschaft zu ziehen. Die Probleme werden nicht weniger, aber die Umgebung schöner. Möglicherweise, eines Tages. Vorbehalte habe ich auch gegen Menschen, die ich jeden Tag in der normalen Welt sehe. Von Zeit zu Zeit glaube ich, man hat nur die Wahl zwischen dem einen oder anderen Wahnsinn, in dem man dann schließlich lebt. Richtig ist gar nichts.

Mein Bruder bringt mich zum Flughafen, sein kleiner Sohn ist mit im Auto. Ich liebe den Kleinen sehr, wenn ich ihn eine Woche nicht sehe, komme ich mir irgendwie unvollständig vor. Wie soll das erst werden, wenn ich eigene Kinder habe.

Eva Vondalova vom Institut, die ich dieses Jahr auf beiden Buchmessen getroffen habe, holt mich vom Flughafen ab. Wir fahren zum Hotel Julian, dasselbe, in dem ich auch letztes Mal übernachtet habe. Ich bringe meine Sachen aufs Zimmer und wir gehen essen. Ich bin ja kein richtiger Vegetarier, aber ich versuche, Fleisch zu vermeiden, wo ich nur kann. Und in Tschechien ist das schwer.

Wir reden unter anderem über Orhan Pamuk, von dem ich nur einige Seiten gelesen habe, die mich allerdings kolossal gelangweilt haben. Eva findet es seltsam, daß er im Interview erzählt, daß sein Buch zum Rechtsanwalt ging, bevor es gedruckt wurde, damit man sicher sein konnte, daß es gerichtlich nicht anfechtbar ist. Was ist das denn, will sie wissen, schreibt er die Wahrheit ohne Rücksicht oder nur das, was er darf? Oder hängt das mit den besonderen Umständen in der Türkei zusammen?

Weniger, sage ich, es liegt mehr in seinem Charakter begründet. Menschen wie Aziz Nesin und Konsorten haben für ihre Überzeugungen eingesessen und haben auch hinterher immer den Mund soweit aufgemacht, wie sie es für richtig gehalten haben und nicht, wie es opportun war. Pamuk ist offensichtlich nicht bereit, den Preis für seine Überzeugungen zu zahlen, was ihn bequem macht, für die Türken und für die Deutschen. Der schlägt nicht über die Stränge, er hat zuviel zu verlieren, er ist halt ein weicher Intellektueller.

Alle wissen, daß Pamuk Morddrohungen bekommen hat, aber Nesin hat einen Anschlag überlebt, das ist hierzulande nahezu unbekannt. Warum eigentlich?

Nach dem Essen habe ich etwa eine halbe Stunde im Hotel, ein paar kurze Yogaübungen, dann ins Institut und von dort in ein Café, wohin Eva mich begleitet. Ich soll mich dort mit drei Studenten treffen, die heute abend das Gespräch ein wenig mitgestalten werden. Nach einer ausführlichen Unterhaltung mit denen gebe ich noch ein Interview fürs Radio. Hinterher dröhnt mir der Kopf vom vielen Sprechen in diesem lauten Café. Meine Aufmerksamkeit leidet. Als ich zurück im Institut bin, merke ich, daß ich fahrig bin. Ich kann mir die Namen der Leute nicht merken, die mir vorgestellt werden.

Es soll noch ein Interview fürs Fernsehen geben, und der Regisseur hat einen strengen Körpergeruch. Ich fürchte irgendwie, daß er dieselben dämlichen Fragen stellen wird wie alle, die nicht vorbereitet sind. Er hatte ja nicht mal die Gelegenheit, Texte über das Buch zu lesen, weil die alle auf deutsch sind.

Doch er hat mehr als die Standardfragen drauf. Und eine einfühlsame Art, die man bemerken kann, obwohl Eva als Dolmetscherin dazwischengeschaltet ist. Welches Interesse in Deutschland Themen aus der Türkei entgegengebracht wird, will er wissen, wie ich in Kontakt mit Verlegern gekommen bin, wer meine Leser sind und was ich schwieriger finde, das Finden eines Themas oder das Schreiben.

Hinterher, als ich das Interview dem Leiter des Instituts wiedergeben möchte, fallen mir schon nicht mehr alle Fragen ein und ich muß bei Eva nochmal nachhaken. Ich bin nicht konzentriert genug.

Bis zur Lesung habe ich dann noch eine halbe Stunde, ich sitze in einem Büro und achte auf meine Atmung, sammle mich. Als ich mich ungefähr zusammen habe, fangen wir an.

Im Publikum sind viele ältere Leute, die meisten kommen, weil eine Lesung im Institut ist und nicht, weil sie schon mal von mir gehört hätten. Anne, eine junge Frau, die wohl schon einige meiner Lesungen in Dortmund gesehen hat und die gerade ein Auslandssemester in Prag macht, hatte mir vorher gemailt, daß sie zur Lesung kommen wird. Ich habe sie noch nie bewußt gesehen, aber ich weiß ziemlich bald, wer im Publikum das sein müsste.

Eine klassische Lesung, ich erzähle nicht viel, verlasse mich auf den Gesprächsteil, der folgen soll und lese etwa vierzig Minuten. Danach stellen die Studenten Fragen, als Eisbrecher sozusagen, und das klappt sehr gut, es entwickelt sich ein Gespräch.

Zwei Beiträge werfen mich etwas aus der Bahn. Einer von einer Türkin, die sagt, das Buch sei zwar gut geschrieben, aber man würde merken, daß ich in Deutschland geboren sei und nie in der Türkei gelebt hätte. Ich sage, daß ich in der Türkei geboren bin und daß das Buch außerdem in den Fünzigern und Sechzigern spielt, da habe ich gar nicht gelebt, weder da noch dort. Sie sagt, es sei undenkbar, daß man sich seiner Schwiegermutter gegenüber so respektlos verhält, wie ich das eben vorgelesen habe. Das sei heute vielleicht der Fall, aber in der damaligen Zeit sei es unmöglich gewesen.

Sie ist nicht wesentlich älter als ich, außerdem stammt sie nicht aus Anatolien, wie sie selber sagt, sondern aus Istanbul.

Ich fühle mich angegriffen. Hier wird einfach mal die Glaubwürdigkeit angezweifelt. Und niemand, der damals in der Türkei gelebt und nun das Buch gelesen hat, hat das vorher getan. Im Gegenteil, ich wurde immer gelobt, daß ich es so schreiben konnte, als sei ich dabei gewesen. Ich sage, ich fände es müßig, jetzt über ein Thema zu diskutieren, bei dem ich weiß, daß ich Recht habe.

Der andere Beitrag ist positiver. Ob ich mich nicht trotz meiner Weigerung, Migrantenliteratur zu schreiben, verpflichtet fühlen würde, einen zweiten Teil zu verfassen, da mir der Charakter Güls so nah sei, wie ich das vorhin geschildert habe.

So formuliert ergibt das Sinn für mich, und ich muß dem Mann Recht geben, daß man es der Figur zuliebe machen könnte. Es blieben natürlich die Gründe, es nicht zu tun, aber wiegen sie wirklich schwerer als die Liebe zur Figur?

Nach der Lesung kommt noch ein älterer Herr, bestimmt schon über siebzig, auf mich zu und sagt, er habe festgestellt, ich sei ein Fremder in der deutschen Sprache. Innerlich bin ich schon wieder in Verteidungsposition, als er seine Aussage so begründet: Wenn ich andere deutsche Bücher lese, fällt es mir manchmal schwer, sie zu verstehen, doch wenn ich ihre Bücher lese, ist es so, als würde ich tschechisch lesen. Ich kann die Bücher fühlen.

Und ich solle immer weiterschreiben, sagt er. Das höre ich ja oft, als würden die Menschen ahnen, daß ich häufig daran denke, eines Tages aufzuhören.

Und dieses Buch mit dem Sattel, sagt er noch, er könne sich den Titel nicht merken, das sei tadellos. Tadellos. Das ist das Wort, das er benutzt.

Wir müssen uns Selim als einen glücklichen Menschen vorstellen.

In einer größeren Gruppe gehen wir noch in ein Café, ich sitze neben Anne, die mitgekommen ist, dem Leiter des Instituts und einem weiteren Mitarbeiter. Es ist ein schöner Ausklang.

Später warte ich noch mit Anne auf ihre Bahn, sie ist aufgeschlossen und offen und redet gern, textet einen aber nicht zu.

Im Hotel ist das, was sonst PayTV heißt, kostenfrei und ich schalte noch zwischen den beiden Pornokanälen hin und her. Die Bilder sind mir zu steril. Ich mache aus und schlafe ein.

Dienstag, 22. November, Pilsen, Lesesaal der Deutschen Bibliothek

Als ich morgens ins Tagebuch schreibe, klingelt das Telefon, und ich denke, es sei jemand vom Institut, aber es ist die türkische Botschafterin, die sich mit mir zum Essen treffen möchte. Sie habe erst heute morgen auf dem Weg zur Arbeit gesehen, daß ich gestern abend gelesen habe. Sie würde mich gerne kennenlernen.

Ich sage, daß ich heute noch nach Pilsen fahre und deswegen bereits um halb eins am Institut sein soll. Ich bin froh, daß ich keine Ausrede erfinden muß. Lust habe ich keine. Sie schlägt vor, wenigstens auf einen Tee zu gehen. Ich sage notgedrungen zu. Eigentlich hätte ich lieber Yoga gemacht. Ich frage mich: Weiß sie und wissen die Menschen von gestern abend, daß ich in Deutschland ein unbedeutender kleiner Autor bin?

Die Botschafterin ist eine freundliche Dame, mit der ich mich bei Kuchen und Tee über das Unvermeidliche unterhalte, Pamuk und den EU-Beitritt der Türkei. Es ist nicht mal richtig schlimm, aber manchmal wünsche ich mir, ein stinkender, ständig besoffener Schreiberling zu sein, der sich um nichts schert und alle vor den Kopf stößt.

Die Botschafterin hat jedoch auch noch einen Aspekt zur Diskussion beizutragen, der mir neu ist. Wir hatten Faschismus in Deutschland, in Italien, in Portugal, in Spanien, sagt sie, das vergessen die Menschen gerne, wenn sie über Europa reden. Vieles in der Türkei mag nicht gut sein, aber es war nie ein totalitäres System an der Macht, wir haben es immer geschafft, diese Sackgasse zu vermeiden.

Sie findet es wichtig, daß türkische Botschafter über kulturelle Veranstaltungen ihrer Landsleute informiert sind, daß sie wissen, was passiert, und sie möchte eine Rundmail an ihre Freunde im Botschaftsdienst schreiben, wenn ich einverstanden bin. Ich bin einverstanden, weil es mir einleuchtet.

Sie sagt, es sei so einfach, sich nur mit dem Kulturprogramm auseinanderzusetzen, das man selber organisiert. Für sie gehöre es aber zu den Aufgaben eines Botschafters, daß man seinen Leuten auch das Gefühl gibt, daß man für sie da ist, egal, wer die Veranstaltung organisiert hat.

Ich gebe ihr ja recht, aber gleichzeitig will ich nicht so viel mit diesen Menschen zu tun haben. Ich wäre gerne so ein kleiner, kiffender Schreiber, der nichts weiter tut, als zu schreiben, um seine Bücher zu promoten. Und Lesungen. Die ganzen anderen Dinge sind Begleiterscheinungen, auf die ich verzichten kann.

Kurz nachdem ich zurück im Hotel bin, muß ich schon los. Caroline, eine Praktikantin, Ina, eine Mitarbeiterin des Instituts und ich werden von einem

Chauffeur nach Pilsen gefahren. Unterwegs ist es sehr lustig und bei den angenehmen Gesprächen fliegt die Zeit nur so dahin. Caroline lässt durchblicken, daß sie schon mehrere Bücher von mir gelesen hat. Als ich wissen möchte, wie das kommt, fragt sie: Du kennst doch Dani aus Dresden?

Ja, antworte ich.

Natürlich kenne ich sie, wir waren mal zusammen. Und Caroline war mal mit einem Exfreund von Daniela zusammen, der ihr wohl mal ein Buch von mir gegeben und gesagt hat: Mit dem ist Daniela jetzt zusammen.

So schön klein ist die Welt. Und es gibt so seltsame Arten, mit Büchern und Autoren in Kontakt zu kommen.

In der Bibliothek sind gut vierzig Stühle aufgestellt, aber es kommen nur acht Menschen. Die werden sich schon was dabei gedacht haben, daß sie so eine Lesung auf einen Nachmittag legen, abends wären sicherlich auch nicht mehr da gewesen. Lesen, Fragen beantworten, von der Bibliothekarin Bier geschenkt bekommen, Heimfahrt.

Ina, Caroline und ich gehen zusammen noch was essen, sitzen beisammen, reden, lachen. Ich lache mich weg über die Geschichte von Carolines Mitbewohnerin in Deutschland. Sie hält Hühner und Hasen, die sie auch schon mal selber schlachtet. Hühner hat sie mehrere, und die haben auch alle richtige Namen, Hasen hat sie immer nur zwei, und die heißen stets *Braten eins* und *Braten zwei*. Und auch lachen kann ich über den tschechischen Satz, der ganz ohne Vokale auskommt: Strč prst skrz krk. Was wohl soviel heißt wie: Steck den Finger in den Hals.

Gegen acht habe ich genug, reden, fahren, lesen, fahren, reden, essen, lachen, reden. Ich will meine Ruhe. Im Hotel kann ich mich nicht dazu aufraffen, Yoga zu machen. Ich lese noch etwas und schalte später wieder den Pornokanal ein, ich schaue eine Viertelstunde, doch es wird und wird nicht besser. Dann lieber lesen. In *Alkohol und Autor*, einem Buch über die großen amerikanischen Schriftsteller des letzten Jahrhunderts, die schwere Trinker waren: Fitzgerald, Hemingway, Poe, Steinbeck, O'Neill, Faulkner plus Lowry und Simenon, die keine Amerikaner waren, aber genug getrunken haben, um es in dieses Buch zu schaffen.

Ich habe ja auch lange Zeit geglaubt, daß Trinken und Talent irgendwie zusammenhängen, aber ich denke, es hat beides nichts miteinander zu tun, sondern kann ein Resultat ein und derselben Sache sein: Einsamkeit.

Mittwoch, 23. November, Liberec, Bibliothek

Nach Liberec sind es zwei Stunden Fahrt, und die Lesung ist für 11 Uhr angesetzt. Um sieben klingelt mein Wecker. Ich bin dieses Jahr so oft früh aufgestanden, daß ich staune. Ich übe einen sogenannten freien Beruf aus. Das Aufstehen macht mir nichts aus, die bittere Kälte draußen aber schon.

Wir fahren zu fünft nach Liberec, wir vier von gestern plus Sabine Reddel-Heymann, die auch im Institut arbeitet, allerdings in einer leitenden Position im Gegensatz zu Ina und Caroline, die ja Praktikantin ist. Die Fahrt ist wieder angenehm, aber die Gespräche sind gleich viel seriöser, wenn Frau Reddel-Heymann dabei ist. Sie siezt uns und wir sie, während wir uns untereinander alle duzen.

Die Bibliothek in Liberec ist in einem modernen, aber doch schönen großen Gebäude mit viel Glas. Alles ist hell und freundlich. Draußen haben sie eine riesige Reklametafel, auf der in Laufschrift mein Name erscheint, bestimmt einen Meter hoch. Ist ein seltsames Gefühl, fernab von Freude oder Stolz. Es befremdet mich, aber ich kann es auch lustig und skurril finden. Was ich nicht kann, ist mich mit dieser Buchstabenfolge zu identifizieren.

Es kommen knapp 60 Leute zur Lesung, Studenten und Schüler eines deutschsprachigen Gymnasiums. Ich lese andere Stellen als gestern, und gestern habe ich schon andere Stellen als vorgestern gelesen. Ich will es auch für Ina und Caroline, die mich heute zum dritten Mal sehen, interessant gestalten. Und für mich natürlich auch.

Fragen kommen zunächst keine, also erzähle ich einfach ein bißchen, versuche die Leute aufzulockern, schließlich ergibt sich ein schleppendes Gespräch.

Das ist die dritte Lesung in Folge, die ich so klassisch gestalte, aber ich komme mir vor wie ein billiger Clown, wenn ich in diesem Rahmen versuche, das zu machen, was ich sonst auch immer mache. Also lieber einfach stur vorlesen und sich darauf verlassen, daß im Fragenteil genug Gelegenheit bleibt, um einfach Geschichten zu erzählen. Funktioniert ja meistens auch.

Wir gehen mit den Mitarbeiterinnen der Bücherei noch in ein vegetarisches Selbstbedienungsrestaurant. Es ist okay, aber wirklich lecker habe ich in Tschechien noch nicht gegessen.

Auf der Rückfahrt sind alle etwas ruhiger, und Caroline und ich führen ein Zweiergespräch. Als ich eine Geschichte erzähle, in der gekifft wird, merke ich, wie Frau Reddel-Heymann, die bis dahin in ihrem Spiegel geblättert hatte, genauer hinhört, was ich da so von mir gebe. Keine Ahnung, was sie denkt, aber sie würde es wohl auch nicht sagen, wenn man sie fragte. Und so wichtig ist es mir auch nicht.

Nachmittags habe ich dann die Gelegenheit, etwas durch Prag zu laufen. Wäre ich zum ersten Mal in dieser Stadt, ich hätte mich wohl geärgert, daß ich so wenig Zeit habe. Vieles hat sich verändert seit letztem Mal. Es gibt jede Menge neue Läden, Cafés, Restaurants, Bekleidung für Jugendliche, aber alles wie sonst überall auch, Café Latte, Sushi, Internet, Mexikaner, Fastfoodketten und hip aussehende Friseure. Das mag für die Leute hier ganz gut sein, und zugegeben fühle ich mich so auch ein wenig mehr zu Hause, aber es ist schade, daß alles so glatt und gleich wird.

Um fünf Uhr ist es schon stockdunkel, ich gehe ins Hotel, wärme mich auf, habe schon wieder keine Lust auf Yoga, also müssen zehn Minuten reichen.

Gegen Abend treffe ich mich mit Eva, Caroline und Tomas Dimter, der das Radiointerview mit mir gemacht hat und der sich unwahrscheinlich gut auskennt in der jüngeren deutschen Literatur und nicht nur da. Wir gehen zu einem Araber essen, ich nehme das teuerste Gericht auf der Karte, weil es sich so lecker anhört, und werde nicht enttäuscht. Verglichen mit Deutschland ist es immer noch billig.

Anschließend gehen wir noch in die eine oder andere Kneipe, ich trinke einen Pernod und zwei Bier, genieße es ungemein, in so angenehmer Gesellschaft zu sein. Eva hat ein dreckiges, meckerndes, abgehacktes Lachen, das ich sehr schön finde. Ich versuche, sie möglichst oft zum Lachen zu bringen, und meine Ohren freuen sich.

Am Ende bleiben nur Caroline und ich übrig, und so erfreulich das Gespräch auch ist, manchmal habe ich das Gefühl, ich stoße an Grenzen, aber mein Gott, was habe ich denn erwartet, sie ist dreiundzwanzig.

Es ist fast eins, als ich im Hotel bin. Im Pornokanal kommt so ein französischer Siebziger-Jahre-Film mit einer völlig abstrusen Handlung. Ein Voodoo-Meister hypnotisiert Frauen, um sich dann sexuell an ihnen zu vergehen. Es gefällt mir, die Darsteller sehen wie Menschen aus, und so unglaubwürdig sie auch sind, der Sex entsteht aus Situationen heraus.

Am nächsten Morgen fliege ich heim.

Samstag, 26. November, Lindau, Insel-Hotel Lindau

Ich weiß nicht genau, warum ich diese Lesung zugesagt habe. Es gibt wenig Geld, es ist weit zu fahren, ich soll nur zweimal fünfzehn Minuten im Rahmen eines Abendessens lesen, abwechselnd mit einem anderen Autor, Tom Liehr. *Literaturschmaus* nennt sich das Ganze dann.

Unterwegs liegt Schnee, ich höre das erste Streets-Album, das ich mir gekauft habe, weil ich das zweite so toll fand. Ich habe mir gestern Abend noch die Texte ausgedruckt und konzentriere mich auf die Worte. Ich mag diese Form von Sprechgesang, die Mike Skinner da kreiert hat, es ist sehr weit weg vom üblichen Rap.

Ich lese weiter in *Alkohol und Autor* und mir fällt auf, daß es das heutzutage nicht mehr gibt. Mir fällt kein lebender Schriftsteller von Weltrang ein, der schwerer Trinker wäre. Trinker ja, aber in dem Ausmaß wie ein Dylan Thomas, Bukowski, Behan, Thompson, Faulkner.

Das Bild, die Idee des trinkenden Schreibers hat sich länger gehalten als das Phänomen selbst und es hat wohl genug Menschen gegeben, die geglaubt haben, das Trinken würde ihnen beim Schreiben helfen. Mich inbegriffen. Bilder, denen man zu entsprechen versucht, weil man nicht weiß, wer man ist.

Ich weiß ja immer weniger, wer ich bin und was ich darstelle, ich kann mir nur schwer eine Identität, ein Bild von mir denken, aber ich glaube nicht, daß das sonderlich wichtig ist. Identität ist eine Illusion und es muß sich auch niemand auf eine bestimmte Art verhalten, um etwas anderes zu erreichen. Der eine glaubt, man kommt mit Freundlichkeit weiter, der andere glaubt, man müsse sich schon anders durchzusetzen wissen, doch beide gelangen möglicherweise ans Ziel und sind davon überzeugt, es genau richtig gemacht zu haben. Ihr Selbstbild erhält eine Bestätigung.

Viele Dinge tut man, um sich oder anderen etwas zu beweisen, von dem ich nicht mal genau sagen kann, was es ist. Wahrscheinlich die Richtigkeit des eigenen Weltbildes. Aber woher nimmt man die Gewißheit, daß die eigene Sicht richtiger ist als die der anderen?

Das Weltbild ändert sich ja im Laufe der Zeit und man selber ändert sich auch, beharrt aber darauf, daß man eine kontinuierliche Identität besitzt. Als sei man heute dieselbe Person wie vor zehn Jahren.

Nach einem verpassten Anschlußzug komme ich gegen vier in Lindau an, checke im Hotel ein. Es nennt sich Literaturhotel, die Zimmer sind nach Autoren benannt, ich wohne im Cervantes. Nix berechtigt diesen Namen, es ist ein stinknormales Zimmer. Das einzig etwas Außergewöhnliche sind die vier Bücher darin, die mich überhaupt nicht interessieren. Wenigstens *Don Quichote* hätte dabei sein sollen.

Ich gehe spazieren, schlafe, mache ein paar Übungen, um sieben geht es los, im Restaurant des Hotels, angenehm, nur die Stufen runterzusteigen zu müssen.

Ich sitze mit Tom Liehr, den Veranstaltern, die auch schreiben, und einem Autorenehepaar an einem Tisch. Weitere Autoren sind im Publikum. Es ist so gar nicht meine Welt, es sind lauter Leute, für die Literatur offensichtlich etwas ganz anderes bedeutet als für mich. Schreiber, die sich innerhalb enger sprachlicher Grenzen bewegen und unter anderem aus Eitelkeit schreiben.

Natürlich ist das eine Unterstellung und natürlich trifft das auch auf mich zu, aber von denen hier hat in meinen Augen keiner gebrannt, brennt nicht und wird nie brennen. Da ist nicht die leiseste Glut. Niemand hier hat angefangen zu schreiben, weil er schreiben musste, weil es wie der einzige Weg schien, um überleben zu können, der einzige Trost, den man finden konnte.

Was nicht weiter schlimm ist. Man braucht alle Arten von Menschen, um eine Welt zu machen, sagt Keri Hulme, und ich stimme ihr zu. Aber das hier ist nicht meine Welt und ich fühle mich nicht wohl. Die Gespräche am Tisch langweilen mich, schlechte Witze, risikofreies, oberflächliches Gelaber, keiner meint irgend etwas sonderlich ernst, kein Thema liegt am Herzen. Es geht viel darum, wer was wann wo veröffentlicht und welche Probleme man mit den Verlagen hat.

Als jemand sich über die Praxis der Verlage aufregt, Abgabetermine vorzuziehen und einen so in Zeitnot bei der Beendigung des Buches zu bringen, sage ich, daß mir das nie passiert ist, weil ich einfach keinen Vetrag unterschreibe, bevor ich nicht das letzte Wort geschrieben habe. Ja, wenn man das Geld nicht braucht, ist die Antwort.

Nahezu alle am Tisch verdienen mehr als ich. Und Geld und Freiheit schließen sich manchmal eben aus. Wenn man das Geld nicht braucht. Nein, wenn man gewisse Entscheidungen trifft, muß man auch mit den Konsequenzen leben können, ohne zu klagen.

Eine Autorin weiß genau die Plazierungen und die Dauer der Plazierungen ihrer Bücher in der Spiegel-Bestsellerliste, und ein anderer erzählt, wieviel Seiten er im Monat schreiben kann. Es geht um Zahlen, nicht um Worte.

Ich bemerke natürlich die Versuche, mich ins Gespräch einzubinden, aber ich weiß nicht, wie ich mich verhalten soll. Ich gebe höfliche, aber kurze Antworten, versuche nicht zu klar durchscheinen zu lassen, daß ich mich langweile. Ich möchte nicht unfreundlich sein, aber heucheln liegt mir auch nicht. Lange her, daß ich mich so gefühlt habe. Natürlich kommt mir die Idee, daß der Abend angeschickert leichter zu ertragen wäre, aber das möchte ich nicht, ich möchte mir nicht etwas schön trinken, und schon gar nicht mit diesen Leuten um mich herum.

Könnte ich es mir aussuchen, würde ich einfach nur da sein. Offen und da. Egal, was für Leute. Doch ich bin abwesend, da sitzt nur mein Körper und mein Mund formuliert Antworten. Und in Wirklichkeit denke ich: Ich schreibe besser als ihr, ich lese besser, ich habe mehr drauf.

Was ja auch nicht stimmt, die machen einfach nur etwas anderes als ich, das kann man nicht vergleichen, es ist nur zufällig das gleiche Medium, das wir benutzen, um unsere Gedanken zu transportieren.

Als ich dann lesen soll, bin ich in einer seltsamen Stimmung. Das Publikum interessiert mich nicht richtig, es ist mir egal, wie sie mich finden, ich lese einfach, so gut wie ich kann für diese etwa 40 Leute. Teils älteres Publikum, teils jüngeres, wobei die jüngeren fast alle Mitglieder eines Internetbücherforums sind, die sich hier im echten Leben treffen. Wahrscheinlich komme ich furchtbar arrogant rüber.

Während meines ersten Textes redet jemand so lange im Flüsterton, bis ich genervt sage: Können Sie sich bitte draußen weiterunterhalten? Während ich das sage, ist noch alles okay, doch dann fängt mein Herz an, zu kräftig zu schlagen, meine Atmung blockiert, meine Stimme ist nicht mehr fest. Zuviel Adrenalin. Ich versuche mir Zeit zu lassen zum Atmen, bevor ich weitermache, und ich brauche so einige Zeilen, bis ich mich beruhigt habe. In so einer Situation bin ich nicht halb so cool, wie ich gerne wäre und habe Angst, daß man mir das auch noch ansieht. Der Mann hört auf zu reden.

Hinterher erfahre ich, daß er der Seniorchef des Hotels ist. Mir ist scheißegal, wer er ist. Er kommt nicht, um sich zu entschuldigen. Keine Manieren.

Das Essen ist okay, als Hauptgang gibt es Kalbsschnitzel, das ich esse. Die Alternative wäre heute abend, hungrig zu bleiben und die gefällt mir weniger als Fleisch. Gelesen wird zwischen den Gängen, und Tom Liehrs Buch interessiert mich auch nicht weiter.

Nach dem Dessert und der letzten Lesung sitze ich noch eine Viertelstunde da, es ist zwölf, als ich mich entschuldige und hochgehe aufs Zimmer. Für mich gibt es heute abend nichts zu holen.

Am nächsten Morgen werde ich mir beim Frühstück erzählen lassen, wieviel sie getrunken haben und wie spät sie im Bett waren. Beschissenste Lesung des Jahres, obwohl ich gut gelesen habe. Oder bin ich einfach nur zu negativ drauf?

Mittwoch, 30. November, Kamp-Lintfort, Stadtbibliothek

Mein Bruder fährt mich wieder zu dieser Vormittagslesung vor einer fünften Klasse. Ich weiß nicht, wie sie auf die Idee kommen, mich vor Fünftklässlern lesen zu lassen. Ich habe nur drei Geschichten, die für das Alter geeignet sind.

Die Kinder sind total locker, fragen viel, und die meisten hören auch gerne zu. Und bringen mich sogar aus dem Konzept. Ich frage bei einer Geschichte nach dem Alter des Erzählers, lasse sie raten und begründen und einer sagt dann, der Erzähler müsse so elf sein, weil ich, bevor ich angefangen habe zu lesen, gesagt habe, daß das eine Geschichte über jemand in ihrem Alter sei.

Ich kann mich nicht nur nicht erinnern, das gesagt zu haben, mehr noch, ich wollte es um jeden Preis vermeiden. Also erwidere ich, ich hätte nichts Derartiges gesagt. Nun stimmen aber auch noch andere Kinder mit ein und sagen, ich hätte bei der Einleitung zu der Geschichte gesagt, der Erzähler sei etwa so alt wie sie. Es sind so viele, daß ich glaube, ich hätte mich vertan. Erst hinterher wird mein Bruder mir bestätigen, daß ich kein Wort über das Alter des Erzählers verloren habe. Seltsam, wie schon Kinder die Wahrnehmung der Realität verschieben können, ihre und damit auch meine.

Nach etwa einer Stunde werden die Schüler unruhig, ihre Konzentration lässt nach. Ich lasse sie aufstehen und die Arme heben, die sie schreiend wieder fallen lassen, wie ich es ansage. Doch diese kurze Unterbrechung reicht nicht aus, um ihre volle Aufmerksamkeit wiederzubekommen. Nach einer weiteren kurzen Geschichte höre ich auf. Mehr hätte ich auch nicht gehabt, ich hätte improvisieren müssen.

Nahezu alle Kinder wollen hinterher ein Autogramm. Die Bibliothekarin stellt mir die Rückseiten von Eintrittskarten der bereits vergangenen Oliver-Uschmann-Lesung zu Verfügung. Ich bin umringt von zehn- elfjährigen kreischenden, durcheinanderredenden Autogrammjägern. Man muß es lustig finden können, sonst ist man erledigt.

Die Mitarbeiterin des Literaturbüros NRW, die das Ganze organisiert, sagt, daß sie mir ein Stipendium geben wollen. Einmal in meinem Leben habe ich mich um ein Stipendium beworben, am Literarischen Colloquium Berlin, weil ich gerne mal drei Monate in Berlin verbringen wollte. Ich bin nicht genommen worden. Die Bewerbungfrist für Stuttgart, wo ich auch noch gerne hingewollt hätte, habe ich dieses Jahr einfach verstreichen lassen. Auch weil ich zwei von fünf Jurymitgliedern kannte und das irgendwie albern fand.

Ich bewerbe mich in der Regel ja nicht für Preise. Einige Male für den Gratwanderpreis für erotische Literatur vom Playboy – den hätte ich nach wie vor gerne.

Aber ansonsten ist es mir lieber, von diesen Preisen und dem Kulturbetrieb so unabhängig wie nur möglich zu sein. Ich habe auch Vorbehalte gegen diese Schreiber, die sich von Preis zu Stipendium zu Preis zu Stipendium hangeln und dann sechzehn Exemplare ihres Buches verkaufen. Wenn wir diesen Kram nicht für die Menschen machen, für wen dann? Ich weiß ja, daß Verkaufszahlen und Qualität nichts miteinander zu tun haben müssen, aber ich halte nichts von einer Kunst, die durch Zuwendungen am Leben erhalten werden muß, einfach weil niemand sich dafür interessiert.

Ich komme aus einem Arbeiterhaushalt und mein Vater hat mir beigebracht, daß jeder Mensch versuchen sollte, sich seinen Lebensunterhalt selber zu verdienen. Was ich immer noch nicht kann, auch diese Lesung hier wird finanziert mit Kulturgeldern. Aber ich versuche so gut es geht unabhängig zu sein, unabhängig von einer Jury, deren Qualität ich sowieso anzweifeln würde. Und überhaupt, Schreiben ist ja keine Olympiade, ich weiß nicht genau, warum wir Preise brauchen.

Und nun hier wird mir ein Stipendium angeboten, bei dem ich nur noch ja sagen muß, um dann 2006 in einer fast beliebigen europäischen Metropole zwei Monate zu verbringen, bezuschußt mit 1250 Euro monatlich. Einige Städte sind schon vergeben, Dublin, London, was mich sowieso nicht interessiert, aber auch Lissabon und Barcelona. Madrid, sage ich. Madrid ist noch frei. Könnte ich also nächstes Jahr um diese Zeit hin.

Wenn man es mir so anträgt, bin ich käuflich, doch das Stipendium ist auch mit keiner Verpflichtung verbunden. Ich erbitte mir dennnoch Bedenkzeit, bevor ich eine feste Zusage gebe.

Diese Sachen waren nie Teil meines Traums, sie sind nur Teil des Geschäfts. Das ich aber so schön wie möglich gestalten will.

Auf der Rückfahrt schlafe ich wieder ein. Zu Mittag esse ich Nudeln mit Butter und Sojasoße, was ich mir so ungefähr viermal im Jahr mache, wenn ich keine Lust habe, was Richtiges zu kochen. Den Nachmittag vertrödele ich, lese, trinke Tee, mache Yoga, und abends gebe ich noch eine Yogastunde.

Es ist großartig, noch etwas gefunden zu haben, das mir solche Freude bereitet. Ich habe gute Laune, als ich wieder zu Hause bin. Markus, den ich seit Wochen nicht gesehen habe, kommt noch wie verabredet vorbei. Wir reden.

Markus ist ein Mensch, über den ich ein Buch schreiben könnte, aber ich würde ihm nie gerecht werden. Er ist sehr eigen, aber nicht unbedingt eigenwillig dabei. Gleichzeitig ist er einer der Menschen, denen ich ihre Schwächen nachsehen kann, so gut verstehe ich sie. Es läuft nicht glatt im Leben, aber ich versuche trotzdem fast immer, alles richtig zu machen. Markus gönnt sich seine Fehler.

Es ist eins, als Markus geht. Wir haben einfach nur zusammen gesessen und geredet. Es war ein schöner Tag heute.

Donnerstag, 8. Dezember, Schweinfurt, Olympia-Morata-Gymnasium / Frankfurt, Brotfabrik

Um sechs aufstehen, um nach Schweinfurt zu fahren, wo ich zwei Schullesungen habe, die erste um halb zwölf. Ich schlafe ein wenig im Zug, lese in einer Anthologie namens *Texttouristen*, in der ich auch einen Text habe und die bei Books on Demand erscheint. Ein halbes Jahr von der Anfrage für den Text bis zum fertigen Buch, das gefällt mir. Wenn sich für dieses Tourtagebuch niemand findet, gehe ich damit auch zu Books on Demand.

Im Buch sind, wie bei fast jeder Anthologie, jede Menge unsägliche Texte und ein paar Perlen, eine davon von der Mitherausgeberin Ina Simone Mautz.

Ich fahre mit dem Taxi in die Schule, ich habe keine Lust, die Viertelstunde mit meinen beiden Taschen zu laufen, außerdem ist es schon zehn nach elf.

Kaum habe ich das Schulgebäude betreten, laufe ich auch schon Frank Sczesny, dem organisierenden Lehrer in die Arme. Ein unsicher wirkender Mann in meinem Alter, der überhaupt keine Autorität ausstrahlt. Auch als er mich ein wenig später den Schülerinnen vorstellt, ist er nicht viel anders. Er hat einen leicht dozierenden Ton, aber keine richtige Präsenz. Als würde er eigentlich lieber unbeobachtet zu Hause auf dem Sofa sitzen. Freundlich ist er, aber ich fühle mich in Gegenwart solcher Menschen latent unwohl. Wahrscheinlich fühlen sie sich selber auch so. Tagtäglich.

Ich sitze vor ungefähr 80 Schülerinnen der Jahrgangsstufe elf, es sind nur drei, vier Jungs dabei, die ein wenig so aussehen, als seien sie in der Grundschule immer mit ihrem Pausenbrot in den Haaren in den Mülleimer gesteckt worden.

Drei, viermal habe ich einen Frosch im Hals und fürchte schon, es könnte noch so ein Tag werden, an dem meine Stimme nicht mitmacht, aber ich habe wohl nur zuwenig gesprochen an diesem Morgen, gegen Ende der Lesung fühlen sich meine Stimmbänder wieder geschmeidig an.

Ich komme ins Gespräch mit den Schülern, aber es ist keine sonderlich gute Lesung. Da ist eine Distanz, die ich nicht überbrücken kann, ich kann die Leute nicht mitreißen.

Nach der Lesung ist eine Viertelstunde Zeit für ein Brötchen und einen Tee, bevor es mit den Dreizehnern weitergeht. Ich frage Frank, warum fast nur Mädchen an der Schule sind. Das sei vor 25 Jahren eine reine Mädchenschule gewesen, sagt er, und diese Tradition hätte sich irgendwie erhalten. Die Eltern, die ihre Söhne hierherschickten, würden der Illusion erliegen, daß es ihren in der Grundschule gemobbten Kindern hier besser ginge.

Die zweite Lesung läuft etwas besser, doch auch da komme ich heraus mit dem Gefühl, daß es keine Verbindung zwischen mir und den Schülern gegeben hat.

Frank fährt mich zum Bahnhof, wo ich mir in der halben Stunde, die ich noch habe, bevor mein Zug fährt, die letzten Fahrkarten für dieses Jahr kaufe.

Es ist fast sechs, als ich schließlich in Frankfurt bin. Das Hotel im Bahnhofsviertel ist in einem Altbau, und als ich mein Zimmer betrete, freue ich mich. Fast dreißig Quadratmeter, hohe Decken, Dielenboden, ein Sofa, zwei Korbstühle, zwei Betten, Tisch, Stuhl, Fernseher, Kofferablage und immer noch jede Menge Platz.

Und gleichzeitig habe ich, wenn ich ein Hotelzimmer betrete, das größer ist als mein Wohn- und Arbeitszimmer zu Hause, daß Gefühl, das ich irgend etwas im Leben falsch gemacht habe.

Ich gehe in einen arabischen Imbiss, wo außer mir fast nur Araber sind. In so einer Umgebung fühle ich mich in der Regel wohl. Wie in dem gesamten Viertel hier. Die fertigen Typen, die Junks, Nutten und Obdachlosen und Kleinkriminellen befremden mich zwar, aber dieser hohe Ausländerteil ist eine Art von Machtdemonstration, die mir gefällt. Alter, wir sind hier überall, wir sitzen in den Läden, den Wohnungen, wir sind auf den Straßen und in den Gassen, wir atmen diese Luft und trinken den Apfelwein und vielleicht gehören uns bald auch diese Häuser hier. Deutschland ist auch unser Land. Auch wenn einige das nicht wahrhaben wollen, hier kann man es sehen.

Ich kann gut verstehen, daß man sich dieses Gefühl jeden Tag holen muß, weil man sich hier nicht wirklich akzeptiert fühlt.

Es regnet und ich bin spät dran, ich nehme mir ein Taxi zur Brotfabrik und vierzehn Euro später bin ich da. Luxus.

Es kommen etwas über 20 Menschen, aber es wird eine sehr gute Lesung, ich rede sehr viel und lese eher wenig, was mir aber erst richtig auffällt, als es aufs Ende zugeht und ich weniger Text gelesen habe als sonst.

Nach dem Applaus setze ich mich auf den Bühnenrand und jemand fragt, ob es eine Zugabe gibt. Nein, sage ich. Jemand wünscht sich *Weißt du noch*. Zuerst weiß ich gar nicht, welchen Text er meint. Aus dem Newsletter, hilft er mir auf die Sprünge. Den Text habe ich nicht mit und auswendig kann ich ihn auch nicht. Noch jemand einen Wunsch, frage ich. Und als zwei Sekunden keine Antwort kommt, will ich schon sagen, daß die Gelegenheit nun verstrichen ist, aber eine Frau ruft: *Die Geschichtenerzählerin*.

Den Text habe ich noch nie vor Publikum gelesen. Und Zugaben gibt es bei mir eigentlich auch nicht. Ich setze mich noch mal an den Tisch und lese *Die Geschichtenerzählerin*. Sogar ziemlich gut, wie ich finde.

Hinterher kommt ein Mann in meinem Alter, der erzählt, er sei ein schlechter Leser, aber das Sattelbuch habe er in zwei Tagen gelesen. Und als Alex die *Miami* von Gun Club auflegt, habe er gedacht: Alles klar.

Ich erzähle ihm begeistert, daß ich das Album vor einigen Monaten auf CD nachgekauft habe. Es ist eine dieser grandiosen Platten, und es ist das erste

Mal, daß ich jemanden treffe, der das genauso sieht. Svenja findet meine Begeisterung für dieses Album nicht nachvollziehbar und auch andere Menschen meinen, es sei halt durchschnittliche Rockmusik.

Wir feiern gemeinsam ein wenig die Platte ab und er erzählt mir, daß er jetzt durch das Buch auf Chris D und Flesheaters gekommen wäre. Ich empfehle ihm das Dragstrip Riot-Album, dessen Name mir im Moment nicht einfallen will, doch als ich das Cover beschreibe, weiß er, welche Platte ich meine. Die wird ihm gefallen. Wir beide verstehen, was an dem Miami-Album dran ist.

Der Buchhändler, der meine Bücher wohl kennt, sagt noch, es sei schön, einen Autor zu sehen, der seine Texte auch lesen kann. So etwas höre ich ja öfter mal, aber ich habe fast noch nie einen Autor gesehen, der wirklich schlecht liest. Außer Akif Pirincci fällt mir im Moment nur noch Jana Hensel ein.

Engin, der eine Magisterarbeit über meine Bücher geschrieben hat, ist in Begleitung von vier Frauen hier, die noch nie von mir gehört haben, stelle ich fest. Ohne seine Hilfe wäre also noch weniger Publikum dagewesen. Mit diesen Leuten und Anne, die ich aus Dortmund kenne, sitze ich im Café der Brotfabrik. Gespräche über flexiblen Kündigungsschutz, daß jeder Imbiss im Bahnhofsviertel ein Hallal-Schild hat, über Literatur und Literaturwissenschaft und wie das zusammenpasst.

Gegen zwölf fahre ich mit der Straßenbahn zum Hauptbahnhof, kostet 1,80 und dauert auch nicht länger als mit dem Taxi. In der Bahn sitzen zwei junge Frauen Anfang zwanzig und sie benehmen sich so, daß ich versuche herauszufinden, ob sie auf Drogen sind. Ich mag es ja, Menschen auf Pille beim Glücklichsein zuzusehen. Eine fängt dann in einer Gesprächspause an zu lachen. Okay, denke ich, Droge, aber welche genau? Auch ein schönes Spiel – die Drogen erraten, auf denen die Leute sind. Dann zeigt die Frau ihrer Freundin, worüber sie gelacht hat. Die Werbung eines Bestattungsunternehmens, das Luft, Feuer, Wasser, Erd- und Weltraumbestattungen anbietet. Das finde ich auch nüchtern lustig.

Im Zimmer kann ich dann nicht einschlafen und sehe noch fern, Harald Schmidt und Domian. Bei dem einen muß ich lachen, bei dem anderen mache ich mir Gedanken, ob das wirklich ein guter Umgang mit Menschen ist, oder ob mir dieses betonte Ernstnehmen und Verständnishaben nicht zuviel ist. Egal, es ist ein schönes Zimmer.

Freitag, 9. Dezember, Neustadt an der Weinstrasse, Stadtbibliothek

Morgens beim Schreiben höre ich die *Miami*. Momente, in denen ich mich freue über den iPod und die Boxen.
Nach Neustadt ist es nicht weit, ich fahre erst mittags los, kaufe mir am Bahnhof noch Sushi. Vor fast vier Jahren habe ich schon mal in Neustadt gelesen, aber ich kann mich eigentlich nur noch daran erinnern, was ich dort gegessen habe. Als ich durch die Straßen spaziere, erinnere ich mich an das eine oder andere, aber immer noch nicht an die Lesung oder die Veranstalter. Ich checke meine Mails im Intercafé und schaue in das Büchereuleforum, wo ich eine sogenannte Leserunde zur *Tochter* begleite. Das heißt, die Menschen können sich nicht nur über das Buch austauschen, sondern mir auch Fragen stellen. Wenn man einen Autor virtuell anfassen kann, dann fragt man auch nach einem Rezept für Joghurtsuppe, was man sich nach einer Lesung wohl eher nicht trauen würde. Oder man fragt nach Worten, die man selber problemlos im Duden nachschlagen könnte. Und lobt den Autor und freut sich über diesen ach so exklusiven und persönlichen Kontakt.
Gleichzeitig kann ich diese Form der Kommunikation gut verstehen. Es gibt keine Schüchternheit zu überwinden an den Tasten und man kann sich gefahrlos mit Gleichgesinnten austauschen.
Ich würde ja auch Beiträge schreiben in einem Forum, wo die *Miami* abgefeiert wird und *Der Plan von der Abschaffung des Dunkels*. Nur wüßte ich nicht, ob ich Jeffrey Lee Pierce dabei haben wollen würde, wenn er noch lebte, oder Peter Høeg, der ja nicht mal ein Telefon besitzt, soweit ich weiß.
Im Hotel schlafe ich bei laufendem Fernseher, etwas, das ich sehr gerne mache, mit Stimmen im Ohr wegdriften und mit Stimmen wieder zurückkommen. Danach Yoga, essen beim Asiaten und dann schon die Lesung. Wo ist der Nachmittag geblieben, ich hätte gerne noch etwas gelesen.

Als ich Frank sehe, den veranstaltenden Buchhändler, kann ich mich an ihn und auch an seine Frau erinnern, sehr angenehme Menschen, wohlwollend, gutmütig, gemütlich.

Es sind ungefähr 30 Menschen da, doch der Lesesaal der Bibliothek ist gut gefüllt. Es läuft gut, ich mache wie auch gestern schon, keine Pause und erzähle viel. Irgendwie ist mir der alte Groove der Lesungen vor einigen Monaten abhanden gekommen und einem anderen Groove gewichen, ich spanne den Bogen jetzt irgendwie anders, aber auch schön. Sowohl die gelesenen als auch die gesprochenen Phasen sind jetzt ausgedehnter, es geht nicht mehr so hin und her.

Hinterher gehen wir noch in ein Lokal, in dem wir letztes Mal auch schon waren, wenn mich meine Erinnerung nicht trügt. Der Autor Guido Dieckmann ist auch dabei. Ich hatte ihn schon in Lindau gesehen, wir hatten uns aber nicht bekannt gemacht. Er ist ein sehr zurückhaltender Mensch, der sich beim Gespräch auch nicht immer anmerken läßt, wie er zu einem Thema steht. Insgesamt ist es eine schöne Unterhaltung. Ich liebe es, diese Abende bei Geplauder ausklingen zu lassen.

Im Hotel kann ich wieder nicht schlafen und sehe mir sinnlos *Judge Dredd* an, aber nicht mal den ganzen Film, weil ich dann doch müde werde.

Samstag, 10. Dezember, Luzern, Panoramasaal des Grand Casino

Letzte Lesung des Jahres. Ich bin nicht wehmütig oder so. Am ehesten bin ich noch froh, daß ich die nächsten drei Monate sehr viel zu Hause sein werde, am Schreibtisch sitzen, schreiben, tippen, trödeln, Tee trinken, Musik hören, unterrichten.

Eine Lesung, bei der ich mir keine Gedanken zu machen brauche über Zuschauer, weil sie im Rahmen des Luzerner Literaturfestivals stattfindet und heute abend jede Menge Autoren jeweils eine halbe Stunde lesen.

Luzern finde ich schön, wie fast alle Städte, die ich in der Schweiz kenne. Allerdings ist es Samstag und Menschenmassen schieben sich durch die Straßen auf der Suche nach Weihnachtsgeschenken. Es ist viel zu voll. Nach einem kurzen Spaziergang gehe ich in mein kleines Hotelzimmer mit dünnen Wänden, wo man jeden Schritt auf dem Gang hört. Einige Meter von meinem Zimmer ist eine Art Gemeinschaftsraum mit Sofas und Büchern, und von dort sind Geräusche von Gesprächen zu hören. Ich schlafe trotzdem ein, als mir drinnen langsam wieder warm wird.

Die Veranstaltung beginnt um sechs, und obwohl ich erst nach zehn dran bin, gehe ich kurz vor sechs los, weil ich auch die anderen Autoren gerne sehen möchte.

Der Panoramasaal des Casinos ist riesig, die Menschen sitzen an Tischen, ich kann nicht gut schätzen, aber das sind mindestens 200 Leute, die meisten sind über fünfzig und sehen aus wie gebildete Kulturkonsumenten. Ein Tisch ist für die Autoren reserviert. Nacheinander lesen Ruth Schweikert und Klaus Merz, dann gibt es ein Gespräch mit Christoph Geiser und Urs Bugmann zu Otto Marchi, der wohl letztes Jahr beim Tsunami umgekommen ist. Diese Namen sagen mir alle nichts, doch auch mit den Texten und dem Gespräch kann ich nicht viel anfangen.

Nach einer Pause, in der man essen kann, liest Karl-Heinz Ott aus seinem Buch *Endlich Stille*. Die Passagen, die er vorliest, wecken mein Interesse und sind amüsant. Die angekündigte Zsuzsa Bánk ist wegen Krankheit nicht da, ein Schweizer, Endo Anaconda, liest an ihrer Stelle. Sein Buch war wohl wochenlang auf Platz eins der Schweizer Bestsellerlisten.

Es ist lustig, wenn er liest, mehr aber auch nicht. Beim Lesen versucht er, hochdeutsch zu sprechen und ich kann ihn verstehen. Von seinen Zwischenansagen auf Schweizerdeutsch verstehe ich fast gar nichts, begreife kaum das Thema.

Ich sitze da und frage mich, was ich hier eigentlich mache. Die Leuten interessieren mich nicht, die Texte nicht, das Publikum auch nicht. Als ich dann drankomme, wirke ich wieder arrogant, fürchte ich. Es ist mir egal, was diese Leute von mir denken, ich versuche gar nicht erst, sympathisch rüberzukommen. Guten Abend, kurze Einführung, lesen ohne sich zu verhaspeln, die Betonungen an den richtigen Stellen, vielen Dank, von der Bühne.

Wenn ich den Rahmen nicht mag, in dem ich lese, und dann auch noch das Erzählen weglasse, weil es eben diesen Rahmen sprengen würde, habe ich keinen Spaß dran.

Nach mir kommt Peter Bichsel, der lustig und unterhaltsam ist. Die Zuschauer lieben ihn. Und doch tut er mir leid, weil er so ungesund wirkt, die Lesung mehr als dreimal unterbrechen muß wegen seiner Hustenanfälle, die sich eher nach Rauchen als nach Erkältung anhören. Als er am Tisch saß, sind mir schon die Schweißperlen auf seiner Stirn aufgefallen, obwohl es drinnen nicht warm ist. Er scheint sich mit seinem Körper nicht gut anfreunden zu können.

Ich rede noch mit einigen jungen Buchhändlern, in der Ausbildung oder gerade abgeschlossen, in dem Alter halt. Lasse mir erzählen, wie gerne sie meine Bücher empfehlen. Bald werde ich vierzig sein und mir immer noch von Mädchen, die halb so alt sind wie ich, anhören, wie toll sie die ersten Bücher finden.

Es ist seltsam, ich habe mir nie ausgemalt, daß es so kommen würde. Ich habe es für den Moment gemacht und ich kenne immer noch keine andere Art zu schreiben. Woher soll man schon wissen, was man in fünf oder zehn Jahren für richtig und falsch halten wird.

Angela, meine Lektorin, sagte mal, das Problem mit Schriftstellern sei, daß sie ihre Irrtümer immer gleich alle aufschreiben.

Ich empfehle den Lesebegeisterten Jeff Noon, wie so oft, und Lugmeiers *Der Mann, der aus dem Fenster sprang* als aktuelle Neuerscheinung, die mir gefällt.

Ich bin froh, als ich im Hotel bin, obwohl ich wieder nicht einschlafen kann. Kein Wunder, wenn ich nachmittags penne.

Morgens beim Frühstück sieht die freundliche, äußerst attraktive rothaarige Kellnerin nach meiner Zimmernummer auf dem Schlüssel, den ich auf den Tisch gelegt habe. Sie mag Ende Vierzig sein, sie strahlt von innen heraus, was ich an diesem Morgen bestimmt nicht tue.

- Ach, Sie sind Herr Özdogan?

- Ja.

- Ich lese gerade Ihren Roman. Ein ganz tolles Buch. Ich möchte am liebsten nur noch lesen.

- Oh, vielen Dank. Das freut mich, daß es Ihnen gefällt.

- Schreiben Sie mir gleich noch etwas rein.

- Gerne.

Vielleicht würde sie das Buch nicht halb so gut finden, wenn sie mich gestern abend gesehen hätte. Egal. Ich kann mich freuen. Das nehme ich mit nach Hause. Danke.

Hinterher

Bleibt mir noch, mich zu bedanken bei allen, die gekommen sind, allen, die mir auf die eine oder andere Weise Gesellschaft geleistet haben, bei den Veranstaltern und Organisatoren und vor allem bei Marcel Vega, der die meisten dieser Lesungen für mich gebucht hat. Ich habe es immer genossen, mich um nichts kümmern zu müssen und irgendwann eine Tourmappe in der Hand zu haben, in der drin steht, wann ich wo zu sein habe und wie man am besten dorthin kommt. Und Dank auch an Martin Stein, ohne den ich möglicherweise wirklich bei Books on Demand gelandet wäre.

Dank an Volker Stegmaier für das Cover.

Es war ein schönes Jahr, was die Lesungen angeht, auch wenn ich gegen Ende genug hatte von diesem Lebensstil. Wenn ich immer nur für einige Tage zu Hause bin, stelle ich mir Fragen, die mir sonst nie in den Sinn kommen: Was soll ich einkaufen, lohnt sich das hier, wird jenes schlecht? Kann ich mich auf den Roman eingrooven, habe ich es nicht verdient, einfach nur auf dem Sofa zu liegen, wann war ich eigentlich das letzte Mal im Kino, wen könnte ich jetzt anrufen, warum ist niemand auf meinem Anrufbeantworter, sollte ich die Bettwäsche wechseln, obwohl ich kaum darin geschlafen habe? Alles keine großen Sorgen, aber auf einmal mein Alltag, den ich irgendwann anstrengend fand. Ich habe gerne einen geregelten Tagesablauf.

Das hier ist ein fragwürdiges Projekt, finde ich. Sehr oft habe ich mich gefragt, ob das nicht zu Tränen langweilt, wenn man liest, was ich wo gegessen und in welchem Bett ich schlecht geschlafen habe. Wen interessiert das?

Ist es nicht die reine Eitelkeit und Selbstverliebtheit, die einen dazu treibt, so ein Tagebuch zu veröffentlichen? Für wen halte ich mich eigentlich, daß ich glaube, diesen Kleinkram hier auch noch öffentlich zu machen?

Andererseits habe ich selber immer gerne Bücher dieser Art gelesen und weiß nicht mal die genauen Gründe, warum. Da wird schon eine voyeuristische Neugier sein, aber ich mochte es auch immer, ein anderes Bild zu bekommen, mir eine andere Vorstellung vom Autor zu machen, als ich das bisher getan habe. Und sei es eine, die ihn schlechter aussehen läßt.

Danke für die letzten zehn Jahre.

„Ein Grund, das Leben zu lieben."

Philippe Djian

Brautigan
bei kartaus

Richard Brautigan:

Forellenfischen in Amerika
160 Seiten, 16,00 Euro
ISBN-10 3-936054-02-9
ISBN-13 978-3-936054-02-6

In Wassermelonen Zucker
148 Seiten, 16,00 Euro
ISBN-10 3-936054-03-7
ISBN-13 978-3-936054-03-3

Das Geschenk für Edna Webster
152 Seiten, 16,00 Euro
ISBN-10 3-936054-04-5
ISBN-13 978-3-936054-04-0

Ianthe Brautigan:

Den Tod holen
Erinnerungen einer Tochter
198 Seiten, viele Fotos, 17,50 Euro
ISBN-10 3-936054-00-2
ISBN-13 978-3-936054-00-2

Alle Bände Offset auf Werkdruckpapier, kartoniert
Weitere Titel in Vorbereitung

... damit Sie nicht mit Rosamunde Pilcher ins Bett gehen müssen